幽灵旗

把你的命交给我

YOULING QI

BA NI DE MING JIAO GEI WO

那多 著

百花洲文艺出版社

BAIHUAZHOU LITERATURE AND ART PRESS

图书在版编目（CIP）数据

幽灵旗·把你的命交给我 / 那多著 . —— 南昌 : 百
花洲文艺出版社 , 2018.12（2021.8重印）
ISBN 978-7-5500-3105-0

Ⅰ.①幽… Ⅱ.①那… Ⅲ.①长篇小说—中国—当代
Ⅳ.① I247.5

中国版本图书馆 CIP 数据核字（2018）第 256526 号

幽灵旗·把你的命交给我 YOULING QI·BA NI DE MING JIAO GEI WO
那多 著

出 品 人	柯利明　梁峻诚
特约监制	郑心心　岳 阳
特约策划	郑心心
责任编辑	袁 蓉　刘玉芳
特约编辑	郑心心
封面设计	辰星书装
出版发行	百花洲文艺出版社
社　　址	南昌市红谷滩区世贸路 898 号博能中心 I 期 A 座 20 楼
邮　　编	330038
经　　销	全国新华书店
印　　刷	三河市航远印刷有限公司
开　　本	880mm×1230mm　1/32
印　　张	9
字　　数	193 千字
版　　次	2018 年 12 月第 1 版
印　　次	2021 年 8 月第 2 次印刷
书　　号	ISBN 978-7-5500-3105-0
定　　价	45.00 元

赣版权登字　05-2018-488
发行电话　0791-86895108　　　　网址　http://www.bhzwy.com
图书若有印装错误，影响阅读，可向承印厂联系调换。

那多（男一号）

晨星报社记者，强烈的好奇心和对任何事物的怀疑态度，以及记者的身份，使他常常接触到这个世界被隐藏起来的另一面。平心而论，称他为冒险家比记者更加合适。

梁应物（男二号）

那多的好友，双重身份。表面上是某大学的教师，实际上是位具有哈佛生命科学博士与斯坦福核子物理硕士学位，为神秘机构 X 工作的研究员。为人严肃而极具理性精神，尽管是那多的好友，却从不因公假私。

何夕（《亡者永生》）

兼具美貌与智慧的荷兰籍华人，范氏病毒的权威研究人员。在《亡者永生》里，她被病毒感染，体内形成了具有自我意识的太岁。那多深爱着的女人。

系列人物档案

《幽灵旗·把你的命交给我》

XILIERENWUDANGAN

路云（《凶心人》）

在《凶心人》中以一名大学生的身份登场，实为中国神秘幻术一脉的当代传承者。幻术大成之后，她具有惊人的美貌，但这份美貌的真实成分有多少，永远不会有人知道。

水笙（《变形人》）

听起来像是鲁迅小说里人物的名字，其实却暗示了其非同一般的身份。在《变形人》里，为了爱情，他忍受了数十年痛苦的陆上生活，最终如愿以偿转变成人类，和苏迎在地球的某个角落幸福地生活在一起。

苏迎（《变形人》）

与她接触越多，谜团越多的女子。到底是她精神分裂，还是其言确有其事？

叶瞳（《坏种子》）

某机关报社的美女记者，具有比那多更强烈的好奇心，这往往让她会对一些事情做出过于夸张的猜想。其出身颇为神秘，在《坏种子》的故事中有更详细的描述。

夏侯婴（《幽灵旗》）

三国时代夏侯家族的后裔，懂得曹操墓中暗示符。在《幽灵旗》中曾被暗世界的D爵士邀请参加在尼泊尔举行的非常人类的聚会（非人协会），在那里遇到已经中了暗示的那多并成功将其救治。在《暗影38万》中受到海盗王之子郑余的邀请上舁岛基地，为那些具有意念移物这项超能力的人做自信的心理暗示。

卫先（《幽灵旗》）

出身盗墓世家，行走在地下世界的历史见证者。在《幽灵旗》中，为夺"天下第一"的称号不惜铤而走险，最终死于曹操墓中的暗示里。

卫后（《神的密码》）

出身盗墓世家，行走在地下世界的历史见证者，卫先的胞弟。被称为"盗墓之王"卫不回之后年轻一代中最具才华天分的盗墓者。

六耳（《返祖》）

原名游宏，同那多一起游玩于福建顺昌时被导游起名"六耳猕猴"。机缘之下，出现返祖现象，全身长毛，毛发可随心所欲地变幻出各种形态，有如齐天大圣的七十二变。

X 机构

一个不为世人所知的官方的庞大地下机构，专门调查和研究一切大众认知以外的事件。其成员大多是一流的科技精英，也集中了一些传承古老中国的神秘势力。总之，关于这个机构，我们不了解的永远比了解的多。

注：人物后面的作品名为该人物首次出场亮相的作品。

因为旧区改造，作为重要历史见证的"三层楼"，就要被拆除了。有识之士提出，"三层楼"不该拆，应当从爱国主义教育和历史遗迹的角度加以保护。

我不得不承认，这真是一张令人惊叹的照片。

那简直是一个奇迹，这张照片所呈现的，是近七十年前的一个奇迹。

就杨老的回忆来看，那旗子赶走了日本人，纯粹属于副作用。而孙家四兄弟拿着这面旗子，当年就这么画了个圈子，赶走圈子里所有的人，必有所图。他们图的是什么？旗又是什么旗？

这句钱六告诉我的话里，是不是隐藏着地下通道的入口呢？

或许，孙氏兄弟进入通道之后，就再也没有出来，他们，都在那里！

"三层楼"的地下，究竟隐藏了什么？

卫先点了点头："当时卫不回绝对可当如此称号，但有一天，他去盗一座墓，却真的如他的名字一样，再没有回来。"

"'三层楼'？！"我脱口而出。

离墓门，只有几十米了。

离尸体，只有不到十米。

卫先终于停了下来，在这个距离上，可以清楚地看见孙辉祖的尸体，那具衣服下的巨大骨骼，正泛着星点磷光。

我的脑子里一片混乱，原本以为已经逐渐接近真相，在墓道里接近危险的时候，终于把卫先劝了回来，没有出什么乱子。可现在卫先居然自杀？！

我终于知道了那些符号的含义，那就是死亡。

既然那面战旗可以起到让人恐惧的作用，那么整个墓道中那么多的符号，所起的作用，就是让人死亡，自己去死！

昨天，河南省安阳县安丰乡西高穴村二号墓地的考古挖掘最终解开了这一千古谜团：经权威考证，这座东汉大墓的主人正是大名鼎鼎的魏武王——曹操！

杯中的残酒倾出，他伴着那一溜液体，飞翔而下，姿态舒展，呼啸的风把他的歌声倒灌进喉咙，在高潮前戛然而止。数秒钟后，他像个破麻袋一样在地上砸出闷响，酒溅在他侧脸上，遂和血混在一起。

你们只需要说一件，最恶劣、最下流、最卑鄙、最肮脏、最不道德的事情，不用多，一件就好。我绝对相信，相比你们对我所做的，肯定还有些更糟糕的事情。如果我觉得像是编造的，我会开枪；如果我觉得说出来的事情不痛不痒，我会开枪。所以你们在开口之前，最好想清楚。

会吃人吗？这样一幢用水泥筑就的六层楼房子，会把一个活生生的人吞掉？如果不是，那么，人呢，人在哪里？

难道说，融入了这四周不见底的黑暗中去了？

在我的小说中，至少有一些证据，来试着证明这个世界真的是场梦。比如历史的矛盾，再比如测不准。我们似乎永远看不清这个世界，它是模糊且不断变化着的。

幽灵旗

楔 子

当年日寇滥炸后仅存的完整建筑物　如今却要被毁

2004 年 6 月 9 日　　《新民晚报》

在闸北区恒丰路附近的裕通路 85 弄弄口，有一排不起眼的中式三层楼房子。据《闸北区志》记载，这个"三层楼"是一个重要的历史遗迹。1937 年，日寇对苏州河北狂轰滥炸后，闸北成了一片废墟，仅剩下的一处完整建筑物，便是这个"三层楼"。如今，因为旧区改造，作为重要历史见证的"三层楼"，就要被拆除了。有识之士提出，"三层楼"不该拆，应当从爱国主义教育和历史遗迹的角度加以保护。

记者昨天来到"三层楼"采访，巧的是，天目西路街道"三层楼居委会"的办公室，就在"三层楼"里。居委会主任周玉兰介绍说，"三层楼"是在 20 世纪 30 年代由 4 个有钱人合伙建造的，当时共有 4幢。之所以在日本人轰炸下"幸免于难"，据说是因为当时住在楼里的外国人打出了外国旗子。以后，幸存的房子成了这里最显眼的建筑，并在很长一段时间成为闸北境内最高的建筑。人们习惯于把这里称为"三层楼"，连"三层楼居委会"也因此而得名。

　　由于恒丰路拓宽和旧区改造，此前已经有两幢"三层楼"被拆除，剩下的两幢现在也"岌岌可危"，被列入了拆除的范围。眼看这一历史遗迹就要"销声匿迹"，闸北区政协委员吴大齐等心急如焚，提交提案反对拆除"三层楼"，他认为，尽管具有历史纪念意义的"三层楼"没有"保护建筑"的名分，但这些建筑是不可多得的历史见证，这样的遗址在上海也并不多见，应采取各种措施积极保护下来，将其改建成爱国主义教育基地，教育后人勿忘国耻，警惕日本军国主义的复辟。周玉兰也觉得拆除"三层楼"实在可惜，居住在这里的几十户人家虽然盼望改善住房条件，但他们也认为"三层楼"应该得到保护。

第一章
六十七年前的照片
Chapter 1

由于要参加今天的评报，所以我把同城几家主要竞争媒体的当日报纸都找来看了一遍。每家报社每天都会有类似的会议，大家各有眼珠盯牢的几家媒体，如果别家有的新闻自家没有，叫漏稿，责任可大可小，严重的能让相关记者立马下岗；如果自家有别家没有，当然沾沾自喜一番，奖励嘛，一些铜钱而已，多数时候只有口头表扬。重罚轻奖，皆是如此。

所以开会前一小时，我把《新闻晨报》《青年报》《东方早报》《解放报》《文汇报》《新民晚报》等扫了一遍，于是就看到了以上这则新闻。

这则新闻我们漏了。

不过在我看来，这算不上是重大新闻，也不是条线上必发的稿子，属于别家的独家新闻，是他们记者自己发现的稿，总不能不让别人有独家新闻吧？虽然领导们总是这样想，但小兵如我们，还是觉得，该给别人一条生路走……如果真有份什么好新闻都不漏的报纸，那别家报社就不是都不用活了？而且《新民晚报》是每日上午截稿，相比我们这些前一天晚上截稿的早报而言，本来就有先天优势，报道比他们晚一天是常有的事。

再说，评评报而已，有必要得罪平日在报社里抬头不见低头见的同事吗？

所以，评报时轮到我说话，我只以一句："今天《新民晚报》有篇关于历史遗迹的独家稿，我们要是以后能多些这样的发现性稿子，报纸会更好看。"轻轻掠过，丝毫没有加罪于谁的意思。

可是头头儿自有头头儿的想法。如果是新来的头头儿，想法就特别多。

评报会开完，蓝头让我留一下。

蓝头姓蓝，是新来的头儿，所以叫蓝头。职务是副总编。这是个分管业务的副总编，于是我们分管业务的变成了两个副总，职务重叠，谁都知道这其中涉及报社高层的权力纠纷。

蓝头初来乍到很卖力，磨刀霍霍，已经有许多不走运的记者编辑挨刀子了，被他叫住，让俺满心地不爽，不过我在报社也算是老记者，功名赫赫，听得见得多了，心一横，谁怕谁。

话是这样说，好像心还有点慌，一点点，真的只有一点点而已。

"想和你说晚报那篇独家稿的事。"蓝头满脸笑容地说。

我看着他点了点头，一副成竹在胸的老记派头，好像我是领导似的。

"别人有独家稿不怕，但我们得跟上，有时候，先把新闻做出来的，不见得是笑到最后的。"蓝头开始娓娓道出他的计划。

原来他想让我去做一个深入调查，把这两幢大楼的底细翻出来，扩大影响，力图通过媒体的影响力，最终把这两幢大楼保留下来。用他的话来说，"这是件功德无量的事，同时也展现了媒体舆论监督的力量，最重要的是，也展现了我们《晨星报》的力量"。有句话我知道他没有说出来："这也展现了我蓝头的英明领导。"

"我虽然刚来不久，可你的报道我看了很多，你是《晨星报》的骨干，这个专题报道就交给你了。"他站起来，走到我身边拍拍我的肩膀。

"没问题。"我拍拍胸脯保证，心里暗笑，看看，这蓝头还知道哪些人能动，哪些人不能动，哪些人要捧在手心里不是？

深入报道是件细活，我打了个电话，和居委会说好明天下午去采访，而明天上午，我打算去一次上海图书馆。如果那幢大楼真如《新民晚报》报道里说的那么有名，上海图书馆一定有它的资料。要想把大楼保下来，这类能证明其珍贵性的资料是不能缺少的。再说，引用一下资料，我的稿子也好写。

第二天一早九点，我就到了上海图书馆。我是那里的熟客，早就办了张特许阅览证，可以查阅那些不对外开放的文献资料，他们管宣传的几个人我都认识，最关键的是，几个古旧文献书籍的分理员我都熟。虽然他们的内部网络可以查书目，但许多时候没人指点还是有无从着手之感。

也巧，刚走进上海图书馆的底楼大堂，就看见分理员赵维穿堂而过。

我把他叫住，然后递了根"中华"过去。我不怎么抽，但好烟是一直带着的。

"算了吧，你又不是不知道这里不准抽烟，说吧，这次又要查什么？"赵维推开烟，很上路地说。

"呵呵，还是你了解我。"我笑着把烟收回去。

"没事你还会上这儿来？"

我把事情一说，赵维指了指 VIP 休息室，扔下一句"在那儿等着"就走了。

坐在沙发上等了大约十分钟光景，赵维拿着一本厚厚的硬面精装本过来。

《上海老建筑图册》。

"1987 年出的书，里面老建筑用的基本都是从前的老照片，对建筑的介绍也相当详细。"赵维说着翻到其中的一页。

"看，这就是那四幢楼，当时日军轰炸后不久拍的，珍贵的照片、文字资料也挺多的，你慢慢看，要扫照片的话去办公室，反正那里你也熟，我还有事，不陪你了。"

"你忙你忙。"我嘴里说着，眼睛却紧紧盯在这页的照片上，一瞬间的惊诧，让我甚至忘记对正快步走出休息室的赵维表示应该有的礼貌。

我不得不承认，这真是一张令人惊叹的照片。

那简直是一个奇迹，这张照片所呈现的，是近七十年前的一个奇迹。

我猜测着这张照片拍摄的时间，是那场轰炸过后的一小时，还是一天、两天？不可能更长的时间了，因为照片中的画面上，四处是废墟和浓烟，见不到一个人。

当年日军轰炸过后，上海像这样一片废墟的地方很多，但在这张照片里，残屋碎瓦间，却突兀地耸立着四幢毫发未损的建筑。

这张照片的拍摄地点是在高处，取的是远景。遥遥望去，四幢明显高出周围破烂平房的大楼，分外显眼。

在刹那间我甚至以为，当年日军轰炸机投下一颗颗重磅炸弹时，这片街区张开了只有在科幻小说中才听说过的能量防护罩，所以毫发无伤，否则，以周围建筑被炸损的严重程度，所谓"覆巢之下，焉有完卵"？

这当然是个可笑的念头，真有保护罩的话，怎么四幢楼四周和之间的平房都塌了，就只留了这四幢楼在？可是，照片上所显示的状态，显然比保留下一片街区更为荒谬和不可思议。

我随手翻了翻前面几页，发现其他建筑取的都是近景，而且照片只占整页的一半左右，只有这张照片取的是远景，而且占了一整页。我翻到后一页，果然，后页上是四幅比较小的大楼近照，以及文字资料。想必当时的编者也觉得这张取远景的照片极为神奇，所以才给予特殊待遇。

我翻回前页，凝神仔细看这张照片，四幢大楼的排列很奇怪，每幢大楼都相隔了一段距离，最前面两幢，后面一幢，再后面一幢。

我总觉得这排列有问题，翻到后面的文字介绍，果然看到这一段。

"当时孙家四兄弟建造四幢大楼，以孙家长兄的大楼为中心，其他三幢大楼呈'品'字形围在周围，每幢大楼之间的距离有五六百米。"

我翻回去一对照，果然是"品"字形。

不知不觉间，我的眉头已经皱了起来。当年这里并不是租界区，凭什么日本飞机周围炸了一圈愣留了这么大一片盲区？

不对，不是一片盲区，而是特意留了四个点没有炸！

见鬼了，以今天美国人的精确制导技术，都不能保证精确到这种程度，当年的日本鬼子，就算是有心不炸四幢楼，也不可能做得这样精确，这样漂亮啊。

文字介绍里也提到了这四幢楼得以保存的原因，和报道里基本一致：住在楼里的外国人打出了外国旗子，日本飞行员看到了，就没炸。

很多事情只要有人给出一个答案，大多数人就不会再去深究，眼前就是个例子。而作为要进行深度报道的记者，我当然不能延续这种思考的惰性。

只是不论我如何地思索，疑点越来越多，答案却想不出一个。

首先，那是什么国旗？其次，为什么那些外国人不待在租界里，到底有多少外国人、多少面旗，如果四幢楼里都有旗升出来，那么多外国人怎么会聚集到这里来？

即便以上都成立，可是在飞机上的飞行员竟能注意到下面的小旗？就算注意到了，在那样的战争状态下，日本人高昂甚而嗜血的战争意志下，还能因为这小小的外国旗子就放过这四幢建筑？

再者，也是最奇异的地方，即便日军飞行员决心放过这四幢楼，他们是怎么做到，把四幢楼周围的建筑都炸得稀烂，而四幢楼却分毫无损？难道说那时他们的飞行员，凭肉眼制导，就能把精确度控制在十米之内？

这些无解的问题在我脑海中盘旋了许久，我忽然失笑，一个不可思议的景象、一个难以解释的奇迹，难道不是让这幢大楼保存下来的最好理由吗？只要稍加炒作，每一个看了报道的人都会认为，这四幢当年在日军的炸弹下神话般屹立不倒的大楼，在今日的和平年代里，难道连半数都保存不下来吗？四幢楼平凡无奇的外观，建造者有钱人孙氏四兄弟没有显赫的身份，这些都将不再成为问题。

复印，然后扫描，该干的都干完以后，我把书还了，愉快地走出上海图书馆。报道的主线我已经找到，文章该怎样布局已经心中有数，接下来只要找一些经历过当年战火的老居民，让他们叙说一些当年"神话"发生的细节，就大功告成了。据资料上介绍，孙氏四兄弟当年购下这四块地皮时，曾和地皮的原主达成协议，四幢楼建成后，拨出一些房间给原主居住，所以有一些老百姓在大楼建成后又搬回去住了。从这点上来看，虽然不知道孙氏兄弟是做什么买卖，此等行径倒颇有"红色资本家"之风。

下午，在裕通路 85 弄弄口，我很容易就找到了残存的两幢大楼之一。在进入之前，我站在门口拍了张照，从新闻的角度讲，我需要一张今天的照片来和六十七年前的照片进行对比。

和之前在书上看到的那四幅大楼近景一样，如今站在了它面前，除了灰色的外墙让大楼显得老旧之外，没有什么区别。这实在是一幢极其普通的老楼，毫无建筑上的特色，和美学、艺术之类的扯不上边，唯一有点特别的，是这幢三层楼的楼层很高，大约相当于现在的五层楼。如果不是找到了那张老照片作为切入点，我实在找不出阻止它被拆除的理由。

"三层楼居委会"就在这幢大楼的一楼，周主任不在，接待我的是一位姓杨的副主任。他很热情地向我介绍大楼的情况，只是他所说的，我大多已经了解。过了半个多小时，我才有机会打断他的话，问起目前住在楼里的老居民有多少。

"从那时候就开始住到现在的老人啊？"杨副主任的眉头皱了起来。

他想了想，告诉我这样的老住户已经很少了，楼里的住户大多是"文革"前后入住的，以前的老住户搬的搬、死的死，毕竟已经过了六十多年。

"这幢楼里是没有了，后面那幢楼里还住着两位。二楼的老张头，还有三楼的苏逸才苏老先生。都是八十开外的人了。"

我注意到杨副主任称呼中的细微变化，都是八十多岁的老人，却有着两种不同的称呼语气。看来他对那位老张头并不是很尊敬。

"苏老可真是个大善人哪，这些年人前人后做的好事不知有多少，听说他前前后后给希望工程捐了几十万，去年老李家的女婿得了肝癌，他就悄悄送了三万块呢。老张头可就不一样了，孤僻得很，不太愿意理人。"杨副主任开始向我介绍这两位老人。

"老张头，他叫……"我写稿子的时候可不能这么称呼老人家，与其当面问这位孤僻老人的名字，还不如现在就问个清楚明白。

"他叫张轻。不过老实说我觉得这两个人都有些奇怪，不管怎么说，那么多年都是一个人过的，没有娶妻生子，那么多年来楼里也没人见过他们的父母或亲戚，就那么一个人住在楼里。而且他们都不怎么谈过去的事儿，不知会不会对你说。"

八十多岁的单身贵族？我也不禁愣了一下，这可真是罕见，而这里还一下子就出了两个。不谈过去的事……我又想到了那张照片。

压下心中的疑惑，我起身向杨副主任告辞，还没接触前没什么好想的，说不定他们愿意向我这个记者说些什么。

"你往弄里多走一段才能见到那幢楼，离得挺远的。"杨副主任提醒我。

我忽然想起一事，问："听说原来四幢楼是以一幢为中心呈'品'字形排列，现在剩下的这两幢是哪两幢？"

"你现在要去的那幢三层楼，就是位于中心的那幢。这幢是外三幢中向着西北面的一幢。"

当我沿着裕通路85弄向里走的时候，我才明白刚才那句"挺远的"到底有多远。直到走到弄底，不，应该说是穿出这条弄堂，走到普济路的时候，我才看见另一幢"三层楼"。算一下距离上一幢有一两百米远。

我用手搓着额头，这情况还真有那么点奇怪。

从中心的一幢到边缘的那幢就要这么远，那边缘的三幢之间的距离，岂非要三百米甚至更多？算算位置，如果那两幢被拆去的"三层楼"还存在的话，一幢该在民立路或共和路上，一幢该在汉中路附近。

其实在看那张照片的时候，我就已经觉得这几幢楼之间的距离挺大的，现在实地走一走，才想到，这之间的距离，已经大到不合逻辑。

　　四兄弟建造四幢大楼，难道不该是紧贴着建在一起的吗，为什么隔那么远？要是四兄弟关系不好，又为什么要在同一片地域建房子，而且房子的式样还一模一样？真是横竖都说不通啊。

　　把额头来回搓了几遍，我走进了这幢"中心三层楼"。

　　这大楼从外到内都建造得十分平民，一楼的采光并不好，虽然是下午，但走进去，一楼的许多地方还是笼罩在阴影中。我顺着木质楼梯向二楼走去，脚下的木板发出"吱吱"的声响。

　　如果是我的话，一定把大楼造得小一些，只建两层，但却能造得比现在好许多，若是拿四幢楼的建造费合起来造一幢，就可以造得相当豪华，四兄弟住在一起也绰绰有余。

　　这样想的时候，我踏上了二楼。

　　老式的大楼是没有门牌号的，张轻住在哪里，只有靠问。

　　"请问张轻住在哪里？"我问一位从左边门里出来的老太。

　　"张轻啊。"老太操着宁波口音，皱着眉头，似乎想不起来。

　　"就是老张头。"

　　老太恍然大悟，随手指向右前方紧闭着的一扇朱色房门。

　　没有门铃，我敲响了房门。

　　"谁啊？"过了一会儿，门里传出低沉而混沌的声音。

　　门"吱"地开了，站在我面前的是一位矮小精干的老人，身子瘦得仿佛一阵风就能吹走，但一双眼睛却很有神，头发花白，看起来比实际年龄年轻了十多岁。

　　"您好，张老先生吧，我是《晨星报》的记者那多。"我拿出记者证。

　　张轻扫了眼我手上的记者证，问："有什么事吗？"

　　"是这样的，您是从这幢楼建好就一直住到现在的老居民，最近这幢楼面临被拆的危险，《新民晚报》昨天已经做了一个报道，我们报纸也想跟着报道一下，希望能让有关部门改变主意，把这两幢仅存的'三层楼'保存下来。"

　　"你去问居委会吧，我没什么好说的。"老人丝毫没有让我进去详谈的意思。

　　"可您是老住户，有些情况居委会不了解，只能来问您，不会耽误您太长时间，只半小时就好。"我微微弯着腰，脸上笑容可掬。

"你想了解什么？"老人低低地说，依然挡在门口，一动不动。

"我在上海图书馆里查到一张照片，就是 1937 年日军轰炸以后，四幢楼依然无损的照片，这简直是个奇迹，我完全无法想象那是怎么发生的，所以……"

老张头的眼珠忽然收缩了一下，他扫了我一眼，眼神在瞬间变得十分凌厉，让我的话不由得微微一顿。

"没什么好说的，我要睡午觉了。"

朱红色的门在我面前关上，我竟然连门都没能进去。

没奈何，只能上三楼去。

问到苏逸才的屋子，我摁响了门铃。

开门的是一位略显富态的老人，头发眉毛雪白，脸上的皱纹，特别是额上的皱纹深如刀刻。

"您好，我是《晨星报》记者那多，能耽误您点时间吗？"我改变了策略，先进去再说。

"哦，好的，请进。"老人微笑着把我引进屋子。

屋里的光线很好，这间屋子有十五六平方米，没有太多的家具摆设，最显眼的就是四面大书橱。靠窗的八仙桌上摊着一本墨迹未干的绢制手抄本，毛笔正搁在旁边的砚台上，看起来已经抄完了，正放在太阳底下晾干。我看了一眼，应该是佛经，最后一页上写着"圆通敬录"的落款。

我注意到手抄佛经的同时，苏逸才已经开始把佛经收起来，放入书橱。随着他的动作望去，我不由得一愣，那书橱里几乎放满了这样的手抄本。

"您向佛吧？"苏逸才招呼我在八仙桌前落座的时候，我问。

苏逸才笑了一下，问："你刚才说，你是晨……"

对于这张新兴报纸，像苏逸才这样的老人不熟悉是很正常的，我忙复述了一遍，把记者证拿出来。苏逸才摇摇手示意我收回去，看来这位老人要比二楼那位好相处得多。

"您是在这幢大楼里居住时间最长的居民之一，来这里是想向您了解一些大楼的掌故。毕竟这幢大楼有相当大的历史价值，如果拆迁太可惜了，希望通过媒体的努力，可以把'三层楼'保存下来。"

"说到居住时间最长，这里可不止我一个啊。看来你已经在二楼碰过壁了

吧？"苏老呵呵笑道。

我也笑了："我连张老的门都没进去。"

"其实老张的人挺不错的，就是性子怪了点儿。你想问些什么？"

我心中大定，看起来面前的这位老人是最好的采访对象，肯讲而废话好像又不多。希望他的记忆力好一些，能提供给我尽可能多的细节。

"1937年那次日军轰炸之后，'三层楼'在相当长一段时间里是闸北最高的建筑，也正是因为这一点，才使'三层楼'有了纪念价值。我在上海图书馆看见一张照片，是那场轰炸之后不久拍的，那场面太神奇了，周围一片废墟，而'三层楼'却得以保全。我非常好奇这一切是如何发生的。"

这番话说完之后，我心里却忽然有了不好的预感，苏逸才脸上的微笑已经消失了。

"太久远的事情了，我老了，已经记不太清楚啦。"

"据说是当时住在楼里的外国人打出了旗子……"我试图提醒他。

苏逸才的脸色一肃："对不起，刚才是我打了诳语，并不是记不清楚。"

我心里一喜，看来他的向佛之心还真是帮了我的大忙。可苏逸才接下来的话却让我的笑容僵在了脸上。

"但是，那是一段我不愿意提起的回忆，所以，只能说一声抱歉啦。"

走出"中央三层楼"，我向居委会所在的"三层楼"走去。一无所获，却反倒激起了我把事情搞清楚的好奇心。

两次碰壁并不能堵住所有的路，对我这样一名老记者而言，还有许多寻找真相的办法。

老张头和苏逸才的奇特反应，使我开始觉得，六十七年前的那场轰炸，一定发生了什么事，不仅保下了这片建筑，更让当事人噤若寒蝉。

回想起来，围绕着"三层楼"的不正常现象已经很多了，除了在日军轰炸中幸存这最大的疑点之外，看起来孙氏四兄弟也有问题，为什么造了这四幢相隔这么远的大楼，为什么是"品"字形……

回到居委会，杨副主任忙了半天，终于找出了我要的资料。

虽然眼前"三层楼"里的两位老居民都对当年的事绝不透露，但我没有忘记，还有两幢我没去过的"三层楼"。

就是那两幢已经被拆除的"三层楼"。

　　那里面应该也住着一些见证过当年情况的老人吧。

　　居委会的工作做得非常细致，虽然那两幢楼里的居民已经搬迁，却还是留下了他们的新住址和电话。

　　我又得到了三个名字。

　　钟书同，杨铁，傅惜娣。

　　没想到，竟然看到了钟书同的名字。从居委会提供的资料来看，我并没有搞错。就是他，我在读大学的时候，还听过他的关于三国历史的一次讲演，非常精彩。钟书同却不是因为拆迁才被迫搬的，他本来也是住在中间那幢三层楼里，七八年前买了新宅就搬出去住了。

　　这位九旬老人是中国历史学界当之无愧的泰山北斗，他对中国历代史都有研究，而其专业领域，也就是对两汉，尤其是从东汉后期到晋，即俗称的三国时期的研究，更是达到了令每一个历史学家都惊叹的高度。他采用的许多研究方式在最初都被认为不合学术常规，但取得的丰硕成果使这些方式在今天被越来越多的历史学家所采用。许多学者谈起他的时候，都以"他几乎就是生活在那个时代的人"来形容他对那段历史的惊人了解。

　　所以，很自然的我第一个就打电话给他。

　　可惜，我在电话里被告知钟老去巴黎参加一个有关东方历史文化的学术会议了，要过些时日才能回来。失望之余，我不由得惊叹，如果没记错的话，这位老人已经有九十二岁高龄了，竟还能乘长途飞机参加这样的学术会议。

　　无奈之下，只能联系另两位采访。

　　说起来真是很惨，我们《晨星报》报社在外滩，而杨铁搬到了浦东世纪公园，傅惜娣则在莘庄。也就是说，从报社出发，不管到哪里我都得跑十几二十公里。

　　不过从好的方面讲，我跑那么远来采访你，你也不好意思直接把我轰出去吧，总得告诉我些什么。

　　世事总是那么的出人意料，对杨铁和傅惜娣的采访，除了路上的奔波不算，竟然非常顺利。

　　而两次极为顺利的采访，却为当年所发生的一切，蒙上了更阴霾厚重的疑云。

第二章

扛旗子的四兄弟

Chapter 2

我向蓝头汇报了一下大致的情况，说到当年的奇迹，又给他看了扫描的照片，他显得非常兴奋。他认同了我对报道的切入点，一定要把当年的奇迹细节还原出来。看来他还算是有点眼光的。

我跟他说，两位采访对象都很远，而这个报道又会做得比较大，所以可能这一两天里搞不出来。本来我的意思是想让他给我派采访车，没想到他拍着我的肩膀说："那多你不用管时间，只要把报道做深做透，不管是一个星期还是两个星期都行，这个月你不用担心工作量，把这个报道搞出来，稿费奖金都不是问题。"

于是，坐着地铁 2 号线，我来到了杨铁的家里。

两室一厅的屋子，老人和子女一起住，子女白天上班，好不容易有个年轻人跑上门来聊天，老人显得相当开心。

杨铁看上去比张轻和苏逸才都苍老得多，精神头儿也并不算很好。

"哎呀，真是幸运啊，我还记得当年日本飞机来的时候，一大片，飞得真低啊，轰轰的声音，那时觉得都完了，躲在屋里不敢出去。"杨铁说起当年的事，并没有什么忌讳。

"可为什么没炸这片房子呢？周围的房子可都遭了殃啊。"

"周围？我们那一片都没炸啊？"杨铁奇怪地问我。

我正在想这老人是不是人老了记性也差，杨铁却似乎反应了过来。

"你不会以为我那时就住进了'三层楼'里吧？"

"啊，难道不是吗？"我意外地问。

"不是不是，我是 1939 年搬进去住的，1937 年那场轰炸可没碰上，不过炸完我还上那儿去看过，是挺奇怪的。"

　　竟然是 1939 年才搬进去的，大概就居委会的角度来看，这已经可以算是最老的居民之一了，可我想采访的，是 1937 年日军轰炸时就在"三层楼"里的居民啊。

　　"哎，看来是我搞错了，本来还想问您老外国旗子的事情呢。"我心里郁闷，可来一次总也不能就这么回去吧，想想问些别的。

　　"外国旗子？"

　　"是啊，听说楼里有人伸了外国旗子出去，所以日本人看见就没炸。"我顺口回答。

　　杨铁的面容忽然呆滞了一下，他腮帮子上的肉抖动起来。

　　"旗，你说外国旗子，他们把那面旗伸出去了？"

　　"我看了本资料书，上面这么写的。"

　　"那旗子，难怪，难怪。"杨铁点着头，眼中闪着莫名的神色。

　　"您知道旗子的事？"我有一种柳暗花明又一村的感觉。

　　"那时候住那儿的，谁不知道那面旗子啊。"

　　"那面旗子是哪国的国旗啊？"虽然已经暗暗觉得那面外国旗子可能并非如此简单，我还是这样问了。

　　"那可不知道了，当时上海租界里飘的那些旗，我们都认识，可这旗子没见过。"

　　"那拿旗子的是哪国人？"这个问题刚问出我就在心里暗骂自己笨，杨铁当时又不在，他哪会知道是谁把旗子亮出来的。

　　"哪国人？"杨铁笑了，"中国人呗。"

　　"中国人？"看来杨铁很熟悉那旗和旗的主人，难道那本图册上的资料有错？

　　"不过也难怪，一开始我们都当他们是外国人，可后来，他们一口京片子说得比谁都利索，接触多了，才知道他们家代代头发都有点黄，眼珠的颜色也不是黑的，大概不知祖上哪代是胡人吧。"

　　"你认识他们？"

　　杨铁拍了一下自己的脑袋说："人老了，说话颠三倒四的，不好意思啊。他们就是造三层楼的人，孙家的四兄弟。"

　　又是一个我完全没想到的答案。

"这么说来，他们那时候在楼里把旗子又亮出来了？"杨铁自言自语地说着，他仿佛已经陷入对往事的回忆中去了，只是那回忆看起来，并非那么美好。

从杨铁刚才的说话中，我已经知道所谓的外国人并不存在，所谓的外国旗子也只有一面，就是这面旗，从"三层楼"上伸了出去，竟保住了整片区域？

这到底是面什么旗？

"一面旗子，怎么会起这么大的作用？"我问出了心中的疑惑。

"那是你没见过那旗。"杨铁长长叹了口气，用他那沙哑的声音，说起那段尘封数十年的记忆。

当时，闸北那一片的老百姓，只知道孙家四兄弟说一口京片子，却不知道他们到底是哪里人，从哪里来。只知道有一天，他们坐在一辆无顶小轿车上，慢慢地从闸北开过。而车上的四兄弟中，一个体格惊人魁梧、明显比其他三人高出一大截的汉子，站在车里，双手高举着一面大旗。后来，杨铁才知道，那就是孙三爷。他不知道孙三爷到底叫什么名字，但却听说，孙三爷曾经是孙殿英手下的副师长，大家都姓孙，也不知有没有亲戚关系。

孙殿英？听到这个名字我心中一凛。那个掘了慈禧太后墓的军阀孙殿英？

听说，在来闸北以前，孙家四兄弟坐着车扛着大旗，已经开遍了好些地方，连租界都不知给使了什么手段，就这么竖着面怪旗子开了个遍。终于还是开到了闸北来。

说也奇怪，车子开到了闸北，没像在其他地方那样一穿而过，反倒在闸北大街小巷地依次开了起来。就这么过了几天，忽然有一天四兄弟不开车了，扛着大旗满大街地走起来。

"多大的旗子啊？"

杨铁指了指旁边的房门："那旗子可大了，比这门板都大，风一吹，猎猎地响啊。"

"这么大的旗啊，那旗杆也短不了，举着这面旗在街上走，可算是招摇了。"我一边说，一边在心里盘算着，一整天高举这样的大旗，得需要多么惊人的臂力和耐力啊。

"招摇？"杨铁脸上的神情变得十分古怪，缓缓摇了摇头。

"怎么，这还不招摇？要是现在有人举这么大面旗在街上走，围观的人都能把路给堵了。"我说。

"你别看我现在这身子骨差了，出门走几步路都喘，嘿嘿，当年几条街上提起我铁子的名头，可响亮得很。我还有个名字叫杨铁胆，惹火了我，管你再大的来头都照揍不误，隔街和我不对头的小六子，请来巡捕房一个小队长，想镇住我，还不是给我叫一帮兄弟……"

我心里暗自嘀咕，没想到眼前的老人在当年还是个流氓头子，这会儿说得口沫横飞，中气也渐渐足起来，还时不时握起拳头比画两下，或许这拳头当年人见人怕，而今天早已枯瘦不堪。只是这跑题也跑得太严重，我可不是来这里听您老当年的"光辉事迹"的。

我示意了几次，杨铁这才刹住势头。他喝了口茶，吹了吹杯子里的茶叶末儿，端茶的手却抖动着，我以为是因为他刚才的兴奋劲还没过。

杨铁也注意到了自己发抖的手，他放下杯子，讪笑了一声："老了，没用了，当年的杨铁胆，如今只是回想起那面旗子，就怕成这样，嘿嘿。"

"我刚才说自己的事儿，其实是想告诉你，那面旗子有多怪。像我这样的胆子，连坟头都睡过，巡捕房的人都敢打，第一眼看见那旗，却从心底里凉上来。"说到这里，杨铁又喝了口茶，仿佛要用那热腾腾的茶水把心里的凉气压下去。

"我都这样，其他人就更别谈了，刚开始的时候，没人敢靠近那旗子，远远看见那旗，腿就发软，心里慌得很。所以啊，那四个人和旗子走到哪儿，周围都没人，都被那旗子给吓走啦。"

说到这里，杨铁又大口喝了一口茶，看他的架势，仿佛喝的不是西湖龙井，而是烧刀子这般的烈酒。

"哈哈，可我杨铁胆的名号也不是白叫的，那时我就想，那四个人敢举着这面旗子走，我难道连靠近都不敢？我不但想要靠近，还想摸摸那旗子呢。后来那面旗子看得多了，心慌的感觉好了许多，腿也不软了。有一次我大着胆子跟在他们后面，越跟越近，呵呵，你猜怎么着？"

我已经被勾起了好奇心，顺着他的话问："怎么了？"

"等我走到距离那旗子三四十步的光景，怕的感觉就全没了，你别说我唯心，那感觉可是确确实实的，就像从腊月一下子跳到了开春。"

"从冬天到了春天？"我皱着眉头，揣摩着话里的含义。

"非但一点都不怕了，还浑身暖洋洋的，好像有一身使不完的劲儿，你说怪不怪？"

"那你摸到那旗了？"我问。

"没有，那孙家四位爷不让我碰。"杨铁脸上有沮丧之色。

"呵呵，您不是连巡捕房小队长都不怕，孙家四兄弟不让您老碰那面旗，您老就不碰？"我笑着问。

"哈，事情都过了六七十年，你激我有啥用？老实告诉你，我年轻的时候在武馆里练过几天拳，功夫不到家眼力见儿还是有的，举着旗子的孙三爷，可不是光有一身肉疙瘩，我一看就知道，外功了不得啊，就我这样的，让人轻轻一碰骨头就得折。"

我点了点头，那孙殿英是趟将出身，手下的人一个比一个凶悍，能当上副师长，当然不会是寻常人物。

杯子里的茶被杨铁几口已经喝得见了底，他站起来加满水，继续说着当年的故事。

"后来，发生了一件事，那件事以后，孙家四兄弟就再也不扛着旗子溜达了，他们盘了四块地下来，然后沿着这几块地画了个圈子，他们许给圈子里的那些街坊每户一千大洋搬出去，要是念旧还想回来住宅区的，等他们的大楼盖成两年以后，按原来的大小让他们住进大楼里，不过这样的每户只给五百大洋，嘿嘿，这在当年可是好大的手笔啊，我就是当年得了好处的一户，圈子外面的街坊邻居不知有多羡慕呢，可人家孙家四兄弟就是不把他们圈进去，他们又有什么办法？后来四兄弟不在了，国民政府要收房子，可我们这些手里握着房契的，还是在两年以后顺顺利利地住了进来。"

我听得一头雾水，杨铁的这一段话，里面的问题不少。

"等等，杨老，您说后来发生了一件事，那是什么事？"我按照顺序开始问第一件不明白的事。

杨铁皱紧了眉头，摇着头说："那事儿我还真说不清楚，因为事发那会儿我不在，经历的人又说不出个所以然来，而且一个个怕得要命。"

"说不出所以然，怎么会呢？"

"就是这样，只听说，是孙家四兄弟扛着旗走在街上的时候，突然发生的，周围所有的人都被吓着了。可我问了好几个人，不是不愿意说，就是不知道在说什么。自打那事发生以后，他们就没把旗亮出来过，嗯，好像那事就发生在现在中间那幢'三层楼'盖的地方。"

"那您说画了个圈，是什么意思？"我接着问。

"那四幢楼不是隔得挺开吗？"

"是啊。"

"那就是了，中间那些地上的街坊都在圈子里了。"

杨老说得不清不楚，我连问了好几回，才搞清楚那是个怎样的圈子。我实在没有想到，我原本以为那张照片上的最大疑点，竟以这种方式被化解了。

孙家四兄弟以中央"三层楼"为圆心，以到外圈三幢楼的距离为半径，画了个圆圈，这圆圈里所有的住户，在他们的银弹攻势下很快都搬走了。

我不由倒吸一口气，那么大的地方，该有多少户，又花了这四兄弟多少钱，怪不得杨铁说"好大的手笔"。

可买下那么大片地方，却只盖了四幢大楼，其他的低矮平房一会儿说要建花园，一会儿说要再盖几幢楼，总之，孙氏兄弟派了工程队进来，把这些平房一一铲倒，却没见他们真盖什么东西出来。

这也就是说，在日军轰炸之前，四幢"三层楼"之间的房子，就已经是一片废墟。日军没有实施当时不可能达成的"手术刀"式的精确轰炸，而是他们根本就没有炸四幢"三层楼"范围内的任何东西。只不过轰炸结束之后，到处都是残砖碎瓦，所以看那张照片，就给人以错觉。

于是，这个疑点，现在就从"日本飞机为什么没有炸这四幢楼"转到了"为什么没炸这片街区"。目前这一样是个不解之谜。

"杨老，那你刚才说孙家四兄弟不在了，这是什么意思？"这个问题对我很重要，因为我已经开始打这四兄弟的主意，要是能找到这四兄弟或四兄弟的后人，就什么都解决了。

"失踪了，没人知道这四位去哪儿了。就在日本人炸过以后一个月的光景吧。那一片他们买下来以后本来就不让闲人进去，日本人来又兵荒马乱的，到底什么时候失踪的我也不清楚，听说巡捕房还专门立案查过，没结果。"

晚上，我靠坐在床头。手上拿着的纸在床头灯的照映下有些泛黄。

这是白天临走前，我让老人给我画的，是他记忆中那面怪旗的模样。这

面旗给他留下的印象相当深刻，他很快就用圆珠笔画了出来，并且指着画在旗上的那些花纹对我信誓旦旦地说："就是这样的。"

毫无疑问这不是哪国的国旗，不用看这面画出来的旗，只要想一想围绕在这旗上的种种神秘之处，就会知道哪有这么诡异的国旗。我只是希望从旗上的花纹中能研究出这旗的出处，以我的经历，对许多神秘的符号并不像普通人那样一无所知。

可是我什么都看不出来，面对着这些歪歪扭扭像蝌蚪一样的曲线，我实在无法把它们和记忆中的任何一种符号联系上。

看得久了，那些曲线仿佛扭动起来。我把纸随手放在旁边的床头柜上，我知道那只是我的错觉，就像一个人盯着某个字看得太久，原本从小就识得的汉字也会变得陌生一样。杨铁老人所画出的这面旗，显然并没有他记忆中孙三爷手中高擎的那面真旗的魔力。

经历了一系列的冒险之后，我虽然不会随便就相信某些神秘事件，但大胆设想还是敢的。如果真有那样一面令人恐惧的旗，"三层楼"在战火中保存下来的谜题也就可以破解了，因为以当时的轰炸机而论，进行低空轰炸得靠飞行员的肉眼，而飞行员看见这面旗产生了恐惧不敢靠近的情绪，当然这片区域就得以保存了。要是真如杨铁老人所说，那面旗子会对人产生这么强大的心理作用，那些日军飞行员没摔下来心理素质就算是非常好了。

现在好了，我靠着十足大胆的设想，把"三层楼"保存之谜破解了，但那又怎么样？就算我相信，会有别人相信吗？我能这样写报道的标题：一面鬼旗赶走了日军。我能这样写吗？还不得立即下岗！

况且，就杨老的回忆来看，那旗子赶走了日本人，纯粹属于副作用。而孙家四兄弟拿着这面旗子，当年就这么画了个圈子，赶走圈子里所有的人，必有所图。他们图的是什么？旗又是什么旗？

唉，关灯，睡觉。

第二天上午，我敲开了傅惜娣家的门。

打开话匣子，当年的种种从老太太的嘴里源源不断倒了出来。老太太总是有些絮叨的，杨铁说一分钟的事，她需要多花一倍的时间来叙说。

女人的记忆本就比男人好，更何况是令她印象无比深刻的鬼旗。是的，老太太很清楚地称那是面"鬼旗"。

　　于是我听到了许多的细节，只是那些细节对我的目的来说，又是无关紧要的，而老太太又时常说着说着就跑题，比如从鬼旗说到了自己的女红活上。

　　"很漂亮，真是绣得活灵活现。"老太太很费力地从箱子底下翻出当年女红活儿，作为客人的我无论如何也是要赞上几句的，而且绣得是不错，当年女性在这方面的水准普遍都很高。

　　看着老太太笑开花的脸，我知道自己要尽量把话题再转回去，真是搞不明白，明明在谈一件神秘诡异的事情，明明她自己也印象深刻说当年怕得不得了，为什么还会说跑题呢？

　　我轻轻咳嗽了一声，说："听说当年发生了一件事，之后孙家四兄弟就不再扛着旗在街上走了，那事发生的时候，您在现场吗？"

　　老太太的手一抖，绣着两只鸳鸯的锦帕飘然落地。

　　"你，你也知道这事？"

　　"昨天我去过杨铁杨老那儿，他说的，可那事发生的时候他不在，所以他也没说明白。"我弯腰把锦帕拾起来，轻掸灰尘后放在了旁边的茶几上。

　　老太太轻轻叹了口气："真希望我也不在啊。"

　　"这么说当时您在场？"我喜出望外。

　　"我活了这么多年，就算是撞鬼的时候都没像当时那么怕过。"

　　我心里一动，听起来这老太太还撞过鬼？不过撞鬼这种事许多人都碰见过，许多时候是自己吓自己，也有真没法解释的灵异现象。比撞鬼还害怕，那可真是吓着了。

　　"那时候我刚出家门，家里的盐没了，打算去买把粗盐，正好孙家四兄弟举着旗走过来。我连正眼都没看那鬼旗子，除了第一回不知道，没人会故意看那旗，除了杨铁那不要命的。本来，鬼旗子不正眼看就没事，最多觉得有点阴阴的。可那一次，我都没看，结果一屁股坐在地上，看过去，街上除了孙家四个就没有站着的了。我这老脸也不怕你笑话，我都吓得尿出来了，别说是我，就是大男人十个有四五个和我一样，还有被吓疯的呢。"

　　"吓疯了？"

　　"有三四个吧，还有好些以后就有点神神道道的，所以我都算是大胆的了。"

　　"可到底是什么事呢？"说到现在我还是不明白傅惜娣是怎么被吓到的。

"没人说得清楚，就忽然所有人都被吓到了，回想起来，没听见什么，也没看见什么，心里却一下子慌急了，觉得天都塌下来了。"

我反复问了几次，却依然只得到极其抽象的感觉，怪不得杨铁也搞不清楚，简直连当事人都不知道是怎么被吓的。一般人被吓到，总是看到什么或者听到什么，总有一个原因，然后再产生恐惧的感觉，而当年那条街上的所有人，却是直接被恐惧击中，巨大的恐惧在心里就那么一下子产生了。

这真是一面幽灵旗，诡异得无迹可寻，就算找到了当事人，却完全无助于破解当年之谜。

我摇了摇头，深有无处下手之感。我从包里拿出杨铁画着鬼旗的纸，递给傅惜娣。

"就是这面旗吧？"

"谁说的，不是这样子的。"却不料老太太大摇其头。

"咦，这是杨老画给我的啊，他还拍胸脯说肯定没有错呢。"

"切，他老糊涂了我可没糊涂，虽然我只看了一眼，但那样子到死我都忘不了。"傅惜娣说着，把纸翻过来，拿起笔画了面旗。

旗上是一个很容易让人看花眼的螺旋型图案。

"从里到外有好多圈呢，到底有几圈不知道，我只看了一眼就不敢再看，但一定是这个形状的。"傅惜娣以不容置疑的语气说。

看着正反两面完全不同的图案，我无语地把纸放进了包里。照理杨铁看了旗许多次，印象会比较深，但从图案的规律性上来说，却又是傅惜娣所画的更像是真的。

看来，等钟书同从巴黎回来，得让他来辨认辨认。

下午回到报社的时候，迎面就碰上了最不想看见的蓝头。

"这两天收获怎么样，稿子什么时候能出来？"他笑眯眯地对我说。

见鬼，不是才对我说什么"不用管时间"，怎么见面又问。不过这倒是在我的意料之中，所以真是不愿意碰见他。

这回该怎么说来着？说有一面不管中国人还是日本人一律生人勿近的幽灵旗？

"采访还算顺利。"我底气有点不足，希望就此先混过去再说。

"是吗，四幢楼是怎么保存下来的搞清楚了吗？那几位老人怎么说的？"

他就不忙吗？我心里抱怨着。

"说了一些关于这四幢楼建造者的事，不过……"我犹豫了一下，该说的还得说，"当时日军飞机轰炸的时候，这两位老人都不在，所以对具体原因也不太清楚。"

"哦……"他拉长着语音，眼前这位的脸色开始沉下来。

"还有一位没采访，就是钟书同，著名的历史学家也是'三层楼'的老住户，前几天打电话说去巴黎还没回来。"

搬出的金字招牌果然转移了视线，蓝头眉毛一扬说："钟书同？真没想到，你待会儿快打电话，他一回来就赶紧去采访。让他从历史学家的角度多谈谈。"

我嘴里答应着，心里却暗骂。从历史学家的角度多谈谈？谈什么呢，从历史学家的角度来看那次轰炸，还是看那四幢楼？说出来似乎很有水准，细想想根本就是不知所谓。

不过领导既然发了话，我回到座位的第一件事就是拿起电话，拨到钟书同家。

他居然今天早上已经回来了。

虽然我心里想，这么一位老人家总该给几天倒时差的休养时间吧，可嘴里还是问了出来："明天您有空吗？"

记者的本性就是逼死人不偿命，不是这样的就不算是好记者。

老人家答应了。

上海的交通一天比一天差，钟书同的住所在市区，从地图上看比杨铁和傅惜娣近不少，可去那两位的家里都可以坐地铁，到钟书同的住所我换了两辆公交，一个个路口堵过去，花在路上的时间竟然是最长的。

他家的保姆把我引到客厅，见到钟老的第一件事就是把包里那张纸拿出来，摆在他的面前。

"这上面画的旗，您认识吗？"

钟书同戴起眼镜，仔细地看了看，摇头。

我把纸翻过来，给他看另一幅。看起来傅惜娣画的是正确的。

"这……没见过这样的旗，这是什么旗？"钟书同居然反问起我来。

我一时张口结舌。原本想来个开门见山，直奔主题，没想到钟书同竟然

不认识杨铁和傅惜娣画的旗，接下来准备好的话自然就闷在了肚子里。

脑子里转着无数个问号，但还是只好按部就班向这位历史大家说明来意。

"没想到啊，过了这么多年，又重新提起这面旗啊。"钟书同叹息着。

"不过，那面旗可不是这样的，在我的印象里……"

钟书同拿来一张新的白纸，画了一面旗。

第三面旗，于是我这里有了三面各不相同的旗的图案。

可它们明明该是同一面旗！

"这旗子的图案我记得很清楚，可为什么杨铁和傅惜娣画给你的却是那样？"钟书同皱着眉头不解地问。

"可杨老和傅老两位也很肯定地说，他们记得很清楚，这旗子就是他们画的那个样子，我本来以为，到了您这里就知道谁的记忆是正确的，没想到……"我苦笑。

"不会是那面旗子每个人看都会不一样吧？"我心里转过这样的念头，嘴里也不由得说了出来。

"哟，不好意思，看我扯的。"意识到面前是位学术宗师，我连忙为刚才脱口而出的奇思怪想道歉。

"不，或许你说的也有可能，那旗子本来就够不可思议的了，再多些奇怪的地方也不是没可能。"没想到钟书同竟然会这样说。

"哎，要是我能亲眼看看那旗就好了。不瞒您老，我原本想以'三层楼'在日军轰炸下完好保存的奇迹入手写一篇报道，却没想到牵扯出这样一面旗来，可不管这旗是不是真有那般神奇之处，我都不能往报纸上写啊。"

钟书同微微点头："是啊，拿一面旗在楼顶上挥几下，就吓跑了日本人的飞机，要不是我亲眼所见，哪能相信。"

"亲眼所见？"我猛地抬起头看着钟书同，"您刚才说，您亲眼看见了？"

从杨铁、傅惜娣那里知道，拿着地契的原居民，直到1939年才搬进"三层楼"里住，可钟书同刚才的意思，分明是他在1937年的那场轰炸时，就在"三层楼"里。

钟书同也是一愣："我还以为你知道了呢，我是'三层楼'里几个最早的住客之一，不像杨铁他们1939年才搬进来。我从他们刚造好那会儿就搬进了中间那幢楼里住，所以轰炸的时候我就在楼里。"

"我在苏老和张老那里什么都没问到，而和杨老、傅老聊的时候没提要来采访您，所以您不说我还真不知道。"

"哦，老苏也不肯说当年的事吗？那老张和钱六是更不肯说了，这两个人的脾气一个比一个怪……这么说来，或许我也……"

怎么又多出个钱六？我听出钟书同话里的犹豫，忙打断他问："钱六是谁？"

"中央'三层楼'里的三个老住客，钱六、张轻、苏逸才，你拜访过张轻和苏逸才，怎么会不知道钱六？"钟书同反问我。

"我是从居委会那里了解情况的，可他们只向我介绍了张老和苏老，没说钱……钱老的事啊。"

"哦，我知道了，钱六的性子太过古怪，总是不见他出来，一个人住在地下室里，许多人都觉得他是个半疯子，怪不得居委会的人不向你介绍他。连苏老都没告诉你什么，你又怎么会从钱六那里问到什么东西呢。"

"您说您是最老的住客之一，那其他还有谁？"

"有烟吗？儿子都不让我抽呢。"钟书同说。

我从怀里摸出中华。

烟忽明忽暗，钟书同抽了几口，把长长的烟灰抖落在烟缸里。

我就静静地坐在旁边，等着他开口。

"这件事，和我儿子他们都没说过，过去这么多年了，我至今也没想明白，他们要做什么。你既问起，我就把所知道的告诉你，可我所知道的，只是冰山一角，你要想弄清楚真相，只怕……这事在当时已经这样神秘，隔了这许多年再来追查，恐怕是难上加难了。呵呵，我人老了，好奇心却越来越强，倒真希望你能好好查一查，如果查出些什么，记得要告诉我，也不知在我老头子入土以前，能不能解了当年之谜。"

"我如有什么发现，一定第一个告诉您。"我立刻保证。

"'三层楼'的第一批住客，除了造这四幢楼的孙家四兄弟，就是我、张轻和苏逸才了。"

我嘴一动，欲言又止。我觉得还是先多听，少发问，别打断他。

注意到我的神情，钟书同说："哦，你是想问钱六吧，他是孙家四兄弟的家仆，而我们三个，是被四兄弟请来的。"

烟一根根地点起，青烟袅袅中，钟书同讲述起"三层楼"、孙家四兄弟和那面幽灵旗。

1937 年，钟书同 27 岁。那是一个群星闪耀的时代，西方学术思潮的洪流和对中国传统文化的反省碰撞在一起，动荡的年代和喷薄的思想激荡出无数英才，27 岁的年纪，对于一个有才华的年轻人来说，已经足够成名了。

钟书同彼时已经在各大学术刊物上发表多篇学术论文，尤其是对两汉三国时代的经济民生方面有独到见解，在历史学界引起广泛关注，至少在上海，他已俨然是历史学界年轻一辈首屈一指的人物，包括燕京大学在内的许多大学已经发来邀请函，他自己也正在考虑该去哪一所学府授课。

1937 年的春节刚过不久，钟书同在山阴路的狭小居所，就来了四位访客。

尽管这四位来客中有一位的身形魁梧得让钟书同吃了一惊，但四人都是彬彬有礼，言语间极为客气。

这四个人，自然就是孙家四兄弟了。

这四兄弟说到钟书同的学问，表示极为钦佩和赞赏，更说他们四人也是历史的爱好者，尤其对三国时期的历史更是无比着迷，有许多地方，要向这位年轻大家请教，而他们更是愿意以一间宅子作为请教费，抵给钟书同。

要知道当时上海的房子，稍微好一些的，没有十几根金条是抵不下来的，钟书同在山阴路居所的租金，以他的稿酬支付已经令他有些吃力，所以才想去大学教书，当时一位教授的工资，可是高得惊人。

孙家四兄弟第二次上门拜访的时候，更是连房契都带来了，钟书同虽觉得其中颇有蹊跷之处，但看这四人盛意拳拳，谈论起三国的历史，竟有时能搔到他的痒处，对他也有所启迪，再加上年轻自信，纵使发生什么，也可设法解决，所以在 3 月的一天，终于搬出了山阴路，住进"三层楼"。

而钟书同住进中央"三层楼"的时候，张轻和苏逸才已经在了。那时苏逸才还未还俗，正如我所想的，他那时的法名就是"圆通"。

钟书同刚搬进"三层楼"，就发现其间有许多怪异之处，不仅是楼里住了圆通这么个终日不出房门的和尚，而且张轻也总是神出鬼没，时常夜晚出去，天亮方归。而他住的这幢楼四周，那些街上的平房里，居然一个居民也没有，有时他走在几条街上，看着那些虚掩的房门，里面空空落落，不免有一种身处死城的恐慌。后来这些平房逐渐被推倒，感觉才好了许多。

不过虽然周围几条街都没有住人，但钟书同却发现时常有一些苦力打扮的人出没，他们似乎住在其他几幢"三层楼"里，这些苦力除了对这个街区的无人平房进行破坏工作外，并不见他们打算造什么，只是有一天，钟书同要坐火车去杭州，早上五点不到就提着行李出门，远远见到那些苦力把一手推车一手推车的东西从东边的"三层楼"里推出来。天色还未亮，隔得远，他看了几眼，也没看出那车上是什么东西。

四兄弟还是时常到他屋里来坐坐，和他谈论三国时期的种种掌故。对于这周围的情况，钟书同试探了几次，四兄弟总是避而不答，到后来他也明白这是一个忌讳，住了人家的房子，若还这样不识相的话，真不知会发生什么。一日里对着周围的空屋一阵惧怕后，钟书同就放弃了追根究底的盘问。

可是和四兄弟谈话次数越多，谈得越深入，钟书同沮丧的情绪就越来越厉害，因为四兄弟关于三国的问题实在太多，而他能回答得上来的又实在太少，如果仅仅是这样，他还有理由为自己解怀：一个历史学家再怎样博学，毕竟不可能逆转时间回到过去，所以哪怕是专攻某个时代，对这个时代的了解，特别是细节局部的了解，终归是有限的。最让钟书同郁闷的是，谈话谈到后来，有时四兄弟中的某人问出一个问题，他无法回答，那发问之人，却反过来说出了自己的推测，偏偏这推测又十分合理，有了答案再行反推，一切都顺理成章。当这样的次数越来越多的时候，四兄弟和钟书同的谈话次数却越来越少。钟书同隐约觉得，这四人已经开始对自己失望，言语间虽然还算礼貌，但已没有了一开始的尊敬。

这样的转变，对于钟书同这样一个自视甚高的年轻学者而言，可说是极大的侮辱，偏生钟书同又无力反击，因为他的确是无法回答那些巨细入微的问题，而孙家四兄弟告诉他的许多事，在他事后的考证中，却越来越显其正确。

是以在此后的岁月中，钟书同想尽了一切方法去钻研那段历史，用传统的研究方法走到死胡同，他就创造新的研究方法，以求取得新的突破。可以说他今日声望之隆，有大半得益于当年孙氏四人对他的刺激。只不过当他恢复自信之后，孙氏四兄弟却早已不在了。

等到"八·一三"事变之前，孙氏四兄弟已经十天半月都不往钟书同房

里跑一次了。但都住在一幢楼里，所以时常还是可以见到，他们暗中所进行的计划，仿佛已经接近成功，因为四人脸上的神情，一天比一天兴奋，也一天比一天急切。

只是在这样的时候，"八·一三"事变爆发，日军进攻上海，轰炸也随之来临。

那日，尖厉的防空警报响起来的时候，钟书同就在屋子里，他听见屋外走道里孙辉祖的声音，孙辉祖就是孙家的老三。

"见鬼，只差一点了，怎么日本人的飞机现在来？"孙辉祖的嗓门本就极为洪亮，情急之下，这声音在防空警报的呼啸声中，仍是穿过钟书同关着的房门，钻进他的耳朵里。

钟书同这时心里自然十分慌乱，人在恐慌的时候，就会希望多一些人聚在一起，虽然于事无补，但心里会有些依托，所以听见孙辉祖的声音，忙跑去开门。

开门的前一刻，他听见另一人说："嘿，没办法，再把那旗子拿出来试试，看看能不能赶走日本人。"

钟书同打开门，见到过道里站着孙家老大孙耀祖，而楼梯处"噔噔噔"的急促声音远去，孙辉祖已经奔下楼去。

在那之前，钟书同并没有见过这面旗，可这四周的居民虽然已经全都搬走，但圈子外见过旗子的居民还是大有人在，这样一面旗子，早已经传得神乎其神，钟书同有时出去买些日常用品，常常听人说起。

钟书同原本自然是不信，可在这样的情况，日军飞机炸弹威胁之下，猛地听孙家兄弟提起这面旗，顿时想起了传言中这面旗的种种可怖之处，此时却仿佛变成了能救命的一线希望。

"那旗，那旗有用吗？"钟书同问。

"试试吧。"孙耀祖沉着脸道。看来他心里当时也毫无把握。

说话间，楼梯上已经脚步声大作，孙辉祖当先大步冲了上来，后面孙家老二孙怀祖，老四孙念祖也跟着跑了上来，后面是张轻和钱六。而圆通却不见身影，钟书同早已听说这圆通尽管年轻，但于佛法上却有极深的修持，在这样的危难关头，仍能稳坐在屋内念经，不像旁人这样忙乱。

孙辉祖的手里捧着一个长方形的大木匣，而钱六则拖了根长长的竹竿上来。

孙辉祖并不停留，直接跑上了通向天台的窄梯，几步跨了上去，一拳就把盖着出口的方形厚木移门击飞，率先钻了上去，接着诸人也跟在他后面钻到了天台上。

钟书同站到天台上的时候，远方空中，日军的机群已经黑压压地逼来。

孙辉祖飞快地打开木匣，接过钱六递上来的竹竿，把旗固定好，不远处烟火四起，轰雷般的炸响不断冲击着耳膜，日本人的炸弹已经落下来了。

孙辉祖高举着大旗，一挥，再挥。

这是钟书同第一次，也是唯一一次看见这面旗。

刹那间，钟书同的慌乱消失了，日军飞机依然在头顶发出刺耳的呼啸，炸弹也不断地落在这座城市里，可钟书同的心里却热血沸腾，充满着战斗的信念，如果此时有日军的步兵进攻，只怕他会第一个跳出去同他们肉搏，因为他知道，那面旗会保护他。这是一种难以名状的心理感受，那面旗似乎在一瞬间把大量的勇气注入他的心中。钟书同实在不明白，为什么那些周围的百姓在向他说起这面旗时，人人都是满脸的惊怖。

钟书同向天上望去，日军飞机飞得很低，他甚至能看见机身上的日本国旗图案。最前面的三架飞机，已经快飞到"三层楼"的上空。

孙辉祖手里的旗舞得更急了，大旗迎风展开，"猎猎"作响。

相信日本飞行员在这个高度，可以清楚地瞧见这个在楼顶上挥着大旗的魁梧巨汉。

几乎是同时，三架日军轰炸机机身抖动了一下，跌跌撞撞开始向下，险些就要坠毁，千钧一发之际才——拉起机身，这一落一起之间，已掠过"三层楼"的上空。

而后面的日军飞机，也纷纷避了开去，这在钟书同眼中能给予信念和勇气的大旗，在那些飞行员的眼中，竟似乎是一头要择人而噬的凶兽！

我只听得目瞪口呆，尽管心里早已有所猜测，但听钟书同这当事人细细讲来，还是有令人震惊的效果。

"三层楼"得以保全，竟然真的只是因为那面幽灵旗。

而钟书同看到幽灵旗时的内心感受，几乎和杨铁那次靠近幽灵旗后的感觉如出一辙。其间显然有所关联。或许这旗对人心理上的影响，与距离有关，离得远了，就会产生恐惧，而离得近了则产生勇气。那些日军飞行员离幽灵

旗的距离，当然还不够近了。

只是那旗究竟为何具有如此的力量？

那日过后，旗子又被收起来。淞沪抗战已经打响，上海的局势一天比一天紧张，钟书同基本就在"三层楼"里活动，很少外出。9月初的一个半夜里，钟书同被一阵声响惊醒，那些日子他都睡不好，常常被枪炮声吵醒，入睡都极浅，但那一次却不是枪炮声，而是急促的上楼声，然后是"砰"的一声关房门的巨响。

接下来三天，张轻把自己关在屋子里，一个人都不见，钟书同猜测那天晚上的声音就是张轻发出来的。到第四天张轻从屋子里出来的时候，一张脸惨白得吓人，原本炯炯有神的小眼睛也暗淡了许多。

而孙氏四兄弟因为一直行踪不定，所以又过了几天，钟书同才发现，已经好多天没见过这四个人了，在那之后，他再也没见过孙家四兄弟。

烟灰缸里已经挤满了烟蒂，我的烟盒也空了。

"好了，我所能记起来的，已经都告诉你了，当年我几乎没能给孙家四兄弟什么帮助，相信张轻和圆通也是他们请来另有所图的，对他们所秘密进行的计划，这两个人要比我介入的深得多，如果你能从他们口中问出些什么，会对当年的事有更多的了解。"

"呃，还有一件事……"我犹豫了一下，提了个不情之请。

"哈哈，随你吧，反正我是不会说什么的。"大学者笑着说。

第三章

深藏在地下的秘密
Chapter 3

回到报社，我就洋洋洒洒写了篇稿子出来，把"三层楼"的历史详细地讲述了一遍，当然实情被我改头换面，将孙氏四兄弟写成了旗子收集者，总是扛着收到的旗在街上走，而大学者钟书同则亲眼见到，貌似外国人的孙家兄弟在日军来的时候，站到顶楼上，随便取了一面旗挥舞着，而日本飞机以为下面是外国人在挥外国国旗，就避开不炸，于是"三层楼"传奇性地保存至今。

因为要避开许多不能提及的地方，所以这篇报道我写得颇放不开手脚，好在"三层楼"传奇保存这件事本身就有相当的可读性，所以这篇稿子还算能看看。不过一定没达到蓝头心中的期望值，他所说的奖励云云，就没听他再提过。

钟老已经答应不会拆穿我，而我也不太担心杨铁这样的知情老人会跳出来说我造假新闻。要是他们有这样的想法，第一个拦住他们的怕就是他们的子女，相信随便哪个正常人，都会对他们所说的不屑一顾，而相信我报道中所写的更接近真相。

还会有幽灵旗这种东西？说出去谁信？

蓝头交给我的任务算是应付过去了，但对"三层楼"的调查却才刚开始。不单单是对钟老的承诺，更因为我的好奇心一旦被勾引上来，不把事情弄个清楚明白，是没那么容易罢休的。

所以，我决定在报道出来的当天下午，再去一次中央"三层楼"，拜访一下那个半疯不疯的钱六。尽管钟书同说我不可能问出什么，但只要有得到线索的可能，我都不会轻易放过。

本来想上午就去的，但晚上接到母亲的电话，她信佛，最近我爸和她的

身体都不太好，希望我能到龙华寺为他们俩上炷香。

在大雄宝殿外点了香，进到殿内的如来像前拜过。虽然我不是信徒，但既然代母亲来上香，许愿时当然也恭恭敬敬诚心诚意。

出寺的时候，在前院里见到一个人，稍稍愣了一下。他已经笑着招呼我。

"那多。"

我本来无意叨扰这位年轻的龙华寺住持，没想到正好碰见了。

"来了就到我那儿喝杯清茶吧。"明慧笑着说。

他把我引到方丈室边的会客静室，这间亮堂的屋子我已经不是第一次来了。

和明慧认识其实也是工作原因。我虽然一直说自己是个没有线索的记者，但其实还是有一条线的，那就是宗教局。但这条线有和没有一个样，由于报纸对宗教方面有许多规定，所以一年到头几乎没有几条来自宗教局的新闻，就算有也是审了又审的统发稿，照抄上去是了。但我接这条线之初，还是老老实实把这条线上各处都一一拜访过，除了和宗教局的领导们照了面外，就是上海的各大寺庙教堂的当家人。明慧就是那时认识的，我们相当谈得来，所以之后又有过一些交往，有时经过龙华寺，也会来坐坐。一般的大教堂大寺庙，本来40岁以下是很难能坐到当家人这个位置的，但近年来有年轻化的趋势，不过像明慧这样35岁就成为大寺的住持，还是不多见。

"知道你忙，所以本来没想找你。"我说的是实话，这么个大寺的住持，要操心的事情千头万绪，别说喝茶了，我看就算是静下心研究佛法都不会有太多时间。

明慧笑了："就是因为没时间，所以看见你，就有理由停下来喝杯茶了。不过，说我忙，我看是你正好有事忙，所以才没心思找我喝茶吧。"

我笑了，他说的也是。

品茶间，我就把"三层楼"这件事简单地告诉了明慧。可以和我聊这些异事的人不多，明慧是其中一个，他的环境和他的位置，让他的眼界和想法和常人大不相同。

"这倒真是一宗悬案，等你调查有了结果，千万别忘了再到我这里来喝茶。"明慧听得意犹未尽。

我应承着，却忽地想起一件事来。虽然明慧也未必知道，但既然碰到了，就姑且问一声。

"对了，你知不知道圆通这个人？"

"圆通？"

"随便问一下而已，是一个住在'三层楼'里的老房客，现在已经还俗了，圆通是他六十多年前没还俗时的法号。"

明慧露出思索的神情："如果真的是他的话，那可是个了不起的人物啊。"

"哦？"我一听有戏，忙竖起了耳朵。

"大概在七十年前，玉佛寺有一个僧人就叫圆通。"

"那么早的事情，你怎么会知道，你天才到这种程度？"我笑着问了一句。明慧在佛学界素有天才之名，年纪轻轻，佛理通达，悟性极高，不然他也不会在现在的位置上。

"呵呵，和圆通比起来，我可算不上什么了。圆通12岁时，就已经熟读寺内所藏佛典，14岁时就被当时的方丈许为玉佛寺佛法第一人，到了17岁时，他在五台山的佛会上大放异彩，那次佛会归来之后，所有与会的高僧，都对圆通极为赞赏，他被称为当时最有佛性的僧人。而且，他更有一项非同寻常的能力。"

"哦？"没想到苏逸才当年竟是如此的有名，想来也是，孙氏四兄弟请的这三个人，肯定都是各方面最出类拔萃的人物，只是不知道张轻是什么来头。还有，他们请来圆通这位年轻的高僧，却是什么目的？

我思索间，明慧已经说了下去，而我的问题也随之解开。

"这就是他最有佛性的体现了，传说圆通在打坐禅定到最深入，可以和诸佛交流沟通，除了佛理得以精进之外，还能预知一些事情。"

预知？原来是这样，孙氏四兄弟当然不会因为要和圆通讨论佛法才把他请入"三层楼"，显然是有事要依赖圆通的预知能力。只是这位最有佛性的高僧却最终还俗，真不知道当年他预知到了些什么。

从明慧这里知晓了苏逸才的真实身份，下午再次前往中央"三层楼"，我改变了原先的主意，直接先上三楼，敲开了苏逸才的门。

苏逸才开门见是我，愣了一下，但老人还是很有礼貌地把我引到屋中。

"苏老，我已经拜访过钟书同钟老，钟老已经把他当年和孙家四兄弟的交往都和我说了，钟老自己也说，很想知道当年事情的真相，而我也非常好奇，

所以再次打扰您。"

"哦……"苏逸才沉吟不语。

"圆通大师，您当年在五台山佛会上的风采，佛学界的前辈们至今还赞叹不已呢。"我点出了他的身份，却没有再说下去。

"啊，没想到今天还有人记得我。"苏逸才脸上露出惊讶之色，他大概没想到才几天的工夫，我就已经知道了那么多。

"您的突然还俗，不知令多少高僧大德扼腕叹息啊。"我并没有问孙氏兄弟或幽灵旗的事情，却选择了这个话题，如果没猜错的话，圆通的还俗绝对和孙氏兄弟有关，或许这是一个更好的突破口。

苏逸才眼睑微合，叹息道："六十七年前，我的心已经沾染了尘埃，这么多年来，我无时不刻不在反省自己当年的过错，希望能将自己的心灵，重新洗涤干净。"

突破口一经打开，苏逸才便不再保留，把他所知道的一切告诉了我。

1937年年初，孙氏兄弟到玉佛寺去，专门见了圆通，他们希望圆通能够住到"三层楼"修行一年，作为回报，他们愿意出资为寺里的佛像塑金身，并翻修寺庙。

这是一件大功德，加上圆通相信无论在哪里修持都是一样，所以和方丈商量之后，就同意了。

住到"三层楼"里之后，孙氏兄弟希望圆通每天都能在屋子里禅定一次，如有什么预感，要告诉孙氏兄弟。对于圆通来说，每天的打坐禅定是必修的功课，所以这样的要求当然没有问题。于是，孙氏兄弟每天总会有一个人到圆通的屋子里去一次，问问当天入定后，有没有什么预感。

圆通对于食宿都没什么要求，日复一日，他在屋内打坐修行，和在玉佛寺里相比，他觉得只是换了一个场所，对佛法修行来说，其实并没有区别。

可是，虽然抱着这样的念头住进"三层楼"，但是圆通却发现，他入定之后的预感越来越少，仿佛这里有什么东西，使他没有办法像在玉佛寺内一样，能轻易进行最深层次的禅定，又或者，有什么力量，在影响着他和冥冥之中未知事物的沟通。

时日久了，他感觉到，那阻碍的力量，来自他身处的这一片土地。有几次，在入定后他隐隐感觉到，在地下有着令他感到恐惧的东西。

当他把这样的感觉告诉孙氏兄弟后，孙氏兄弟却并没有意外的表情，只是追问他具体预感的内容，但他只感觉到一片模糊。

发觉到来自地下的莫名压力之后，圆通在禅定时越来越难以静下心来，他觉得自己的境界正一点点减退，他甚至怀疑自己是否心魔渐生，时常问自己，要不要返回玉佛寺去。然而碍于诺言，他终究没有开这个口。

1937 年 9 月初的一天，圆通从入定中醒来的时候，全身大汗淋漓，仿佛虚脱一般，如同经历了一场梦魇。几小时后孙耀祖拜访他的时候，依然没有恢复。

"你们会到那里去。"圆通说出了自己的预感，已经很久没有相对清楚一些的预感了，即使这样，预感仍是晦涩的。

"是的。"孙耀祖点头，"然后呢？"

"会发生些事情。"

"怎么样？"这位孙家的长兄，彼时脸上的神色有些兴奋，有些期待，有些紧张。

冷汗重新从圆通的额上沁出来，他闭上了眼睛："不太好，我的感觉，很不好。"

孙耀祖沉默了半晌，起身告辞。

第二天，孙氏兄弟并没有如常来拜访圆通，他们再也没有来过。自那以后，圆通无法再进入禅定，每次一打坐，总是心魔丛生，更不用说与冥冥之中进行沟通，得到什么预示了。

无法进入禅定对圆通的打击是巨大的，反思过往，发现自从被孙氏兄弟以大功德所诱，就已经起了得失心，而发现心魔却不自省，直至落到此等田地，已不配再身在佛门，所以黯然还俗，多年来以俗家之身吃斋诵佛，行善于人，并时时手抄佛经，希望能洗净心灵。

我听得暗自叹息，以我的角度看来，能够预感未来发生的事，未必就和佛性有关，以我所见所闻，完全不信佛却有这种能力的人也有，更何况大多数人会有"现在这个场景自己曾经梦见过"的经历，这样的预知虽然无法用现今科学解释，但也不一定就要和宗教扯上必然联系。可圆通显然是个很执着的人，只有执着的人才会取得真正惊人的成就，可往往也会因为太执着而走偏。

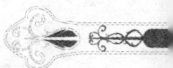

临告辞出门时，我终于忍不住，斟酌着对苏逸才说："大师，依我看，您是不是过于执念了，在今天的佛学界，像您这样的佛法修持，可是少之又少，而且当年之事，有太多的不明之处，未必就是您自身的问题啊。"

苏逸才似有所感，向我微微点头。

看来，虽然比起钟书同，孙氏兄弟要更倚重圆通大师一些，但这位当年一心修佛不问窗外事的出家人给我的帮助反而没有钟书同多。苏逸才告诉我的经历只是为孙氏兄弟的计划蒙上了又一层神秘光晕而已。

毫无疑问，他们所图非小，否则不会在圆通已经发出警告后，还不放弃。不过想想也是，他们为了这个计划已经耗费了如此多的人力、物力，楼也造起来了，居民也搬迁了，怎么可能因为圆通的一句话就全盘推倒呢，至多是多些准备多些警觉。

以圆通的感觉，似乎脚下的这片土地有古怪？

这样想的时候，我已经顺着楼梯走到了一楼。

我站在楼梯口打量了一番，虽然眼睛已经适应一楼暗淡的光线，但还是有许多地方看不到，四处走了走，最终把目标确定在一处最黑暗的地方，那里曾经被我认定是公共厨房的入口。

走到跟前，果然是个向下的狭小楼梯。下面是黑洞洞的一片，现在是白天，可是下面显然没有任何让阳光透进来的窗户。我向四周看了看，按了几个开关，都没反应，只得小心翼翼摸黑往下走。

慢慢地一阶阶楼梯挪下去，在尽头是一扇门。

我敲了敲门，没反应，却发现这门是虚掩着的。

推开门，里面应该就是地下室了，可还是一片黑。

我往里走，没走几步，脚就踢到了不知什么东西，声音在这个安静的地下室里显得十分巨大，然后我就听见背后传来一个沙沙的声音。

"你是谁？"

我被吓了一跳，顾不得看到底踢到了什么，转过身去，那里大概是张床，说话的人躺在床上。

"啊，钱老先生吗？对不起，我是《晨星报》的记者那多，冒昧打扰您，我想请教一些关于这幢大楼的事情。"

对面却没了声音。

我等了一会儿，问了一句："钱老先生？"

"钱……钱六？"

对面响起了一声低笑声。

我只觉得一阵毛骨悚然，他是不是真的疯了？

"你是谁？"笑过之后，钱六忽然又问。

看来得下猛药。我心一横，说："圆通让我来问你，孙耀祖他们在那里好吗？圆通要去看看他们。"

"孙……孙……"那个声音显得有些急促。

"还有孙怀祖、孙耀祖、孙念祖，他们在那里都好吧？"我继续说。如果这钱六的脑子真的不清楚，那么这些名字应该会让他记起些什么。

"大爷、二爷……"

我已经肯定，对面这位躺在床上的老人的确神志不清楚。

我微微向前挪了挪，大声问："他们去了哪里，那面旗去了哪里？"

"嘿嘿嘿，去了……去了……嘿嘿。"

我摇了摇头，这里的气氛着实诡异，我心里已经打起了退堂鼓，看来是无法从老人那里得到什么了。

我挪回房门口的时候，听见床上"咯吱"一声响。回头，钱六似乎坐起来了。

"你去吧，就在那里，去吧。"黑暗中，他的手挥舞着，整个人影也模模糊糊地扭动。

"去哪里？"

"出师未捷身先死，长使英雄泪满襟。"钱六忽地干哭起来，声音扭曲。

"你去啊，去那里，去啊。"他的手臂挥动了一番，然后又躺倒在床上，没了声息。

我走出中央"三层楼"的时候，身上才稍微暖了一些。

出师未捷身先死，长使英雄泪满襟。这是钱六在叹息孙氏四兄弟，还是因为我的问题，而给的提示呢？

可就算是提示，也太晦涩了吧。而且就算是钱六有心提示，看他那副样子，这提示到底和最后的答案有没有关系，谁也拿不准。

回到报社，我给上海图书馆赵维打了个电话，说我明天要去查些资料，

上次查得太简单，这次想要多找一些，尤其是建造者的一些情况。

在我想来，孙氏兄弟在上海滩造了四幢楼，又圈了一块地，动作不算小，一定会和政府部门打交道。第一次去查资料的时候，没想到围绕着"三层楼"会有埋藏得这么深的秘密，哪怕是看到照片，惊讶之余，心底里却还是没有把它提升到能和我此前一些经历相提并论的程度。直到后来采访的逐步深入，才意识到我正在挖掘一个多么大的谜团。

如果能查到关于孙氏兄弟的记录，就可以给我对整件事情的分析提供更多的线索和思路。

第二天到上海图书馆的时候，赵维把我领到他的办公室。

"你上我们内部网查吧，要是那上面查不到，我再想办法。"

"那么优待？"我笑着，看着赵维打开网络，输入密码，接入上海图书馆的内部网。

上海图书馆的内部网是很早就开始进行的一项工程，把馆内以百万计的藏书输入电脑，并开发一套搜索程序以便使用者检索。这项工程的工作量实在太过浩大，虽然许多当代小说文本都能找到电子档，但更多的需要一点点地扫描校对。所以尽管工程开始了好几年，至今不过完成了小半而已。如果有朝一日能全部完成，也不会完全对外开放查阅，更不用说现在没全部完成的时候了。

"其实系统早就完成了，现在的工作就是一点点往里面填内容。像历史文献、学术著作、地方志之类的是最先输入的，所以现在要查什么资料已经可以派上用场了。"赵维打开界面，起身让我。

我在搜索栏里输入"三层楼"，然后空了一格，输入"孙氏兄弟"。想了想，又把"孙氏兄弟"改成"孙耀祖"。

点击搜索。

关于"三层楼"的记载有四条，都是老建筑类的书籍，其中就有上次看到过的那本《上海老建筑图册》，想必内容也差不多。

没有同时具备"三层楼"和"孙耀祖"的信息，但有一条关于"孙耀祖"的。

那是《闸北一九三七年志》。

里面只有一句话：

"名绅孙耀祖义助政府填邱家塘建闸北花园，二月动工，九月毕。"

闸北，1937 年，2 月动工，9 月结束，孙耀祖。从时间和地点来看，应该可以确定这就是四兄弟中的长兄孙耀祖。

我的手指轻快地敲击着桌面，没猜错的话，邱家塘应该类似于肇嘉滨，是个臭水塘，所以填塘造花园，才是造福周围居民的义举。

可是以孙氏兄弟神秘的行径来看，会无缘无故揽下这么一档子公益事业，我怎么都不会相信。

邱家塘和"三层楼"之间，会有什么关系吗？

我招呼赵维，把这段记载指给他看。

"像这样的事，当时的国民政府会有相关文件记录在案吧？"

赵维点头："应该有备忘录之类的文件归档。"

"有没有办法查到？"

"像这类的文件目前倒都保存在馆里，只是一来资料浩大查起来费工夫，二来……"赵维微露难色。

"没问题，有当时的文件可查就行，我自己找欧阳说去。"

要调阅这类早就归档封存的文件，赵维直接带我去查被领导知道总是不妥。我打了个电话给副馆长欧阳兴，他比较喜欢抛头露面，重要一点的新闻发布会他都会参加，所以和我照过几面，算是认识。

这不是什么大不了的事，他很痛快地就卖了我个面子，说让赵维直接带我去就是，只是不能借出馆。

打开文献档案 B 馆的大门，一股故纸堆特有的气味钻进了我的鼻子，让我鼻腔微微痒起来。

赵维把我领到第五排书柜，指着我眼前一整面的铁书橱说："就在这里，你得自己找，我还有大堆的事要干，对了，别搞乱了，哪里抽出来的哪里放回去。"

"当然。"我满口答应，心里却暗自叫苦，这么一大堆，不知要查到什么时候。

两小时之后，我走出上海图书馆，在旁边的罗森超市买了两个饭团吞下肚，算是解决了午饭。然后找了家美发店进去洗头发，几天没洗了，翻了一上午 20 世纪的旧文献，总觉得沾了一身的灰尘，头也开始痒起来。

干洗师力度适好地抓着我的头皮，舒爽无比，一些微不足道的小事就能让人满足，这多么美好。

冲完水，擦干，干洗师开始进行例行的按摩，我要求他特别在肩颈部按，用力再用力，我这样长期对着电脑的人，年纪轻轻颈椎就已经开始出问题了。

被按得龇牙咧嘴却十分过瘾。肩膀感觉松弛许多，大脑也再次运转起来，上午的收获，使我穿越时光，开始隐约看到孙氏兄弟当年的计划。

下午接到报社任务，读者打热线电话反映隔壁的老太太总是往家里捡破烂，搞得楼道里臭气冲天，机动记者大部分时间里就是为热线电话而存在的，在没有重大采访任务的时候，我这样的资深记者也得和刚进报社的毛头小伙子们一样被热线电话接听员差得团团转。

采访完回到报社赶稿子，晚饭是在报社吃的，每名记者手里都有好几个报社附近的外卖电话，时间长了大家相互交流去芜存菁，剩下的都算精品。今天我叫的是东北饺子，皮薄馅香。

回到家已经九点，和往常一样打开电脑上网，时间很快在 MSN 上的聊天和东游西晃中到了十点。我装了卫星，能看到台湾的很多节目，每天十点到十一点中天综合台的"康熙来了"是必看的节目，小 S 和蔡康永这对黄金搭档一唱一和，内地可看不到这样有趣的访谈节目，千篇一律地煽情，功力越深我越冷。

十一点的时候，我关了电视和电脑，坐到写字台前，翻开工作手册。

这种多年前沿用到现在的格式本子是我从单位总务领的，每名记者每个月能领一本。许多记者都不会去领，因为这种本子如今看来朴素得有些难看，采访的时候拿出来记不太好看，而且这本子太小了，记者总是喜欢用大本子，这样在采访记录的时候不用总是翻页而影响记录速度。

我领这样的工作手册当然不是为了采访，这种再平凡不过的小本子，被我用来记录那些不平凡的事。

就像记课堂笔记，在遭遇非常事件的时候，只要条件允许，我都会在每天睡前把当天发生的相关事件简单记录。这样做有两个作用，一是可以帮助我理清头绪，找出线索，接近真相；二是作为我今后正式写"那多手记"时的大纲。

"2004 年 6 月 15 日。周二。

在上海图书馆查到孙氏兄弟的填邱家塘建闸北花园工程。

发现孙氏兄弟和闸北政府所签的备忘录。

备忘录显示，孙氏兄弟无条件帮助政府进行这项工程。名义是自家楼下要挖防空洞，正好用挖出来的土填掉邱家塘。

就政府看来，那只是善人行善的一个借口，无须深究。"

我用笔在"防空洞"下面画了两条线。

防空洞？哪里会有什么防空洞。如果有的话，日军轰炸的时候为什么不躲进去？

答案很简单，孙氏兄弟在三层楼区域的地下挖东西，或许是通道，但绝不是防空洞。防空洞有防空洞的标准，对每平方厘米的抗力有相当要求，不是随便挖个洞就可以防空的，所以在日军轰炸的时候，孙家兄弟会那么担心，他们怕是担心在地下进行的工程，会因为轰炸而受到影响。那个时候，他们已经离成功很近了。

联想起钟书同的话，他在当年的一个清晨所看见的东西，他不知道那是什么，但我现在已经知道了。那些从楼里用手推车推出来的东西是土，从地下挖出来的土，那些工人晚上挖土，清晨把土推到不远处的邱家塘，填塘造花园。

有了邱家塘做掩护，他挖出来的这么多土就有了合理的去处，如果我猜得没错的话，从"三层楼"区域地下挖出来的土，要远远多过挖防空洞的量，如果没有邱家塘这样的掩护，迟早会有人奇怪他们的行为。

一项公益事业，就把这个大马脚补上了。

孙氏兄弟的计划，真是细密周到。

现在的问题是，要怎么进入那个地下工程？

钟书同不知道入口，苏逸才也不知道。不肯配合自己的张轻知不知道呢？

但无论如何，钱六总该知道的吧。

我心里忽然一动，在本子上写下一句话。

"出师未捷身先死，长使英雄泪满襟。"

这句钱六告诉我的话里，是不是隐藏着地下通道的入口呢？

或许，孙氏兄弟进入通道之后，就再也没有出来，他们，都在那里！

"三层楼"的地下，究竟隐藏了什么？

我睡醒的时候，已经是中午了。

虽然我天天睡到自然醒，但醒到近十二点还是极少见，连睁开眼睛都费了我好大的力气，头昏昏沉沉的。

空气中弥散着一股异样的气味。空调开了一整晚，但这样的气味，不可能是由于空气不流通引起的。

我努力地从床上坐了起来，忽然吸了口冷气。

有人来过！

屋子被动过了，抽屉和橱柜都被打开了。我的头转向床边，我的包也被翻过。

居然遭贼了，可是那么大的动静，我怎么一点反应都没有？

一定是那味道作怪，是迷香之类的东西吧。

我打开窗户，让这股味道尽快散去。

几间屋子走了走，每间屋子都差不多，能藏东西的地方都被翻过了。我检了一下房门，没有硬撬的痕迹，现在这样技术的小偷很少见了。

还好家里没有存折，钱都存在信用卡里，密码可不是生日，小偷就算连我的身份证一并拿去也没用，但要快点挂失了。想到接下来的一大堆麻烦事，我就头痛得快抓狂。

报警之前，我得先看看少了多少东西。

至少皮夹里的钱和卡都没了吧，希望他别拿走我的身份证和社保卡。

我从包里拿出皮夹，打开就愣住了。

皮夹里的各种信用卡都在，而原本的一千多元也在。

所有的东西都清点完，我把抽屉和橱柜都归位，一手破坏了现场。因为我没有任何财物上的损失。

但我的心里却一点都没有高兴的情绪，因为我还是丢了一件东西。

昨晚临睡前，放在写字台上的工作手册，被取走了。

昨天我亲手关了的手机被开机了，我相信通话记录和短信一定被查看过。

电脑被使用过，虽然用过以后被使用者顺手关机，但连着电脑电源线的接线板总开关却忘了关上。

原来，对"三层楼"感兴趣的，并不止我一个。

这算是示威吗？还是我掌握了闯入者所不知道的东西？电脑和手机里并没有什么有用的信息，但那本工作手册里，却记录着事件开始到现在的经过和我的各种推测。

我并没有受到任何直接的威胁或伤害，这样看来，闯入者并不是当年的参与者，而和我一样，是想知道当年事件真相的人。

看来需要提高警觉了，我对自己说。原本以为只有自己一个人独自探索，却没想到在黑暗中还有同路人。

我相信，这样的同路人，只要我继续追查下去，总有一天会碰面的。

我决心加快速度，当即打电话给部主任请了今天的假，理由正是家中遭窃。现在没有重大采访任务，假还是比较好请的。

不知道闸北花园现今还在不在，我打算跑一次，看看有没有线索。

闸北花园的位置当然在闸北区，而且一定不会离"三层楼"太远，出租车已开到一半，我却让司机改道，再次去了上海图书馆。

果然，在1935年版的上海地图上，我找到了。

虽然没有标明"邱家塘"，但位置就在"三层楼"附近，拿出现在的地图进行比对，发现竟包括在现在的交通公园内，不过现在的交通公园面积要比原来的邱家塘大一些。

我是从"三层楼"直接走到交通公园的，我本想先去钱六那里再探点口风，却没想到地下室大门紧锁。

钱六已经死了。

昨天他被上门收水费的居委会干部发现死在床上，死于心脏病，死亡时间要更早些。我心里不禁猜测，是否前天我的来访造成了他的心脏病突发。不过他已经年近八十，整天在暗无天日的地下室里待着很少外出活动，身体本来就很差。

他属于孤寡老人，曾工作过的单位也已经倒闭，所以是街道给料理的后事。在他没死的时候地下室的大门总是开着，死了以后门就被锁上了。

从"三层楼"出来，走了近一刻钟，交通公园就到了。

我估计这里离"三层楼"约一公里，不要门票，经过上海市的破墙透绿工程，这里已经变成了一处公共绿地。公园里的人不多，太阳早已经升起，早晨来锻炼的老人大多已经回去了。

我找到公园管理处，小屋里开着空调，一个五十多岁的管理员正边喝茶边看报。

和我想象的一样，交通公园正是中华人民共和国成立后由以前的闸北花园扩建而成。

"这儿，往前走，然后左拐，看见一座雕像的时候就到了。"管理员随手隔着窗向我指明了通向原闸北花园的路。

原来的闸北花园已经和后来扩建的绿地融合到一起了，一律的园林修剪样式，看不出多少区别，倒是那座石雕让我有些纳闷。

石雕一身古人装扮，昂首立在基座上，右手平伸遥指，容貌高鼻深目，不像是东方人嘛。

应该是当年闸北花园的时候就在的雕像吧，可这是谁呢？

我靠近去，弯腰细看基座上已经斑驳的文字。

"孙权，字仲谋……"

怎么会有孙权的像立在这里？

如果这是孙氏兄弟的人雕的话……

忽然之间，一个念头一闪而过。

孙权，孙氏兄弟……

孙权史载外貌是碧目紫髯，而孙氏兄弟刚来闸北时曾被误认是外国人……

难道孙耀祖他们，竟是孙权的后人？

这么说来，三层楼地下所藏之物，竟和两千年前的吴主孙权有关吗？

孙权墓？他们要入孙权墓？孙权墓就在三层楼的地下吗？

这个念头在脑海中绕了一下又被我否定了，子孙怎么能去盗老祖宗的墓，如果他们会干出这样大逆不道的事，就不会在闸北花园里为先祖立像了。

那么钱六所说的"出师未捷身先死，长使英雄泪满襟"，这句原本追忆诸葛孔明的诗句，是否在暗示这座雕像呢？

不过要说得通也有点勉强啊，虽然孙权的吴国最终被灭，但孙权可是活得很长的啊，当不起"出师未捷身先死"的形容。

我看着面前的孙权像，顺着他平指的手，慢慢地转过头去。

那个方向，三十米处，有一株大树。

那是棵两人合抱的樟树，至少有数百年的树龄了。可是这树怎么会在这里？这里在一百年前还是个臭水塘呢，这样的大树一定是后来移种的。

我走到樟树前，抬头望去，看见在离地三米多高的地方有一个大树洞，这树不知多少年前经历了虫灾，依然顽强地活了下来。

那大树洞足可容一个人爬进去，难道孙权雕像手指处的含义，是这洞下有一条通道，竟可以通到一公里外的三层楼下？

我四下张望了一番，没有人在。正在我考虑该在哪里踏足借力，好爬进这树洞看看时，却听见头顶一阵枝叶响，一个人竟从洞里探出头来。

那二十多岁的年轻人灰头土脸，面颊上沾着枯叶，狠狠地吐了一口嘴里的碎屑，看这架势胸口颇有些怨气，却在这时和我四目相对，两个人都是一愣。

那人迟疑了一下，钻出树洞，手在树干上搭了搭，轻轻巧巧落在地上。

"你……"这样的碰面相当尴尬，但如果我没猜错的话……

"头不痛了吧。那玩意儿虽然没什么副作用，但醒过来以后头会晕很长一阵呢。"年轻人掸去脸上的枝叶，向我伸出手，"你好，我是卫先。"

我伸出手去和他握了一下，心里暗自惊讶这小贼的开门见山，但对方现在既然这样说，自己总也要有些风度："那多，你已经知道了。"

"不过，你怎么这么爽快就承认了？"我微笑着问。不过心里却相当地郁闷，我发现自己有点被动，只好在面上装出一切尽在掌握的神态，不想被这小贼占尽上风。

"我不承认你也会猜到吧。本来呢，我应该说，你那么快就找到了这里，显示出了足以和我一起行动的能力。"

我"哼"了一声，不予置评。

"不过实际上……"卫先捶了一记树干，"这里面什么都没有，仅仅是个不深的树洞而已，我们两个都找错了方向，说起来我还是被你的记录误导的，想要尽快找到墓的入口，我想我们还是精诚合作比较好。"说着他拿出我那本被他偷走的记事本，"借看片刻，现在物归原主。"

"什么都没有？"我终于无法再假作镇定，掩不住震惊之色。

第四章

盗墓之王
Chapter 4

雕像仅仅是雕像，那手指的方向并没有什么特别含义，古树确实是后来移植的，却与孙氏兄弟无关，是上海市园林局因为市政工程，三年前把这株古树从别处移来的。

卫先住在希尔顿饭店，我对他经济实力的疑惑在他坦承自己的职业后得到了解答。

所以我必须要纠正自己的错误看法，他不是一个小贼，他是个大盗。

"我是历史的见证者。"卫先悠然给我倒了一杯茶，用的是一柄银胎彩釉鹤嘴壶，杯子是铜质鎏金的菊花盏，古意盎然。事实上这的确都是价值惊人的古董。

"上次我去徐州，那里的山坡都已经被洛阳铲打成蜂窝了，你们就是这样见证历史的？"我哂笑。

"嘿，不用对我这么充满敌意吧？既然已经决定合作，就别那么记仇。"卫先嬉皮笑脸地说。

伸手不打笑脸人，卫先到现在也表现出了合作的诚意，我也不能太过分。

"你是记者，不过把英国王妃黛安娜逼死的呢，也算是记者吗？作家挺高尚的吧，可写色情小说的呢，也算作家吗？同一个领域内也有高低之分，所以不要把我这样的历史见证者和山野间的盗墓贼等同起来，他们除了破坏什么都不懂。"

"本质也没什么区别，对记者来说都要采访，对作家来说都是写字，对你们来说就是把墓里最值钱的东西取出来。"他既然提到了我的职业，让我不得不小小地反唇相讥一下。

"哈哈，记者的本质是采访？作家的本质是写字？奇妙的说法，不过你不会真这样想吧？"卫先笑得很开心。

我发现自己说了蠢话，这时候再坚持就更愚蠢了，只得默不作声，心里不得不承认卫先的水准出乎我的意料。

"而且，对我们来说，把地下最值钱的东西取出来并不是最恰当的说法，事实上要把地下最有价值的东西取出来。这其中所要求的专业素养，可不是一般的高哦。"

"得了，你别再自吹自擂了，你是通过《晨星报》上我写的报道盯上我的吧，但你是怎么知道'三层楼'的？"

"我的家族非常庞大，家族里的成员，基本都是……这个领域的，在我祖父那一辈，出了一位了不起的人物，他对于地下的世界有着天生的直觉，这种直觉帮他成功找到了许多传说中的墓，那种地方，许多原先只存在于典籍之中，能找到就已经不容易，活着进去再出来一次就已经是奇迹，但他却接二连三，当时声名之著，一时无双。"卫先的眼中露出神往之色，显然对于这位传奇人物无限崇拜。

"天下第一的盗墓之王？"我说。

卫先点了点头："当时卫不回绝对可当如此称号，但有一天，他去盗一座墓，却真的如他的名字一样，再没有回来。"

"'三层楼'？！"我脱口而出。

卫先没有接我的话，自顾自地说了下去："当时他的朋友完全不知道他去了哪里，只知道很久之前，他就在寻找这座墓，早到他取得那些惊人的成就之前。所以可想而之，这座墓是何等的隐秘，又是何等的重要。他惯常独来独往，所以关于这座墓，所有的朋友都不知道具体情况，只知道他似乎一下子有了重大进展，然后就出发前往，但再也没有回来。在那以后的日子里，无数人想找到那个墓，因为谁找到那个墓，谁就是天下第一。"

说到"天下第一"的时候，卫先的眼中似乎有什么东西亮了一下。

天下第一。这个至俗的称号，却永远拥有致命的吸引力。

"天下第一，真有那么重要吗？"我说。

卫先沉默片刻，说："我有一个非常优秀的弟弟。"

"卫后？"我脱口而出。

卫先笑了："是的，他就叫卫后，先出来的是卫先，后出来的就是卫后，

还好没有第三个，不然就麻烦了。"这一刻，他又恢复了之前的笑容。

"其实也不完全是和我弟弟争什么，但是，那个墓已经成为一个神话，让人无法克制地迷上它。在我们之中，没有人不把它作为至高的目标。"

"我理解。就像作为记者，只要真的喜欢这个行业，就必然会有一些致命但无法抗拒的东西。"这一刻，我真正开始喜欢眼前的这个年轻人。

"作为他的孙辈，我还是有其他人没有的优势，就是这张纸。"卫先从口袋里拿出一张纸展开。

这是一份复印件，上面是一张图。

"我一直认为这是张地图，可是我花了很长的时间，比对了中国的每个城市，每个县，后来甚至开始对照周边国家的城市地图，都没有吻合的。"

我仔细地看这张图，这是两个不规则的图形，一个套着一个。里面的图非常小，靠在外面的大图内侧边缘。我扫描记忆中的一些地图，很快就放弃了，卫先拿地图比对都没找到，我再怎么想都是白搭。如果这是地图的话，怎么看怎么陌生。

"最近我终于知道了，这就是上海。"卫先微笑。

"上海？"我皱着眉头再看了一遍，"这怎么会是上海？"

"不，正确来说，应该叫会稽郡。"

"会稽郡？三国时期的会稽郡？"我三国游戏打了不少，当然知道这个大郡。

"应该说早在公元前223年，秦灭楚后就设了会稽郡县，包括今天的上海和苏州的大部分地区，我偶然间在书店看到历史地图册，这才想起自己一直漏了这么大一条线索。"

"那这个呢？"我指着里面的小图问。

"这张复印的看不出，原来的可以明显看出，这两个图是分两次画上去的，也就是说，在最开始，卫不回只确定他想找的这座墓在会稽郡，从这张图看，墓主人所处年代是由秦至隋的七八百年间，此后会稽郡所辖时有改变，和山阴县分分合合，有时的辖区也和这张图所绘差不多，所以依然很难缩小范围。可是后面画上去的图形是他离开前不久所绘，可能是估计到此行有不测之可能，所以给后来者一个线索。我花了很多时间，调阅了我所能查到的所有地图资料，嘿，还看了许多古时的行军地图，从秦一直搜索到现代。"

"怎样？"我急着问。

"其实如果不是被第一次的经验影响，我本来花不了这么多时间，答案很简单，是卫不回临走时，照着当时的闸北地图描上去的。"

"可你是怎么确定是'三层楼'的呢？"

卫先摊摊手："我并没有确定是'三层楼'啊。"

"没确定是'三层楼'怎么会找上我，难道你不是因为我那篇报道……"

"没有看过那篇报道就不能找你吗？"卫先笑眯眯地说。

我一时愣住不知该说什么。

"看来你都不知道自己在地下世界的名气啊，我听说你很久了。"

我微微吃了一惊："你知道什么？"

"黑暗中的人，有自己获得信息的渠道。"卫先说到这里就停了下来，似乎不愿意在这方面说太多东西。

"那你原本就想要和我合作喽，可昨天晚上是怎么回事？"

"本来想给你一个特殊的见面，而且我们没有打过交道，虽然传言中……小心些总没有错。只是昨晚我进入你家里，一眼就瞧见了那本记录，翻了一下，我几乎就已经可以确定，这就是我在找的，既然已经找到目标，我就改变主意，决定自己行动。"

"自己行动失败了，又回过头来想再次合作？"

"可以吗？"卫先望着我。

我忽然笑了："我们先前不是已经说好了吗？怎么你还要问一遍？"

我发现卫先实在不像一个生活在黑暗世界中的人，他的内心有太多善良的地方。他这次愿意和我合作，最主要的原因，只怕是他从我这里偷了东西，心里一直有所愧疚，所以再次见到我的时候，就没想着再躲避，也不愿再说什么欺骗我的话，既然我和他不是同一领域，也就不存在利益冲突，索性大家一起合作。

"唉，看到那株树的时候我以为已经找到入口，想想也是，哪有这么容易被我找到的。"

"不过，至少那尊雕像能帮助我们肯定孙氏兄弟的身份。"

"身份，什么身份？"卫先问。

我遂把自己关于孙氏兄弟的外貌，对三国的了解，以及在闸北花园立孙

权雕像含义的猜测告诉了卫先。

"看来和你合作真是没错。这就又多了一条线索。"卫先把杯中的茶一饮而尽，十分高兴。

"可惜钱六死了，否则一定还能套出些东西来。"

卫先对钱六的死倒是已经知道，看来他也做了许多准备。

"要不这样，我们先各自调查，一有进展就通知对方。我们两个人的思考方式和行事手段都不太一样，如果在一起分析推测，没准儿就和今天一样受了误导。"

"你还惦记着呢，要知道我的工作手册上可没写我的推测，我只是记录事件而已，是因为你和我得出了同样的推测，有着类似的思路，今天才会撞在一起，可不是我误导你。各自行动是没问题，但你别把事情都赖在我头上。"我笑着说。

但凡优秀的盗墓者，必然习惯独来独往，所以就算是与别人合作，在事情没有明朗化之前，能一个人干就一个人干。

我告辞离开，出门的时候正碰见服务生捧着一大堆报纸要敲门。

"先生，您要的报纸。"

"你看那么多报纸？"我大是惊奇。

"呵呵，每天例行的功课。上面或许会有对我而言有趣的消息。"

我耸耸肩，转身离开。

我还憋着一口气，非想要在卫先之前找到进一步的线索，却没想到在离家还有几百米的时候，就接到了卫先的电话。

"有线索了，你来还是我来？"

"那么快就有线索了？你不是耍我吧。"我颇有些懊恼。"唉，还是我来吧，你等着。"无论如何，有进展总是好事。

就这么点时间，他能取得些什么进展，这点时间他连那一大堆报纸都不见得能看完……还是，他从报纸上得了什么线索？

进了宾馆房间，卫先把一大张报纸摊在我面前，我就知道自己猜对了。

那是朵云轩秋季艺术珍品拍卖会的预展广告。上面有一些参与本次拍卖的古玩图片。

"有什么不对吗？"我问。

"这一件。"卫先指向其中最大的一幅图片。

这是一个陶盆，乍看并不华丽，但照片的分辨率相当不错，所以细细看去，可以看到盆身有极为纤幼细致的花纹。

图下有一行小字：明仿沈秀纳财盆。

奇怪了，这种位置的图，拍的该是本次拍卖会最为贵重的拍品，可这件东西……

"你奇怪这件东西怎么会在这里拍吗？我也奇怪，这样的东西，至少得是香港佳士得这样等级拍卖会的压轴大件才对。"

"啊，可这不就是个仿件吗，尽管是明代的，但有那么高的价值吗？"卫先的话让我大吃一惊。

"呵呵，你知道沈秀是谁吗？"

我摇了摇头，要问刘秀我还知道，沈秀就没一点印象了。

"明代，对于巨富有一个定义，一万户中最富的三户，就被称为巨富，所以巨富有个别称叫万三。"

"那又和沈秀有什么……等等，你是说沈秀就是沈万三？"

"没错，世人皆知那个富可敌国却被朱元璋眼红充了军的沈万三，却不知道他的本名就叫沈秀。"

我的心跳一时间有些加速："那所谓纳财盆就是……"

卫先的嘴角向上翘起："就是聚宝盆，沈万三的聚宝盆。"

"可这只是一个仿品，又不是真的聚宝盆。"

"真的聚宝盆，能不能真的聚宝且不说，相传已被打碎。而这'仿沈秀纳财盆'，也只有一件而已。"

"为什么就只有一件？"

"沈秀和朱元璋关系还不错的时候，沈秀曾经同意，让朱元璋召集天下最好的工匠，对着这聚宝盆做一个仿品，当时朱元璋相信，聚宝盆之所以有神奇的功效，和盆身繁复无比的纹路有关。所以这个仿品可以说是做得和原件分毫不差。但是，却并没有原件的作用。朱元璋相当失望，后来就把这个仿品赐给了大将军常茂。"

"你怎么会知道，是野史吗？"

"作为历史见证者，当然会多知道一些东西。"卫先微笑。

"这么说来，这件'仿沈秀纳财盆'倒真是一件珍品。不过你说的新线索指的是什么？"

"大将军常茂的墓从来没有被正式发现过，而且这座墓是盗墓界传说中的隐墓之一，但七十年前这座墓被……"

"卫不回！"卫先的话还没说完，我已经脱口而出。

"是的，这座墓就是让卫不回声名鹊起的原因之一。所以，这件'仿沈秀纳财盆'本该在卫不回的手里。"

和卫先匆匆吃过快餐，我们就赶往朵云轩。找到了委托拍卖的人，就等于找到了卫不回，至少也是和卫不回有密切关系的人。

可是我们两个却结结实实吃了个闭门羹，这回连我的记者证都起不了作用。

接待我们的经理一句话就把我们挡住："委托人的身份是保密的，这是行规。否则泄露出去，他们的安全谁来保障？"

我给他亮了记者证，又递了名片过去，表示很想采访到这件"仿沈秀纳财盆"的收藏故事。

好话说尽，经理才勉强答应帮我们问问委托人，如果他愿意接受采访，就告诉我们他的联系方式。

"不过，以我对老先生的了解，他是绝对不愿见你们的。"经理说。

我心里忽然想到一个人，问："不会是……张轻张老先生吧？"

经理"啊"的一声，掩不住脸上的惊诧之意。

接下来的对话就顺利了很多，既然是我自己猜出的委托人身份，经理就又告诉了我一些消息。

张轻原来是沪上收藏界里的知名人物，这一次朵云轩秋拍缺少一件镇场之物，这位杨经理和张轻相识十多年，虽然知道这老头脾气怪、难相处，但也只好硬着头皮上门求助。一番死磨硬缠之下，终于说动张轻拿了这件宝贝出来。

其实我早该想到，张轻就是卫不回。当时孙氏兄弟的第三个合作者，也是参与度最高的合作者，除了那个盗墓之王还会有谁？

这下一切都顺了。

其实我本来就在怀疑那个一直不配合我的老张头的身份，听到经理那么说就试探了一下，果然被我料中。

回到宾馆，我和卫先一起把迄今为止的线索理清楚。

每到一个阶段就要理一次头绪，不但可以把思路理清，有时静下心想一想，还能发现之前因为匆忙而漏掉的重要细节。

孙氏兄弟想找的是一个古墓，这个古墓的时间在秦以后，地点就在"三层楼"区域的地下。实际上，根据现有的线索，这个古墓很可能是三国时期的。他们有一面具有奇异功效的旗，这面旗帮他们最终确定了古墓的方位。

孙氏兄弟建造"三层楼"，其实是划定了一个区域，对这个区域实行清场。清场之后开始进行地下的挖掘工程，为了掩人耳目，他们同时进行推倒区域内平房和填邱家塘建闸北花园两项工程，使人们不再注意大量的土从"三层楼"区域向外运。

据闸北花园的孙权石雕和孙氏兄弟的长相推测，孙氏兄弟可能是孙权的后代，所以对这个古墓有一定的了解，至少他们知道这个古墓要进入相当困难，可能还有一定的危险。所以，他们找了三个帮手。

帮手之一是钟书同，孙氏兄弟希望利用他的历史知识帮助寻找古墓，或者是了解古墓的一些细节，但显然他们失败了。作为历史学者不可能知道那么细的东西，几次试探之后他们就放弃了钟书同。所以钟书同对他们的计划几乎没什么了解。

帮手之二是圆通，孙氏兄弟希望圆通的预知能力能告诉他们重要信息，并且帮助他们趋吉避凶。可没想到圆通住到了"三层楼"预知能力就因不明原因受到极大阻碍，唯有的一次成功预知，却也混沌不明，孙氏兄弟彼时已无后退可能，连调整的余地都很小了。从孙氏兄弟的失踪看，圆通的预感是相当准确的。但从计划参与度来说，圆通毫无疑问还是在外围。

帮手之三是张轻，也就是卫不回，卫不回很早就在找这个墓，但只确定了大方向，一直没能找到具体位置，所以和孙氏兄弟一接触，这个一贯独来独往的盗墓之王立刻就答应了。卫不回是计划的直接参与者，孙氏兄弟说动他的条件一定包括和他一同进入墓，以及一定的墓葬品分赃计划。所以，就算是在最后阶段，地下通道打通到墓门口，孙氏兄弟冒着圆通不祥预言进墓，卫不回也应该和他们一同进入，确切地说，卫不回还应该承担开路先锋的角色，这类墓中，能致人死命的机关比比皆是。

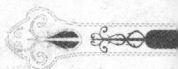

日军轰炸的时候地下通道就快打通，为了避免通道因轰炸受损，孙氏兄弟再次运用幽灵旗的力量，让"三层楼"幸免。此后不久他们进入地下，再没有出来。

可是卫不回出来了，他更名为张轻，隐姓埋名，再不复盗墓之王的风采，而此前盗墓的收获使他成为了一位收藏家。

他究竟在地下遭遇了什么，为什么只有他一个人出来？

这只有等他亲口告诉我们了。

怀着复杂的心情，我们再一次前往中央"三层楼"。

尤其是卫先，一向肆无忌惮仿佛游戏人间的他也变得严肃起来，对他来说，或许卫不回就是他的偶像了，一个高高在上、崇敬无比的偶像。

站在张轻的门口，卫先的手在半空中停顿了几秒钟，落在门上。

门开了。

卫先只看了面前这张苍老的脸一眼，身子就震动了一下。

我惊讶地看到，他突然矮身下去，单膝跪地，俯身拜倒。

"卫沿武之子卫先见过四叔公。"

张轻看着拜倒在他面前的年轻人，良久，叹了口气："起来吧。"说完扫了远远站在门外的我一眼，转身往屋里踱去。

卫先站起身，和我互视一眼，走进屋子。

我随手带上门，跟着卫先向里屋走去。

我四下扫视，这可是盗墓之王的家啊，房间的格局和苏逸才的差不多，家具也挺普通，那些想象中的古玩一样都没看见。

盗墓之王亿万家财，不用说在别处另有藏宝宅了。

"坐吧，老了走不动路，要喝茶自己倒。"张轻随手指了两张木椅。

我和卫先小心翼翼地坐下，我有很多话想问，但现在显然让卫先开口比较好，可卫先这时还没从拘谨中解脱出来，一时不知该如何开口。

"你，和他认识？"张轻看了我一眼，话却是问卫先的。

"哦，也……不是很熟。"

见鬼，这家伙在说什么，我斜眼瞪了他一下。

"啊，是这样的……"卫先这才回过神来。顺着张轻的问题，卫先把自己从调查那张遗图开始，到遇见我为止的经历原原本本地说了。

　　张轻，或许此时该称他为卫不回，静静地听着卫先说着，手指有节奏地敲击着桌面，神色间殊无变化。不过紧盯着他的我，还是发现卫不回的眼角轻轻皱了几次，特别是在卫先说他和我到目前为止对当年事件的分析时。

　　看来，我们所掌握的事实，已经在他的意料之外。

　　卫先说完之后，我和他都等着卫不回说话，可卫不回居然一言不发。

　　他究竟在打什么主意？我心里暗暗盘算着，却并不打算开口打破僵局。

　　"说完了？"卫不回终于说。

　　卫先点头。

　　"还有什么要说的吗？"

　　"大概……就是这样了。"

　　"故事听完了，你们可以走了。"

　　"四叔公！"卫先急了。

　　"卫老先生，我们已经调查到了这一步，怎样都不会缩回去，而且按照目前的进度，找到地下陵墓也指日可待了，毕竟它就在那儿，不是吗？"我用手往地下指了指。

　　"既然这样你们还来找我这个老头子做甚？！"

　　"我们查到现在，也知道那并不仅仅是一个陵墓这么简单，否则当年进去的人，也不会只有您得以生还。"说到这里，我偷眼看了一下卫不回，他还真沉得住气，依然没有什么反应。不过这样看来，孙氏兄弟当年真是死在里面了。

　　"或许您比较讨厌我这个追根究底的记者，但我追查这件事，只是为了满足我个人的好奇心，并没有要把什么东西公之于众的意思。而且，这里还有您的侄孙，他正以您为榜样，希望可以解开您当年留下的谜团，为了追赶您的脚步，无论怎样的危险他都不放在心上。即便是这样，您还是不愿意告诉他，当年您遭遇了什么，在地下他又可能会面对什么吗？"

　　我以亲情动之，刚才他能让我们进屋，能让卫先说那一番话，说明那么多年之后见到自己族中的亲人，心里并非像表面这样无动于衷。刚才那段话说得我自己都有点激动，要是他还是没反应就真没辙了。

　　"哼，如果你们进去了，那才真叫找死呢。"

　　卫不回终于接话，肯说话就好办了，再刺激他一下。

"在来这里之前，卫先没和我少说您当年的风采，声望之著，一时无双。可这究竟是个怎样的墓，把您这样一个地下的王者都挡在了外面六十多年？"

我以为这么一番话说出来，以老头儿的脾气不拍桌子才怪，却没想到卫不回只是闷哼了一声。

我心里有些发凉，以卫不回这样的脾气，在说到这个墓的时候都如此忌讳，如果自己和卫先去探墓的话，会有什么下场？

这样的念头在我心里一闪而过，被我自己压了下去。回想从前的经历，几乎次次九死一生，也不差这一回。

卫先对自己四叔公的反应也很意外，这时试探着问道："那个墓，真的那么凶险？"

"那个墓，我连门都不敢进。"

卫先眼珠子瞪得溜圆："还有您连门都不敢进的墓？那门有什么机关，翻天斗？暗梅花？还是……是鬼跳门？"

卫先连着说了几个我从没听过的名词，想必是一些凶险的机关名称。

"翻天斗、暗梅花，这些我看你现在没准儿也行，至于鬼跳门嘛，我要是过不了鬼跳门，那件'仿沈秀纳财盆'我也拿不着。"

我心里微吃一惊，我们什么都没说，卫不回却已经知道我们是怎么找上门的。

"那……"卫先皱着眉。

"你不用想那些，其实我就是不敢进去。"

"这怎么说？"

"我进过一百三十二座大墓，其中七座墓中途而返，两座墓见门而返，你想不出原因？"卫不回反问卫先。

卫先苦思良久，还是摇头。

"那你就不要在这一行继续下去了，否则必有一天死于地下。"

卫先惊讶地看着卫不回，脸涨得通红，显然心里是不满他这样的说法，但又不好当面反驳。

一个立志要成为盗墓之王的人，却被他所崇敬的盗墓之王当头一棒，心里的滋味可想而知。

"是直觉吗？"我突然问。

卫不回足足注视了我几秒钟，这大概是他第一次拿正眼瞧我。

"那一次，我仅仅是远远看着墓门，就已经知道，走进去，就是死。孙家那四个人没有任何感觉，但我几乎连一步都不敢再往前迈。反倒是钱六，嘿嘿，他的直觉也不错，终于没有走进那门去，可惜逃回来以后，也搞得半疯。"

"可您都不敢进，孙氏兄弟怎么就敢进去呢？"

"他们，他们等这一天等得太久了，圆通的话让他们已经做好最坏的打算，怎么肯仅仅因为我的感觉，就停下脚步？嘿，他们跟着我学了几个月，以为有了点本事，我不敢去，他们就自己闯闯看。我就只好看着他们死在我的面前。"卫不回低声道。

"他们是怎么死的？"

"其他人只听见声音，而孙老三硬是冲出了墓门口，身上插得像刺猬一样，他那一身硬功，也就让他多走出那么几步而已。临死都抱着个头不放，难道那就是他们想要的东西？"

"头，什么头？"

"骷髅头啊，或许，就是躺在墓里的那位吧。"卫不回脸上掠过一丝不自然的神色。

"是谁啊，他们要那个头有什么用？"

"够了，你们别问了。"卫不回的面色有些发白，眉毛扭曲着，分明是惧容。

别说是卫不回，就算是卫先，想必骷髅也见得多了，怎么会提起一个骷髅头，就让卫不回露出这样的神情？

那究竟是个怎样的头颅？为什么孙老三临死还抱在手里，真是从棺材里扭下来的？

卫不回闭着眼睛，再次睁开时，心情已经平复下来："那时我离孙老三只有十几步，却也没胆子上去替他收尸，钱六想着给主子收尸，走了几步，也退了回来。"

"可是，就只有几步路，您也说孙老三是死在墓外的，如果墓外没有机关的话，您为什么，为什么……"卫先筹措着词语，想避开"不敢"这两个字。

"这就是我劝你别再干这行的原因啊，倒是你。"卫不回看着我，"如果你

到了那里，倒有可能会理解我当时的感受。"

"不过，你到底是我的侄孙，不管你以后怎么样，这个墓，我绝不希望你去，所以我不会告诉你这是谁的墓。再说孙氏兄弟到底想要什么，我也不知道。"卫不回一字一句对卫先说。

"可是我们已经查到了这一步，您不用告诉我那是谁的墓，您只要告诉我们怎么进去，入口在哪里就可以了。"卫先急切地说。看样子，他反倒是被激起了入墓一探的决心。

卫不回似是有些错愕，说："怎么进去？哈哈，你连这都想不清楚，更加没有进入的资格了。"

那样的表情，好似我们提了个蠢问题。

离开中央"三层楼"，我一直在想卫不回最后的那个表情。

"喂，你说卫不回最后的话是什么意思？"我问身边的卫先。

"啊，什么什么意思？"

我看了卫先一眼，他正不在状态。

这次他满怀希望地来，没得到多少线索不说，还被斥为"不适合继续做这一行"，现在心里五味杂陈，估计卫不回最后所说的话和表情都没有注意。

"我是说，卫不回似乎对我们找不到入口有些意外。"

"那有什么好奇怪的，或许在他看来很简单，但并不是所有的人看起来都简单，他是谁啊！"

我皱了皱眉头："不，我总觉得哪里不对劲。"

现在想起来，闸北花园的地下是不可能有通道的，或许是小说看得多了，所以在那里看到雕像和那棵树，下意识地就上了个当。其实只要脑子清楚一点，就知道通道绝不可能挖到那里去，工程量不说，从"三层楼"区域挖出来的土是明打明用手推车运到邱家塘去的，这一点钟书同亲眼所见，怎么可能还在地下挖一条呢？

我忽地停住脚步，有点心不在焉的卫先走出去好几步，才发现我的异状。

"怎么了那多？"

"你可以醒醒了，别把卫不回的话太放在心上。还有，我想我知道通道的入口在哪里了。"我对他说。

第五章

孙辉祖的白骨

Chapter 5

拿着形状奇怪的金属片拨动了几下，卫先轻易就打开了地下室的铁门。

"还记得钟书同当年，在一个赶火车的早晨所看到的情景吗？"

"是的，你那本工作手册里提到过。"卫先随手关上铁门，"轰"的一声，我们就被关在了黑暗中。

"现在想起来，我都奇怪自己怎么会漏过这么明显的线索，嘿嘿，而且你也漏过了。"

卫先没有接我的话，他从怀里取出一个特制的手电打开，一道光柱从手电里射出来。手电的光源过于强烈聚集，反倒让这道光对周围的黑暗无甚帮助，有了这道光，四周反而显得更加幽深。

卫先调节了一下手电，光学镜片的角度发生了某些变化，那道光柱很明显地扩散了开来。看来这只手电，是他行走地下陵墓时的一把利器。

"你现在已经想到了吧，当年钟书同看到的是许多车土从一幢'三层楼'里被运出来，也就是说，当时那里有一个通道的入口。现在那幢楼已经不在了，但就算在也没什么帮助，因为多半完工后，那个仅为了运土而存在的出口会被堵上。但是，在这幢中央'三层楼'，当年孙氏三兄弟住的这幢楼里，还是非常有可能会保留一个入口的。而如果这个入口存在的话，就在钱六的地下室里。"

卫先借着手电的光找到了几个开关，但都没有反应。

"真见鬼，这种老房子不可能单独切断电源的，难道那个为主人看了六七十年门的死疯子平时都不用灯？"

我想起前一次来时的情景，看来多半就是这样了。

一个生活在黑暗中的老人。略微想象一下他的生活，我的呼吸就不由得

粗重了几分。

地下室的空间大约 20 平方米，虽然不算大，但在仅靠手电照明的情况下，要找出一个莫须有的通道，还是有难度的。

对于这方面，我插不上手，卫先是相当专业的，看他的动作就知道了。我站在床边，看着手电的光柱缓缓地移动，随着光柱照到的地方，卫先或摸或敲，他的手脚相当灵巧，居然没有碰翻什么东西。

"必有一天死于地下。"我又想起了卫不回的断言。

我扶着床沿，这张床上，昨天躺着一具冰冷的尸体，而在他还没变成尸体的时候，曾经发出过"出师未捷身先死，长使英雄泪满襟"的感叹。现在想来，这感叹多半只是针对孙氏兄弟死于地下而发的。

"你去啊，去那里，去啊。"我耳边仿佛又听见钱六尖锐的嘶叫声在黑暗里隐隐传来。

那时候，我还记得，他挥舞的手臂险些打到我。

他是不是在向我指出地下室的入口？

我躺倒在床上，床板坚硬。我回忆着那天，和我躺在同一位置的钱六的动作。那天我进门的时候，把门开着，外面的光线透了一点点进来，使我当时还能模模糊糊地看到钱六的黑影。

"你在干什么？"卫先听见声响，转回头，手电的光柱照着我挥舞的手臂。

我从床上站起来，用手指向斜对面的一片区域。

"你看看那里。可能就在那里。"

手电指向那里，是一面书橱。

"肯定有问题，他这里都没有灯，看什么书？"

"过来搭个手。"卫先招呼我。

沉重的书橱被我们移开了。

卫先敲打了几下墙壁。

"奇怪，是实心的。"

"是吗？"我伸手摸着墙，却觉得脚下的地有些不平。

我狠狠踩了两下脚。

"空的！"我和卫先异口同声地说。

"果然在这里。"我又用力踩了几下，脚底突地一软，伴随着碎裂声，我整个人猛地沉了下去。

我"啊"地惊呼一声，挥动的右手抓住了卫先的脚，双脚悬空，那个突然出现的洞不知有多深。

卫先的左脚向后退了一步，蹲下抓住我的手。

"松开我的脚，我站的地方可能也不稳，别两人都掉下去了。抓我的手。"

被卫先连拽带拖地弄上来，手电照向那个黑洞里，我犹自惊魂未定。

这个入口应该是被钱六封上的，长年在上面压个重书橱，已经开始下陷，被我再这么狠踩几脚，这层水泥板就吃不住了。

站在洞口向下看，这才发现就算当时没抓住卫先的腿也出不了大事，只有两三米的样子。

卫先拍了拍我的肩膀："走吧，知道在这里就行，我们改天再来，我得准备些家伙。还有你没发现空气有些不对吗？"

我点头，迅速和卫先离开了地下室。是有点气闷的感觉，还好到现在只隔了六七十年，里面的空气还不至于变成致命的毒气。

铁门重新被锁上了，但解开六十七年前谜团的钥匙，却已经握在手中。

之后几天，卫先都没有和我联系。

每天的采访我总是心不在焉，稿子飞快地一挥而就，手机一响就赶紧看来电显示的号码。那未知的地下究竟有什么呢？

五天之后，我终于接到了卫先的电话。

他已经准备完毕了。

6月22日，周二。

我给报社打了个电话，说自己脚扭了，正去医院看，如果情况好的话下午就来报社。换而言之，我也给自己不去报社打了个伏笔。只要不在那里困几天的话就不会出什么问题。

当然，或许那并不是会不会被困几天的问题，而是出不出得来的问题。

上午九点三十分，在普济路中央"三层楼"不远处，我和提着两个蓝色大旅行袋的卫先会合。

"这是你的。"他把一个旅行袋递给我。

"等会儿再看。"他阻止了我弯腰拉拉链的举动。

　　等了几分钟，找了个没有人出入的时候，我们闪进了"三层楼"的大门。要是被人看见我们两个提着这两大包东西进地下室，恐怕很难解释清楚。

　　打开铁门，我们把两个旅行袋放进去，然后让门开着，重新回到外面的阳光里。

　　多少让屋里的废气先散一点出去。

　　"三层楼"里的居民，是不会注意到黑暗里地下室的铁门被打开的。那得走下楼梯，到跟前才会发现。

　　"要等多久？"我问卫先。

　　"两支烟吧，出口的地方空气好些就行。"卫先摸出烟，我取了一根点上。

　　"那在里面呢，地下通道的规模不会小，这点工夫行吧？我看国外的纪录片，这种地方得用抽风机抽段时间才行。"

　　"用不着那个，我准备了全套的衣服，带氧气装置。"卫先脸上露出了笑容。

　　铁门重新关上了。

　　站在我曾经掉下去的洞口前，卫先用手电往里照了几下，从旅行包里取出把尖头钢锤，几下子把洞口拓宽了一倍。

　　钱六所做的掩盖已经被完全去除，现在出现在手电筒光柱下的，是一个直径一米多的圆洞，在下面的壁上，还嵌着一副生锈的铁梯。

　　"我们把衣服穿好再下去。"卫先说着，从旅行包里捧出一套衣服。

　　"这就是防化服吗？"我目瞪口呆地看着穿上衣服的卫先。

　　"不，应该说是宇航服。"他的透明头盔折射着手电光，我改口说。

　　"这套衣服可以阻绝一切有毒气体的侵入，背上的氧气装置存有四小时的压缩氧气，同时装置的能源保证其可以进行氧气转换运作四十八小时，还有，这衣服是防弹的，所以万一墓里有机关，挨几箭也不怕。好了，别愣着，快穿。"

　　防弹？可背在肩上的氧气转换装置？我不由得佩服卫先的神通广大，这样的东西可不是普通人能搞到的。

　　"你这两天就搞这东西去了吗，估计这样一套衣服得是天价了。"

　　"价钱倒还好，就是东西少，我本来就有一件，这两天从别人那里调了一件过来，应该合适你的体形。"

　　价钱还好？我才不信呢。大概是彼此对金钱的衡量标准不同吧。

要穿上这件衣服还真不容易，最后还是在卫先的帮忙下才穿了上去，各处的密封搭扣全都封好，除了背上的氧气装置有点重之外，不觉得特别气闷，而且也能清楚听见卫先的声音。

一手提着卫先给我准备的特制手电，一手背着带来的小包，那里面有我的重要装备——数码相机。我跟在卫先的后面，慢慢顺着铁梯下到了甬道里。

衣服和身体贴合得很紧，没有行动不便的感觉，绝对是好东西。而背上的氧气装置也不是暴露在外面，而是在衣服的夹层里，这样也能受到衣服特殊面料的保护，不容易擦坏碰掉。

甬道窄而矮，我只能猫着腰跟在卫先后面，估计大概只有一米六高，一开始我的头盔还不小心碰了一下，吓了我一大跳，因为要是碰坏了可没钱赔。

没走多久，手电就照到前面壁上有一个伸出来的小铁盘。

"那是什么？"我问。

卫先在跟前停下，从背包里取出一个大水壶，倒了些东西进去。

"是油灯。"他说着，居然从包里拿出了根灯芯放进去。

我看着他把灯点起来，有些惊讶。

"你居然把这些都带着！"

"其实，一般的大墓里都会有类似的灯，如果是没进去过的，里面会有没用过的油和灯芯，但这个墓孙氏兄弟进去过了，所以我猜那些灯可能被用过，就带了这些东西来，没想到这甬道里也能用上。"卫先虽然说"没想到"，但语气中却还是有着微微炫耀的意思。

他想得的确周密，或许他是想以这种方式来证明卫不回的论断是错误的吧。

再往前，每隔十几二十米都会有一盏油灯，回头望望，回去的路要比我们手电照出的前路光明得多。

再走了没多久，我们看见第一条岔路。

"走哪边？"我问。

"随便哪边，不过我们最好不要分开。"

"可是怎么会有岔道？"

"我想，是因为当初孙氏兄弟也不知道墓到底在什么地方。刚才一路走来，你有没有发现，在壁上和脚下的路上，有一些很深的小洞？"

我回忆了一下："好像看见过一个。"

"那是洛阳铲打的洞，可能就是我四叔公打的，以确定墓的方位。不过如果位置差太远的话，这种方式也不行，只好多挖几条路，配合洛阳铲来确定位置。"

卫先忽然停了下来。

"怎么了？"我有些紧张，手电并没有照到什么特异的地方啊。

"哈哈，我们还挺走运的。"卫先笑道。

"这是正确的路吗？你怎么知道？"

"不，这条路错了，我们得往回走。"卫先转过身来，"不过我已经知道该怎么认路了。"

"你没发现这条路有什么不对吗？"

我用手电仔细照了照，没什么不一样啊，一样矮，一样坑坑洼洼。

"那多，我看你有点紧张，照理你不该发现不了的。不就是去个死人墓嘛，放轻松点，嘿嘿，等会儿还有孙家兄弟的死人骨头看呢。"

我讪笑了一声，不可否认，卫先自从下了墓，就完全恢复了往日风采，在卫不回那里受到的打击也再看不出半点影响，我却正好相反，从进了地下室铁门关上开始，就有些紧张，等到了这甬道里，不由自主地想起了当年在人洞的甬道里差点走不出来的经历，总是拿着手电瞎照，怕从哪里忽然迸出个什么东西来。

"哪像你死人墓挖得多了，练就了一副铁胆，小生可是怕怕得紧呢。"我自我嘲笑了一句，反而缓解了心里的紧张。我本来就不是对生死太在意的人，所以才会干出许多生死一线的举动，但对于未知的恐惧人皆有之，和普通人相比，我所不同的是对于未知既有恐惧，又有挡不住的好奇。

再仔细用手电照了照周围，我忽然明白了。

"没有油灯。"

"没错。"卫先挑起大拇指，"看来挖洞的时候工人用的是随身带的矿灯，这壁上的油灯是完工后再装上去的，就只装了正确的那条路，可以照明，也可以让人不致迷路。"

反身走回去，这回变成了我在前面，卫先在后面，另一条道走了不远，果然又看见了油灯。

此后每到岔路，我总是先用手电照照哪条路有油灯的铁盘，然后再选定正确的路。在这里走路不比地上，九曲十八弯，我的腰已经越来越酸，经过的岔路已经有七八处了，这地下甬道的工程还真挺大的。

这甬道是逐渐向下的，就这一点，也该是走对了路。

尽管衣服透气性不错，但大热天，这甬道里空气又不流通，我早已经汗流浃背，偏偏穿着这全密闭的衣服，连擦汗也不行，实在是不舒服至极。

又过了一个岔道，卫先再点了一盏灯，没走几步，我却愕然定了下来。

"怎么会是死路？"手电笔直的光柱，照到的不是幽深的甬道，而是一面不规则土墙，很明显，这条甬道挖到了这里就没有再挖下去。

"不会吧？"卫先侧着身子勉强挤过我，向前走去。

"见鬼，怎么会……啊，我们到了。"卫先的背一挺，头盔顿时撞了一下甬道的顶。

我探头看，却见到卫先的手电光并没有照着正前方，而是照向了前方不远处的地面。

那里有一个洞。

我的心跳又加速了。

走到近前，那里面有往下的土台阶。

"我先下，你跟着。"卫先沉声说，率先拾级而下。

往下走了五六米深，我们下到另一个甬室，这也应该是孙氏兄弟挖出来的，近十平方米的样子，一样的低矮。

在这间甬室里，有一块被移开的巨大石板，与其说是石板，不如说是块扁平的巨石，占了这甬室的一半大小，厚度两尺有余，不知有几吨重。

而原先被这巨石所盖住的另一条向下的通道，如今就在我们面前。

那是一道石阶，以磨得极为平整的大青石铺就，通往未知的黑暗中。

"下吧。"站在入口处用手电照了一会儿，卫先对我说。

这一刻，连他的声音，都显得有些干涩。

顺着石阶慢慢往下走，两道手电光柱交错向前探着。与之前的狭小甬道相比，我们正进入的，无疑是个恢宏得多的空间。

仅仅是这石阶，就有三十多级，台阶越走越宽，走到最后一级时，两边的森然石壁中间的通道，宽达三十余米。

这里的空间实在太大，我们两道手电光能起的作用十分有限。卫先示意我先不要往前走，站在石阶的尽头，他慢慢地用手电照着周围的环境。

这里应该离孙氏兄弟毙命的地方不远了，无论如何都不可疏忽大意。

圆通当年所预感到的，地下凶恶难言之所，便是这里了。

仅仅是冥冥之中莫名的感觉，就让一位修持高深的大师失了佛心，而我们如今已经站在了这块地方，想到这里，我不由得有些惶然，又有些想明了一切的激动。

站在最后一级台阶上，卫先没有再向前走，他的手电光停在了一个紧靠着左侧石壁的圆柱形金属墩上，似是铜制的。

"我过去一下。"卫先说。

"那是什么？"我问。

"应该是，我不太确定，或许是某种装置。"卫先的话中有所保留，他应该是猜到了些什么。

"小心点。"我提醒他。

"没事，这里应该没有危险的。"

卫先慢慢走到那东西前，从背包里取出特质的长柄点火机。

"轰"的一声，一道火柱冒了出来，居然是个大号的照明火灯。只是火光虽大，却无法照亮整个墓道。

我心里奇怪，没见卫先往里面倒灯油，也没放灯芯，怎么一点就着。孙氏兄弟来的时候，不可能没点过啊。

正要开口问卫先，却见他依然站在那里没动，手里的电筒却贴着墓壁照去，混着火光，我看到那里有个凸出来的东西。

忽然之间，如连珠般的"轰轰"声大作，眼前竟一片光明。

火光自两边的墓壁上依次亮起，眨眼的工夫，整条气势恢宏的墓道都被两边墓壁上的墓灯照亮了。

而卫先最先所点着的，原来是一个牵动所有墓灯的机关。

"这里居然有这种万年连珠灯，看来墓主人的身份真是了不得啊。"卫先走回我身边说。

"万年连珠灯？"

"当然不可能真的点万年，但一经点着，可以燃烧数月有余，而且所有的灯都有机关相连，点着一盏所有的都会亮起来。而且这里的一定还有时间限制，点到一定时间会自动熄灭，别说孙氏兄弟来过一次，就是来十次百次也一样点得着。"

不过此时我却没有心情感叹这机关的精巧之处，墓灯亮起之后，我才发现，这整个墓道所用的建材，和石阶的青石完全不同，色彩斑斓，竟然是大理石。火光跳跃下，那大理石的花纹给人以妖异的感觉。

定了定神，我便瞧见了孙辉祖的尸骸。

墓道极长，目测约有两百米，墓道尽头是个半圆形的拱门。其实应该称为拱形入口，因为并没有门，墓道里的灯亮着，而那门内却仍是一片漆黑。

离墓门不远处的地上，倒卧着一个人，远远望去看不清楚，不过想必应该是一具衣服还未完全腐去的骷髅了。

对照卫不回的话，这应该是孙老三无疑。

他的手里应该还抓着一个骷髅头，但离得远看不太清楚。

真正的危险就在前面。

隔着头罩也能看出卫先凝重的面容，他从背包里取出件东西，熟练地拼装几下，就接成了一根长度足有三米的金属棒。在离金属棒不远的地方伸出一根细管，就像医院里医生常用的听诊器。细管的尽头是个吸盘，卫先把吸盘贴在了靠近左耳的头罩上。

"跟在我后面，别走其他的路。"卫先对我说。

金属棒伸出去，在地上敲击了三记，每记之间横着隔一尺，然后卫先迈下了最后一级台阶。

我跟在卫先后面慢慢地向前走，卫先在一条水平线上敲三记，然后前移一尺，再敲三记，就这样一尺一尺地向前移。这支显然是空心的金属棒用声音把地下的信息传入卫先耳中，想必如果有机关的话，这件专业工具立刻就会告诉卫先。

"你刚才下石阶的时候怎么不用，万一那里就有机关不就完了？"我问。

"不会。"卫先回答得干净利落。他并没有继续解释下去，不过显然他那极有自信的专业知识足以支持他这个断言。

"其实这条墓道上应该也没有，入了前面的门才是真正危险的开始，不过，小心点总没错。"

是不是前面那具尸体让他慎重起来了？

金属棒与地下大理石石板的敲击声有节奏地响着。

"笃"，"笃"，"笃"。

"笃"，"笃"，"笃"。

"笃"，"笃"，"笃"。

一点点地靠近墓门。

虽然中国大理石产量丰富，但上海并不产大理石，要从附近的产地运过来，总也得数百公里，而且古代大理石的产地一定比现在少，所以运送的路程可能更长。然而与这样规模的墓室比，从千里外运大理石来，并不是多么值得惊讶的事。

可为什么要用大理石，我还从来没听说过修建墓室用大理石的。

"卫先，你以前进过用大理石造的墓吗？"

"没有。"

顿了顿，卫先又道："也没听说过有这样大规模用的。"

敲击声依旧清脆地响着，可是我一点都不觉得动听。

"笃"，"笃"，"笃"。

"笃"，"笃"，"笃"。

"笃"，"笃"，"笃"。

一点点地靠近那具骷髅。

其实我知道不该和卫先说话的。

他在听我说话和回答我问题的时候，一定会影响听觉，而他现在是靠听觉来分辨前方有没有机关的。从他回答我问题时，明显放慢的敲击速度就可以知道。

但我还是问了。

而且在第一次问了之后，又问了第二次。

因为越往前走，我就越不自在，周围的空气中似乎有无穷的压力，透过我身上穿着的防弹密封衣，让我的心越抽越紧。

而卫先那有节奏的敲击声，更加重了我的不安感。

我只能靠和卫先说话，略略打乱敲击的节奏，来缓解巨大的压力。

"卫先，你看两边的墓壁上，好像刻着什么。"我终于第三次开口。

　　两边的大理石石壁上的确有刻着的图案，或阴纹或阳纹，由于大理石上本来就有不规则的图案，而我们走的是正中的路线，离两边的墓壁都有一定距离，所以要不是我极力想转移自己注意力而四下张望的话也发现不了。而且，越往前走，那些图案就越多。

　　"不知道，或者有什么含义，或者只是装饰性的，你怎么了？"卫先终于发现我的异常。

　　"不知道，就是有种非常不舒服的感觉。"我当然不能让他停止敲击，可看他的样子，似乎并没有和我类似的感受。

　　难道这就是卫不回当年的感觉。

　　卫先缺乏直觉，也不相信直觉。

　　但我有，我相信，因为直觉救过我的命。

　　现在，那种不妙的感觉，每走一步都加重一分。

　　卫先皱了皱眉头："你发现什么了吗？"

　　"没有，仅仅是感觉。"

　　卫先的脸色不太好，他一定也想起了卫不回的话。

　　"必有一天死于地下"！

　　他没有再说什么，继续敲击着地面，继续向前走。

　　我只能跟在他后面，向前。我不可能独自一人退回去。

　　汗，不断地从身上冒出来。

　　冷汗。

　　离墓门，只有几十米了。

　　离尸体，只有不到十米。

　　卫先终于停了下来，在这个距离上，可以清楚地看见孙辉祖的尸体，那具衣服下的巨大骨骼，正泛着星点磷光。

　　这具生前可能超过两米高的粗大骨骼，双手向前伸着，扑在地上，背上暗红色衣服不知浸了多少血，至少数十支已经生锈的箭把他射成了刺猬，他的后颅有一个创口，却没有箭，单从这一点，就可以想象他死前的悍勇，那箭分明已经射入后脑，却被他生生地扯掉了，虽然这并不能拖延他死亡的时间。

　　他的两只手如今只留下惨白手骨，他的右手上，却紧握着个骷髅头。

　　一个让我正不断往外冒冷汗的骷髅头。

　　孙辉祖的食指和中指伸入那头颅原本是双眼的空洞中，把这头攥在手中，可是，在那头颅的两眼之上，眉心再向上一点的地方，却还有一个比眼眶更大一圈的圆洞！

　　那绝对不是被任何东西打击而产生的创口，那是一个浑圆的、边缘极为光滑的洞，幽黑得无比狰狞。

　　所以卫不回至今想起这个头颅还如此畏惧，卫先显然也被吓住了，我的表情也是一样。

　　那是什么东西！

　　那怎么会是人的头骨？

　　第三只眼睛？

　　面对这不知死了多少年的异物，心底里的恐惧却无法抑制地翻涌上来。

　　就算是面对猛虎，甚至是从未见过的史前巨兽，或者是电影中的外星怪物，我都不会有这样的感觉，而这分明是人的头颅，却多了一只眼睛，我仿佛可以看见那只早已经腐烂的眼睛，在洞孔里若隐若现。

　　这就是墓主人的头颅吗？那墓主人到底是谁？

　　我的心脏剧烈地跳动着，急促的呼吸居然无法缓和下来，这样的情况我从来都没有碰到过。

　　勉强转移视线，却看见孙辉祖的左手里抓着一大块布片。

　　幽灵旗？那就是幽灵旗吗？看样子只剩下了一半。

　　另一半呢，是在那幽黑的墓里吧。

　　我望向那拱门，那拱门的四周刻满了图案，或许那是一种我从没见过的文字。这图案比墓壁上的要大得多，我隔着二十多米，依然可以清楚地看见。

　　卫先又向前走了，金属棒轻微地抖着，敲击在地上。

　　"别，别……"我开口喊卫先，却发现没有发出声音。

　　我的心几乎要跳出来，拼了命地用力喊，那股气在喉间来回滚动就是发不出来。

　　这样的情况，就像身陷在梦魇里一般。

　　"别过去。"我终于喊了出来，在说"别"字的时候声音还轻不可闻，喊到"去"字的时候，已经是声嘶力竭地大吼。

　　卫先惊讶地转过头，看见我苍白的脸。

"别过去，信我一次，别过去。"从额头流下来的汗水，刺痛了我的眼睛。

卫先的脸色变得难看起来："你真的有什么感觉吗？"

"非常糟糕的感觉，非常危险，我们需要一些帮手，就这样不行。"无形中的压力让我每一次呼吸都很困难。

"这是心理作用，我们穿着这套衣服还怕什么！"卫先的情绪也激动起来，用手"铛铛"敲了两记头罩。

"这不是心理作用，你也知道我不是什么都没见识过的人，我想我现在的状况就和当年卫不回一样糟糕。"

"去他妈的直觉。"卫先突然吼了一声，认识他以来我第一次看见他这副模样。

"去他妈的直觉，要走你自己走。"卫先大步向着墓门走去，再也不用那金属棒敲地探测，走过孙辉祖的尸体时毫不停留，直向前方拱门中的黑暗。

我看着他的背影，却一步都迈不动，呼唤他回来，他却如未曾听到一样。

一切就像当年一样，只是卫不回和钱六换成了我，孙氏兄弟换成了卫先。

结果呢，也会和当年一样吗？

卫先停下了。

他站在墓门前，只再一步就迈了进去，他终于停下了。

他背对着我站了一会儿，我看见他剧烈耸动的肩膀慢慢地平静下来。

最后一刻，他终于还是控制住了自己。

卫先就这样站了一会儿，才转回身来。

"真是难以想象，我居然会有这么失控的时候，如果我总是这样的话，恐怕真的有一天会死在地下。"说话的时候，他的面容已经如常。

"你说得对，如果你也有这种感觉的话，这样冲进去是太莽撞了，不过，我们总也不能白来一次。"卫先的脸上浮起笑容。

我看见，他的手还在微微颤抖。

他走到孙辉祖的尸骸边蹲了下去。

"你真的走不过来吗？"他抬头对我说。

我苦笑，现在似乎比刚才好一些，但我试着向前迈出一小步的时候，心脏再次剧烈抽搐起来。

卫先的手在孙辉祖破碎的衣服里探索着，近距离接触白骨对他来说是常

有的事了，并未给他带来什么负面影响。

而我则取出数码相机，装上闪光灯，调到夜晚模式，开始拍四周的场景。

尽可能多地获取资料，为下一次再来打下基础，希望下一次我不会有这么糟的感觉。

我对那个墓门照了几张，特别是门上的那些莫名的纹饰拍了特写，还有周围墓壁上的花纹，钟书同应该能认得出这些代表什么吧。

最后，我还对着孙辉祖手中那个诡异的头颅拍了个特写。

"哈，看我找到了什么？"卫先突然叫了起来，他举起一个本子。

"日记，是孙氏兄弟的日记。"他显然已经翻了几页。

"太好了，回去我们慢慢看。"

"还有这个也得带回去。"卫先挪了几步，把孙辉祖左手捏着的那幅旗面抽了出来。

"还有……"卫先又去掰孙辉祖的右手。

不，应该说是右手骨，那抓着头颅的右手骨。

"怎么搞的？"卫先几次用力，竟然无法从那粗大的白骨手中夺下这颗头来。

"死都死了，肉也成灰了，还抓这么紧干什么？！"卫先咒骂着。

看着卫先使劲地和那具白骨抢夺一颗头，我心里不由得掠过一阵战栗。

"算了吧，卫先，别弄了，下次来再说，我已经拍了照片。"

卫先停下手。

"好吧。"他说着站了起来。

他回答得如此痛快，我意识到他也早就心虚了，我的话给了他一个台阶下。

"有了这本日记，就应该能把事情搞清楚，我们先回去吧，搞清楚了再来。"

卫先点头同意。

我们慢慢地退出这条幽远宏大的墓道，压迫在我心头的力量越来越弱，等到走回那块被移开的青石板所在的地方时，我长长出了口气。

回头看着洞里的石阶，那下面的火光还未熄灭，望下去不像之前的一片黑暗，透着光亮。

我想我从鬼门关前走了一回。

等到猫着腰穿过闪着幽幽灯火的甬道，走出地下室，走到中央"三层楼"

外，站在光天化日之下时，我有再世为人的感觉。

脱下的那身密封防弹装已经装回了旅行袋里，现在我身上穿的衣服，就像从水里捞出来的一样。

卫先也是一样。

"我们先回去洗洗换身衣服，晚饭前你来我这里，我们一起研究那本日记。"

"好。"我说。

或许是刚才的经历对我的震撼太大，又或是那本日记被我倾注了过多的注意力，此时我竟然全然忘记了，在卫先的旅行袋里，除了一本六十七年前的日记，还有半面旗。

半面幽灵旗。

第六章

噩梦开始

Chapter 6

我已经按第三次门铃了，居然还没有人来开门。

我再次看了看门牌号，没错，这就是卫先的房间啊。

难道这家伙拿了日记跑了？我心里闪过这样的念头。

他应该不会是这样的人吧，可是要是日记里记载了什么了不得的东西……

我正要用拳头捶门的时候，门终于开了。

"你怎么了，这么长时间才来开门？"眼前的卫先脸上有着一丝迷惘。

"哦，没什么，发了会儿呆。"

风吹在我脸上，风很大。我望向卫先的身后，窗大开着，这里是希尔顿的十八层，楼高风急，窗这样开着，几张纸被吹在地上，屋里显得有些乱。

"开那么大的窗干什么？"

"透透气，有点闷。"

卫先的脸上竟似有些恐惧。

或许是我看错了，他在怕什么呢？在那墓里都不见他怎么怕。

茶几上，我一眼就看见了那本日记。

孙辉祖的血早已浸透了这本日记，虽然它并没有被箭射到而导致纸张支离破碎，但凝固了的黑褐色血液，仍给阅读带来很大的障碍。

我拿在手中，便闻到了上面的淡淡血腥。

小心翼翼地翻开，生怕纸张破碎，略微翻了一下，却发现除了开头的几页，后面的纸都被血粘在了一起。

原本开始几页也都是粘在一起的，但显然被卫先分开了。

"怎么你没看完啊？"

这么重要的资料，他倒忍得下等我来一起看，不过恐怕洗澡换衣服也花了他些时间吧。

我嘴里这样随口问着，卫先没有回答也并不在意，翻回第一页，努力分辨那上面的文字。

第一页就提到了幽灵旗。这时，我才想到，原来在那墓道中，我们还取到了半面幽灵旗！

"卫先，那旗在你这里吧？快取出来看看。"我一边往下看着，一边对卫先说。

……

没有回答？我抬头看去，不由吃了一惊。

屋子里的风小了有一会儿，我本以为卫先把窗关小了，现在却赫然看见，卫先一只脚已经跨出了窗户，大半个人已经到了窗外。

窗外面有什么？我第一反应就是卫先在窗外看见了什么，才做出这样危险的姿势探查，或许这样的姿势对他来说也不算危险吧。

脑子里产生这样的念头只是一瞬间的事，可是我下意识地觉得不对。

卫先的两只手居然没有抓住任何东西，就这样任自己的重心倒向窗外。

"卫先！"我大喊一声，话音还没落的时候，就看见卫先在转过头看我的同时，另一只脚也跨出了窗子。

那张茫然的脸！

我疾步冲到窗前，一切都已来不及。

我看见卫先迅速远去的脸上，神情从茫然到恐惧，那样剧烈的表情转换，仿佛突然发现自己在半空中一样，然后发出声嘶力竭的大叫。

我就这样目送他的身躯落下十八楼，摔在地面上的时候，我仿佛听见"轰"的一声。我踉踉跄跄地向后退了几步，怎么会这样？

他刚才分明是自己跳出窗外的，可是在现在的情形下，他有什么理由要自杀？

我的脑子里一片混乱，原本以为已经逐渐接近真相，在墓道里接近危险的时候，终于把卫先劝了回来，没有出什么乱子。可现在卫先居然自杀了？！

原来一切都不在我的掌控之中，卫先的纵身一跃，让我从头凉到脚。

还有他最后的表情……

我的视线转到了日记上，莫非就在前面这几页，让他看见了什么，而遭到了无法承受的打击？

又或者是那半面幽灵旗。

回想起来，从刚才开门的时候，卫先的神情就已经不对劲了，如果自己早一点注意到的话……

可是，现在不是想这些问题的时候，警察很快就会来这里的，我现在成了谋杀卫先的嫌疑犯，而且，我怎么解释卫先的身份，怎么解释旅行包里的东西，怎么解释这本染血的日记和……

对了，那半面幽灵旗现在在哪里？

卫先的旅行包就在床边，旗子应该是被他放在里面的，我一边迅速翻开寻找，一边祈祷别被他放了身上，要是那样的话拿回来就麻烦了。

出乎我的意料，我很容易就在包里找到了这半面旗，这么说卫先还没拿出来看过？

我把旗和日记一股脑儿塞进自己的包，心跳得依然飞快，这些动作几乎是我下意识的自我保护反应，和卫先相交不深，但这些天和他相处愉快，他在我眼前死去这样的打击让我一时间无所适从，同时这房间里所有卫先留下来的东西，恐怕都不是我所能对警察解释清楚的。

所以我这时的想法是：赶快离开。

我站在门前，深吸一口气，定了定神，然后开门出去。

走廊里没有人，我闪进了斜对面的楼梯间，往下走了五层，在十三楼转出来，坐电梯到了底楼。

走出大堂的时候，酒店外面已经炸开了锅，不远处团团围了一圈又一圈的人。

我站着，怔怔地看了人群半晌，终于决定不去看卫先的惨状，转身离去。

刚才一个人在楼道里走的时候，我的情绪已经稳定许多，至少和事情刚发生的时候比，已经可以镇定下来分析一些事情。此时我已经想到，如果警察不是笨蛋的话，迟早会找到我的头上来。

我从未想到会出这样的事，所以进出酒店完全没有避嫌，很简单就会查出最近频繁和死者接触的人，而刚才我来的时候，服务生也很可能看见了，当时是不会在意，但警察问起来的时候，总还是会想起的。

　　从现场应该可以很快得出多半是自杀的结论，可我这个死者死时在场的人，还是不可避免地会受到怀疑，所以我会很麻烦。

　　我在心里迅速权衡了一下，走进旁边的一家联华便利超市，把包寄存了起来，等到再次回到那个比刚才大了数圈的人群，奋力挤进去的时候，警察正好赶来。

　　我只看了一眼卫先的尸体，脸色就已经惨白。

　　卫不回说他会死在地下，可我没想到，他这么快就会死，虽然不在地下。

　　此后我在警局做了数小时的笔录，我和卫先的关系当然不能如实告诉警方，在我决定去面对警方的时候，就已经想好了一个能解释我和卫先的关系，又不至于被过多牵扯进来的说辞：网友。

　　我说自己是在新浪网上聊天时碰到卫先的，当时他是用随机游客的方式登录的，聊的时候发现他对于古玩和中国古代历史相当有见地，又在同城，就见了几次。今天他打电话给我，说有好东西给我看，我赶来，却发现他神色不对，还没聊几句，他就忽然从打开的窗户跳了下去。

　　警方让我看的旅行包里的两套衣服，我当然回答说不知道，没见过。

　　从警方对房间里现场的调查，很快就得出卫先是自己跳下去的结论，更对我有利的是，下午服务生曾进来打扫过，那时服务生就注意到卫先的神情恍惚，脸色苍白，似乎有很重的心事。

　　在警局里一直待到晚上九点多，终于可以离开，负责此事的警官要求我在结案之前如果要离开上海，需经警方同意。我当然只能答应。

　　如果是一般情况，我应该不会受到这样的限制，只是卫先的身份过于诡秘，而且在房间里又出现了那些奇怪的工具，以及一些珍奇古玩，那些东西的价值，无论哪个专家到警局看一眼都会吃惊得合不拢嘴。

　　这样的人死了，而身边仅有我一个人，怎么可能被轻易放过呢？

　　不过他们调查一段时间，没什么进展的话，恐怕也只能以普通的自杀来结案了吧。那些古玩，估计会由博物馆收购吧。

　　出了警局，我叫了辆出租车，到那家联华便利超市取回了包。

　　回到家里，我取出旗和日记本，准备开始研究。

　　首先看的却是那半面旗，我打开了写字台上的灯，希望能看得更仔细些，我这张写字台有近2米长，右边放了电脑显示器，剩下的地方，展开这半面

残旗竟还显不够。

　　这面旗非丝非棉，不知是什么质地，上面浸了血污，虽然已经被撕毁，但我用手摸上去，却感觉还十分结实，布料没有因岁月悠长而产生腐烂现象。

　　细细分辨旗上的花纹，我的眉头却渐渐被了起来。

　　这显然应该就是那面幽灵旗，自始至终，我和卫先都没有感受到这面旗给我们的压力……想到这里我心里忽地打了一个突，我是没感受到，卫先当时在墓里也应该没有感受到，但后来呢，他后来的神情恍惚和这旗有没有关系？

　　这样的念头转了一转，终因没有什么事实支撑而淡了下去。旗子是我从旅行包里拿出来的，照常理推断，卫先回到希尔顿后没有把旗取出来过。

　　从当年几位见过旗的老人的叙述中，我早已了解这面旗的威力，可是那些震慑人心的感觉，我却没有从眼前的这面残旗上感觉到分毫。这很好解释——旗残缺不全，当然就不会有威力，但问题是现在旗上的图案，居然和钟书同、杨铁、傅惜娣三位老人回忆出的图案都不同。

　　这旗子上的图案，分明是几条张牙舞爪的螭龙。尽管不全，但我还是能认得出。这样明显的图案，那几位老人怎会看错？

　　我心中疑惑，定定地看着这旗，台灯的强光下，那几条螭龙的残躯和血污交错着，一时间竟让我心跳加速起来。

　　我定了定神，这原本明黄底色上刺着黑龙，十分显眼，可现在血也凝成黑褐色，如果不细看，还分不出哪是黑龙，哪是血污。

　　不过在那明黄的底色上，似乎还有其他的暗纹。

　　或许那是比较淡的血污吧。我这样想着，一只手伸到旗面底下，把旗托起，靠近台灯的灯光细看。

　　没错，的确是其他的纹路。

　　那明黄的底色上，还有偏土黄色的纹，如果不是这样凑近细看，是决计发现不了的。

　　那是墓道里的图案！

　　我心里一寒，虽然不尽相同，但和墓道里的图案绝对是一类的。

　　这些图案代表着什么？为什么在绣上螭龙之后，还要再绣上这些不靠近细看就肯定会忽略掉的暗纹？

　　这些疑问固然是空想无法解决的，但我已经决定明天去一次钟老家，相信以这位大学者的渊博，就算不能直接告诉我答案，也能指出一条路。

　　我把残旗小心叠好，放在一边，然后拿过那本日记本，开始一页一页翻看。

　　这本日记有两百多页，几乎记满，这并不是孙辉祖的日记，却是孙家长兄孙耀祖所记，这倒很正常，否则我还要奇怪那孙辉祖怎么看都不像是个会记日记的人，说不定连字都不识几个呢。只是这日记不知怎的被孙辉祖带在身上。

　　这日记不是每天都记，其实也不能说是日记，而是一本关于他们这次行动的记录。基本一页一天，开始记的那一天，却是 1928 年 7 月 17 日。从那天起，这个计划开始缓缓启动，初时日记跳跃很大，显示出进展缓慢，到了 1937 年，进度明显大了起来，进入 3 月之后，至少隔天就会有一篇记录。

　　我小心翼翼地撕开被血凝住的纸，血的味道随着一页页翻过去而浓重起来，许多地方已经看不清楚了，可当年孙氏兄弟所进行的庞大计划，终究还是一点一滴地被揭了开来。

　　1928 年 7 月 17 日，晴。

　　我本没有记日记的习惯，但今天发生了一件事，我决心记下来，这只是一个开始，希望我能一直记到结束。我知道，祖宗正在天上看着我呢。

　　今天我在遵化见着了汉章（我本来没明白这汉章是谁，看到后面，才猜到汉章应该就是孙辉祖的表字），他告诉我，前些日子和孙殿英干了一票大买卖，得了许多好处。他拿了许多珠宝给我看，都是我平生仅见的好宝贝，我详细问他，才知道孙殿英居然带队把慈禧和乾隆的墓给掘了。

　　汉章见我有些吃惊，却告诉了我另一件事情，在进到乾隆墓室里的时候，还发生了一件怪事，把他吓得不轻。孙殿英严令此事不得外传，如果我不是汉章的大哥，怕他还不肯告诉我。

　　进到乾隆最里面的墓室的时候，把石门炸开，汉章第一个要冲进去，还没踏进墓室一步，就已经被吓得坐在了地上。

　　若不是汉章亲口所说，我还真不敢相信，我这个三弟会有怕成那样的时候。

不过当时跟在汉章身后所有的人，包括那胆大包天的孙殿英，都吓软了身子。

可是他们就只是看见了一面旗而已。在墓室最内侧对着门的墙上，挂着一面大旗子，汉章就是看见了那旗才被吓到，其他人也是。不过最起初，他们所有人都以为是乾隆皇帝发怒，受了诅咒。

那时候没人敢进去，孙殿英把工兵营的工兵叫了几个出来，用枪连崩了三个不敢进的，第四个才勉强爬了进去。然后才知道，那旗子远看着让人怕，一走近就一点事都没有。

汉章不是长子，他虽然也知道汉末我孙氏的辉煌，但有一些事情，却历来只有长子才够格知晓。

汉章第一次看到我这么失态，在他的眼里，我这个大哥一向都是稳如泰山的。

应该把老二和老四都叫过来，那旗子既然已经出现了，我们孙家的机会也就来了。

只要我们能找到那本书。

1928年8月9日，阴，旱雷。

汉升终于也到了，孙氏一脉活在世上的所有人，只剩下了我们四个。

没下雨却打了雷，这是个兆头。

既然最后的机会已经来了，只能传于长子的禁忌也打破了，所有孙家的人都必须为了这个目标奋斗，可惜我们只剩下了四个。

我全说了。

祖先们费尽心机都没有找到那个墓，现在所有的希望都只能寄托在这面旗上。

可是那面旗现在被孙殿英藏着，即便汉章跟了他好些年，就这么问他要，怕也是不成的。

讨论了一下午，还是没有结论。

1929年11月13日，云。

汉章还是没有拿到那面旗。孙殿英把那些宝贝藏得太好了。

究竟还要等多久，我们孙家究竟还有没有复兴的机会？我一直在问自己，但却不能对他们表现出来，在他们面前，我必须有信心。

可是，为什么让我看到了希望，却又让那希望越来越渺茫？

贼老天！

1934年3月17日，云。

今天收到汉章急电：事成。

我忍不住大哭。

我还以为再也不会往这个本子上增加什么，五年多了。

我必须尽快赶去。

1934年3月20日，晴。

没想到会在医院看到汉章，他的肺被子弹打穿了，他和我说，再厉害的硬气功对上子弹都是屁。

但就是这颗子弹，让我们重新看到希望。

汉章帮孙殿英挡了这颗子弹。

孙殿英是个有恩必报的人，他和汉章说了，不管他要什么都成。

所以他答应把那面旗给汉章。等汉章一出院就给。

现在要做的就是等待。

只能等待。

1934年5月3日，雨。

终于拿到旗了。

尽管已经有心理准备，退到旗子三十米开外，还是被吓趴在地上。

但是我很开心，这就是那面旗。一旗在手，千军莫敌。

希望这面旗能帮我找到那本书，希望祖宗的推测不会出错。

但现在还不行，我们还要等一等，等一个让汉章和这面旗从孙殿英的视线里消失的机会。

已经等了这么久，我们离目标很近了。

1935 年 1 月 18 日，雪。

孙殿英已经失势有一段时间，我觉得时间到了。

要和汉章他们商量一下，可以动手了。

就等这场雪停吧。

1935 年 1 月 20 日，晴。

火遁成功。

汉章跟了他这么久，他怎会想到，失了势还跟着他来山西的孙辉祖，会借火遁呢？

他大概只会大哭吧，当初跟着他出道的，已经没有人了。汉章是最后一个。

还亏我们找到了一个和汉章身材差不多的替死鬼。

从今天起，我们就将开始下一步的计划了。

孙殿英势力最大的时候都没能过长江，我们是安全的。

我一页一页地翻着，有时会用指甲轻轻刮去掩住字迹的血污，指尖已经变成暗红色。

接下去的几十页，记载着在一年多的时间里，孙氏兄弟是怎样穿梭于江南的各个城市乡间，踏遍了江浙两省的所有土地。很明显，孙家的祖先并不知道那个墓的确切位置。

很遗憾我一直没有发现一些关键问题的答案，比方说，那到底是谁的墓。孙耀祖始终用"那个墓"或"他"来指代，并没有详细说明。还有那本书也是如此。

人即便在记日记时，碰到最隐秘不可言的事，常常也会含糊其词，下意识地回避，这就是一例。

不过，总算也帮我解决了一些疑问，比如为什么总是孙辉祖扛旗。

1935 年 2 月 24 日，小雨。

明天应该轮到老四扛旗，但他不太乐意。

他和老二都说，应该固定下来一个人扛旗，希望这样能让执旗的人有更多熟悉旗的机会，传说中神兵利器都有自己的意识，或许这样有利于扛旗人和旗的沟通，更容易找到那个墓。

而这件事当然只有老三才做得到，旗子连杆三十多斤的重量，一天扛下来我累得够呛，老二和老四也不比我好多少。

这事就先定下来，以后汉章扛旗。

只是有一节他们没说，我却是知道的。

扛这旗子，有些张扬。

孙耀祖只是点到即止，这本东西上的记录，怕是其他三个人都能看的，所以写得太过不好。

什么叫"有些张扬"？试想一下，扛着这么大一面旗子，在城市的街道上走，在乡间的田野边走，众目所视，没办法旁若无人，孙家老二、老四的脸上挂不住了。这恐怕才是让孙老三一人扛旗的真正原因。

这四兄弟的心，原来还不是一般齐啊，孙耀祖和孙辉祖才是最坚定的。

而扛着旗走和发现墓在哪里之间到底有什么关系，孙耀祖并没有在记录中专门说明，他曾经为此事前后对三个弟弟解释过六遍，反映到记录中，前后对照之下，我整理出了个大概。

这面旗和墓中的某些东西有很大联系，最有可能的就是那本书，又或者是其他东西，孙耀祖对此语焉不详，总之渊源极深，或者出自一处，或者有类似的功用。而孙家的祖先推测，两者间可能会共振或相互吸引，就像两块磁铁接近到一定程度一样，旗子接近墓到一定程度，也会产生异象，由此就可以判断墓的大概位置。

由于一年多时间旗子始终没有表现出什么异象，除了一如既往吓得初见者魂不附体，不见有什么共振共鸣，不用说，对于自己祖先的猜测，几个兄弟心里的怀疑越来越甚，这也是孙耀祖会重复解释六遍的原因。

我能够想象，当时一天天地走下来，没走到的地方越来越少，但大旗却没有预想中的反应，他们一定会想，祖先的推测是不是错了，又甚至，那仅仅是祖先在尝试了一切实际的寻找手段失败后，为了不让子孙放弃寻找的希望而随意编造的？

如果不是大旗本身具有的神奇性，恐怕孙氏兄弟早就放弃了吧。

1936 年 7 月 14 日，雷雨。

前进大上海。

1936 年 7 月 15 日，雨。

汉章告诉我们，他感觉有些不一样。

他说不清楚是什么感觉，就是觉得，拿着旗子的时候，感觉和从前有些不同。

但我们都没什么感觉。希望这不是汉章的错觉。

或许我们要找的，就在大上海。

1937 年 8 月 7 日，多云。

汉章又有感觉了，比上一次更强烈一点。

这里是上海的闸北。

听汉章这么一说，我们似乎也觉得有些不同。是心理原因吗？

希望越大，失望越大。

如果这一次还不行的话……

1937 年 8 月 11 日，晴。

终于找到了！

真的会有异变！整条街的人都快被吓疯了，那就像是一场心灵风暴！而站在旗子下的我们，却一点事都没有。不，应该说那一瞬间，有一种充满力量的感觉。

力量。那一瞬间，我似乎拥有挑战世界的力量。

相信这一天不远了，墓就在我的脚下。

这一页上的字迹颤抖，孙耀祖在写下这些字的时候，连纸都划破了数处。原本越来越渺茫的希望一下子成真，就要接近成功了，怎么会不激动？

而多年以后，我坐在这里看着这份记录，却知道，其实他接近的是死亡。

此后这个本子上所记录的，我基本已经知道了。与政府打好关系，迁走居民，造"三层楼"，请来钟书同、圆通、卫不回，开始以挖防空洞的名义向地下挖掘，同时把挖出来的土运去邱家塘，发现墓的具体位置，日本人轰炸，圆通不祥的预言……

我翻到记录的最后一页。

1937 年 9 月 4 日，多云。

准备下去了。

这是最后的时刻，可是大家的情绪似乎都有些……

或许，不该请圆通来的。

希望卫不回能帮到我们，不论下面是什么，我们都没有后退的余地了。在我们的后面，是孙家千百年前的期望。祖宗们在看着呢。

好在我们都没什么牵挂。

合上本子的时候，已经是凌晨一点多了，虽然对我来说并不算多么晚的时间，但此时我却有一股极深的疲倦涌上来，不是身体上的，而是从大脑的深处散发出来，让我没办法再思考下去。

思绪太多，这些思绪都纠结黏缠在一起，让我一时间失却了理清它们的勇气。

还是先睡吧。

我总是以睡眠来逃避一些事情。其实那都是我无法回避的。

指尖上，是若有若无的血腥味。

我把两只手都压到了枕头底下……

我记不清自己是什么时候睡着的，或许并没有真的睡着过，眼前不断有影像划过，有卫先，有我从未谋面的孙氏兄弟，还有那只骷髅头。我很久没有这样恶劣的睡眠质量了，爬起来的时候浑身都是冷冷黏黏的汗液。

闹钟的指针指向七点十五分。对我来说这是个很早的时间，但已经在床上待不下去了，闭着眼睛的时候，依然可以看见杂乱的光。

洗了冷水澡，勉强提了点精神出来，现在给钟老打电话有些不合适，但那本暗红色的笔记我已经不想再拿出来温习了。

笔记上的内容让我勾勒出当年事件的轮廓，但真正的帮助并不大。特别

是我原以为，从这本笔记中可以找出卫先自杀的线索，可现在我却什么都想不出。

那是什么把卫先逼到了死路，让他连反抗的勇气都没有，甚至都没有向我求助？

想起最后一刻卫先脸上突然露出的恐惧和无助，这该如何解读呢？那时候他的目光是望着我的。

我忽然有了一个让自己大吃一惊的想法：莫非卫先在怕我！

因为他怕的是我，所以什么都没有对我说，他最后的恐惧表情，是因为看着我。

我看着穿衣镜里的自己，除了憔悴一些，和平时并没有什么差别。

我在屋里来回踱着步，莫名的压力让我没办法舒舒服服地透气，我知道一定有什么地方出了问题，但是我却抓不住它。

我有危险的感觉，但我却完全不知道危险是来自哪里。

八点十五分，我终于忍不住给钟书同家打了电话，老人总是早起的。

他接得很快，看来并没有打扰到这位大学者的睡眠，听说有新的进展，他立刻就要我过去说给他听，几乎比我还要着急。

我把数码相机里的照片大分辨率打印了出来，装在包里，没有坐公交车的耐心，出门直接就坐出租车去了钟家。

第七章

死亡诅咒

Chapter 7

我并没有告诉钟书同卫先的离奇死亡，这个消息对他来说没有任何正面的意义，我说的故事已经够令他震撼的了。

"没想到，居然会是这样。"这样的话，钟书同在听我述说的时候，已经重复过许多遍了。

听到当年自己竟然不知不觉中参加进这样一个庞大计划里，即便是这样一位高龄老者，也对孙氏兄弟到底想要做什么充满了好奇。所以还没等我提出来，钟书同已经急着要看我拍下来的照片，还有那半面幽灵旗。

"咦？"

当我先把半面旗子展开，钟书同却面露惊讶。

"就是这面？"他转头问我。

我点头表示肯定。

"和您当初画给我的那面，图案上不太一样，但我想孙辉祖临死抓着的不太可能是另一面旗吧。"

"可是图案和我记忆中完全不同啊，颜色倒是差不多，难道人老了记性不行了？"

"那也不一定，杨老和傅老画出来的旗，和您画的图案也各不相同，而他们两位也说自己的记忆没有问题，或许这旗子每个人的眼里看出来的图案都不一样，这旗子本来就很神了，再神一点，也不是没可能的吧。"

"那你现在看这旗子上的图案是什么，是不是螭龙？"钟书同问。

"是的，我和您现在看到的一样，或许，或许这旗子破了之后，原本的作用就都消失了。"我说话的声音又轻了下来，在这么一位大学者跟前，说这些神神怪怪连自己都没把握的事情，真是一点底气都没有。

没想到钟书同竟点了点头，又把目光转投到旗上去了。

我本来要把打印的相片拿出来，见钟书同若有所思的神色，便停了下来。

钟书同看了一会儿，又取出高倍放大镜细细察看，戴着老花眼镜的脸离旗子越来越近。

"这旗子的质地，真是从来都没有见过，非丝非棉，建议你送去检验一下成分。这么多年，人都成了黄土，但时间似乎对这旗没起多少作用啊。"钟书同重新开口的第一句话，却让我有些失望。

"不过从图案来看，这应该是一面军旗。"

"军旗？"

"是的，汉、三国、晋都有可能，三国时期的可能性最大，这面军旗所代表的人，应该有相当高的地位。"钟书同补充道。

"对了，军旗，如果是军旗的话，就能说通了。"想通了一个关节，我显得十分兴奋。

"什么能说通了？"

"是这面旗的作用，对于看到这面旗的人，可以产生明显的威吓作用，自己的军队如果长时间看的话，习惯后应该可以克服，而对于旗下一定范围内的人，也就是主帅的亲卫队之类的部队，有提升士气的效果，而对初次见到的敌军，打击却是致命的。这面旗简直是为冷兵器时代的战场度身定制的啊。"

说到这里，却想到了"三层楼"被保存下来的原因，立刻补充道："就是在现代战争里，也能发挥巨大的作用呢。"

钟书同呆了一会儿，叹了口气说："可惜破了，希望能找到另外一半，研究出它的原理是什么，对了，你拍的照片呢？"

我连忙从包里取出打印在专业照相纸上的图片，递给钟书同。

钟书同一张接着一张地看，眉毛却越皱越紧。

他看得很慢，十几张纸，翻来覆去看了二十多分钟，尤其是那张诡异骷髅头的特写。

刚开始看的时候，他微微摇着头，看到后来，摇头的幅度却越来越大。

最后他抬头苦笑说："真是惭愧极了，那些刻在墓壁上的符号，以及拱门上刻的符号，我从来都没有见过。"

听到钟书同这么说，我真是吃了一惊。钟书同在历史学界的地位非同小可，素以学识渊博杂通百家著称，虽然专门研究三国历史，但这样的大师，对中国其他时期的历史也绝对是专家级的，照理说就算没专门研究过那种符号，也总该说得出出处，有些线索才对啊。

"从门的形态来看，应该是三国时期的，但这些符号我却从未见过，不仅三国时期，其他时期也没有见到过这样子的墓室符号。可以肯定的是，这绝对不是无意义的装饰图案，其中必有重要含义。"

钟书同说着从里面抽了五张出来说："这几张留在我这里，我慢慢研究一下。"

我当然说好。

钟书同又抽出一张放在我的面前说："关于这张，我有些自己的猜想，作不得准，只算是一种参考。"

这正是那张头骨的特写。

钟书同用手点着照片上头骨上额的大洞，道："虽然不可思议，但从照片上看，这个洞像是天生的，这种规模的墓，不可能有人在墓主人死后进去在他头上挖这么个洞出来，而这个洞看上去如此光滑，也不可能是生前被武器所伤的。"

"那您的意思是……"

"第三只眼。"钟书同说了个让我目瞪口呆的名词。

我也曾联想过，这么个大洞，还真像是开了第三只眼睛，但那只是随意地联想，我还从未听说过有谁有第三只眼睛的。而这位历史大家这样说，却分明是郑重其事的态度。

"我不知道是什么原因，或许是基因突变，但在中国的历史中，确实有一些拥有第三只眼的人的记载。我研究史籍至今，各种资料相互对照，再辅以野史笔记，有时会发现一些连自己都不敢相信的东西。虽然也有三人成虎的可能性存在，但许多时候，各个方面的资料都指向一个我无法接受的结果，不过通常，我都会把这些疑惑压在心底，毕竟这些东西本来已经湮灭在历史中了，我没有必要把它们再拾出来，不过现在，我想告诉你，很可能真的有拥有第三只眼的人存在，这样的人往往有着常人难以想象的特异能力。"

"据您所知，曾有谁生着第三只眼，三国时有这样的人吗？"

"民间传说里的二郎神杨戬很可能真有其人，而清朝的开朝皇帝皇太极，传说也是有天眼的。但三国时期我却从来未曾听说。"

三国时没有？可这墓主人分明是三国时的人啊。

"可是三国时期，记载中拥有奇异能力的人，却有几个呢。"钟书同缓缓说道。

出了钟家大门，我一直在想三国时期符合条件的有哪些人，谁可能有第三只眼，谁可能是墓主人，加上昨晚上睡眠质量又差，整个人浑浑噩噩的，恍然不觉自己已经走到了路口，被一辆奔驰而过的自行车带了个趔趄，自然少不得被咒骂几声，不过我却很是庆幸，要不是被那个中年妇女擦了一下，我再往前走到了马路中间，可是大大糟糕了。

到了报社，打开邮箱发现有几篇通讯员传过来的稿子，选了两篇还可以的改了一下，起个好标题，然后在他的名字后面加上自己的，就发到当天的稿库里去了。这几天我一点自己采访写稿的心情都没有，能有现成的稿子最好。

在报社待了不到三小时，我就回家了，至于那两篇稿子能不能上明天的报纸，也没空关心。

顺路买了盒打算当晚饭的方便面，管饱就行。我开始从网上查找关于"第三只眼"的信息。

可惜网上有关于这方面的内容出奇的少，我只看到几篇提到人类第三只眼睛的文章，不过这已经足够让我知道，在这个世界上还是有那么一些人在研究着人的第三只眼睛，并且从科学上进行推测和建构假说。

关于第三只眼的说法由来已久，在东方的许多宗教仪式上，人们习惯在双眉之间画上第三只眼，认为这样便可获得与宇宙进行直接交流的通道。古希腊哲学家认为，第三只眼位于大脑中心部位，将其比喻为宇宙能量进入人体的闸门。直至今日，现代医学对第三只眼的研究也从未停止过。

让我没有想到的是，第三只眼居然人人都有，只不过它只出现在人类胚胎发育两个月时，即晶体、感光器和间脑区域的神经细胞形成阶段。奇怪的是，它刚一出现，马上就开始退化。著名的海克尔生物基因定律为此提供了最有力的证据。根据这一定律，胚胎在很短的时期内会经历其所属物种的整个进化史。即人类在胚胎时期能够出现我们的先祖所具备的某些形态特征。

人类学家认为，人体的某个器官会发生退化，然后便不复存在。从古代两栖动物的进化中可以发现它们同样伴有退化。新西兰的斑点楔齿蜥已经存在了两亿年，它的颅骨上有很小的眼眶，在一层透明的膜下隐藏着一只真正的眼睛。古生物学家发现，许多灭绝的爬行动物头顶都有眼睛，它是这些动物视觉器官的重要补充。正是因为具有这一独特的器官，爬行动物才对地震、磁暴和火山爆发等自然灾害非常敏感。

一些研究者猜测，许多先知之所以能够看到未来，就是保留了对一般人来说在出生前就退化了的第三只眼的作用。

浏览了一番关于第三只眼的理论推测后，我发现这些文章在谈到第三只眼的作用时，多提到"预知"，而未提有其他的作用，可是我听钟书同的口气，似乎还有其他的作用才对。

那些空对空的理论完全没有提到对某个个体的分析，看来对于这些研究者来说，生有第三只眼的人类也只存在于传说之中，没有切实可靠的记载，没办法，我只好从书橱里翻出《三国志》和《三国演义》开始看，当然网上也有电子版，但总还是看实体书习惯。

我拿了张白纸放在一边，准备把有可能的人名列在上面，再慢慢分析筛选。

我本已做好长期抗战的准备，却不料才刚看了十几分钟，当我看到一个人的名字时，就惊讶地叫出声来。

张角！

苍天已死，黄天当立的天公将军张角！

这位黄巾军的首领将战火烧遍中原，一手断送了汉朝的河山，而他传说中具有呼风唤雨、撒豆成兵的本领，这本领就是得自一本名为《太平清领书》的仙书。

不说张角自己的种种神异传说，就这让他发家的《太平清领书》，和孙耀祖在笔记上所记的"那本书"难道不是暗中相合吗？

纵观三国野史，有奇书的不止张角一人，比如说左慈的《遁甲天书》，但能在战场上呼风唤雨，造出种种奇迹，使人持之逐鹿天下的，就只有张角的《太平清领书》，而孙耀祖不是说，得了那本书，就等于得天下吗？

如果真有这样的书，或许真能满足孙氏兄弟将孙氏一脉重新发扬光大，

甚至在当年的兵荒马乱中异军突起称雄一方的愿望。

那墓室规模颇大，如果不是张角这等极有势力之人，是没办法建起来的。就算左慈、于吉这种野史中被吹得神乎其神的半仙，也没这样的能耐。

这么一想似乎张角是最接近的答案，生有第三只眼的神人，想要建立太平道成为人人敬仰的天师，自然比一般人要容易得多，可是如果他真有这般神异，那本《太平清领书》也真能创造呼风唤雨的奇迹，最后又怎么会落败身亡呢？

而且既然兵败身死，张角又怎么可能造出这样一个墓室，这样的规模可不是短时间能建成的啊。

不过换一个角度来看，如果说第三只眼具有预知的能力，张角能够预知到自己的结局，或许就可以在此之前先建好墓室了吧？

那么这面黄色的旗，当年就是黄巾军的战旗了？

在中国的历史中，能够呼风唤雨的人有很多，可是学界一向的观点，都认为这只不过是有丰富想象力的后人的异化，或者是未开化的愚昧使人对一些现象的误解，我原本也是这样认为，可现在看来，却没有这样简单。

至少如今放在桌上的这半面旗如果完好，其展现出来的情状，就足以在科学界掀起轩然大波。

不过转念一想又未必如此，此前我曾有过多少特异经历，和中国的 X 机构打过多次交道，在科学界，恐怕已经有许多人致力于所谓"怪力乱神"的研究，只不过还远没有到公之于众的时候罢了。

如果那个墓里真的藏着《太平清领书》的话……我不由得开始想象这本书里所记载的东西，那是无法克制的好奇，还掺杂着一些其他的情绪。

随后我就想到了从我眼前跳下去的卫先，和他那惨不忍睹的尸体。

如果是《太平清领书》的话，那可是一点都不太平啊。

我早早地睡了，但这一夜，我仍没能睡个好觉，我处于极浅的睡眠中，如果有人在床边看着我的话，应该可以发现我眼皮下的眼珠，快速地转动着。

第二天醒来，我照镜子的时候，发现自己的脸色比昨天还要糟糕。

从前一觉睡到中午，可现在却一点睡觉的感觉都找不到了。我自己都不由得惊讶，这件事怎么会给我这么大的压力？我可不是没见过死人、没经历过险境的人啊。

而且我对事情的把握和决断力也明显地下降了，我才发现，昨天一整天，自己忙着查三眼人想张角，却完全忽略了自己在整个事件中的位置。

换而言之，接下来我打算干什么？

卫先已死，没人再和我一同探墓，就算我对墓主人的身份有了一些猜测，我还怎么继续下去呢？孤身前往，那不是找死吗？

现在的情况是，要么我当作什么都没有发生过，就此结束这个事件，可这样的半途而废我从来都没试过；要么就再找一个强援，比如 X 机构。

以 X 机构的强大力量，要胜过卫先许多了。

可是通过梁应物和 X 机构打了几次交道，我也知道，一旦 X 机构正式介入，这整件事就上升为国家机密，或许通过梁应物还能事后知道些情况，但要直接参与，却是想都不用想。

而且说实话，我不喜欢和这样的秘密机构打交道，就算是梁应物，只要以 X 机构研究员的身份出现时，都会变得讨厌起来。

有了昨天的经验，我今天过马路时格外小心，可是脑袋里总是会有各种各样的念头冒出来，精神也实在不济，中午从报社出去吃饭的时候，竟然把行人红灯看成绿灯，抬脚就迈了出去，被纠察一把拉住。

下午四点的时候轮到我去开今天的选题会，我把自己部门的几个重要的选题记在纸上带着，我这种状态，还真怕到报的时候忘了哪个。

要是今晚再睡不好，可真是要命了，我总算能够体会到失眠者的痛苦了。

报完了自己部门的选题还不能走，得所有部门都报完，等蓝头问过一圈都没有想法了，这形式才算过完场。

手机的提示声响起，旁边社会部今天来开会的黄军低头看了一眼，等到文艺部的选题报完，插话说："我们部门还有个选题，医院这条线的记者刚发了个消息，著名历史学家钟书同今天上午跳楼自杀，已经证实死亡，她正在采访。"

我的脑袋"嗡"的一声，眼前一片昏暗。

钟书同也死了！

又是自杀！

我已经记不得选题会是怎么结束的，自己又是怎么从会议室里走出来的，我站在窗边，看着下面的车流。

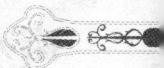

卫先死了，钟书同也死了，不如我……

"砰"，我的头重重撞在玻璃上，疼痛让我清醒了过来。

我这是怎么了，要不是面前是全封闭的钢化玻璃……刚才我到底在干什么？

我竟然会想从这里跳下去？

我怎么会有这样的想法？不对，刚才我的脑袋里一片空白，可是手脚却有些不听使唤。

往我这边看过来的几个同事勉强挤出笑容，我脚步虚浮地快步走到厕所里，打开水龙头，水柱猛烈地冲出来，我用手掬着水，泼在自己脸上。

那不是我做的，一定不是我！

无论如何，正常的我都不会有轻生的念头，就算在人洞里和白骨夜夜相伴时，我心底都不曾放弃过求生的希望。刚才是怎么回事？

一瞬间我明白了卫先最后时刻的表情，那并不是看到了我，或者看到了什么才让他露出恐惧的面容，而是他忽然清醒了，就像我刚才那样。如果不是钢化玻璃挡着的话，我也会在急速下落的时候才恢复神志。我终于知道，卫先那一刻是多么的绝望。

我按着大理石台面的手无法控制地颤抖着，镜子里的脸苍白，我甚至还没办法让自己的牙齿停止打战，我并不是第一次这么接近死亡，但我从没像刚才那样，连自己的行为都无法控制。

或许是恐惧让我格外敏感，我立刻回想起从墓室出来后自己的不正常，两次在过马路的时候险些出事，还以为是自己没睡好而导致精神不济，不，连自己的睡眠突然不好也与此有关！

可是为什么钟书同也会死？他并没有进去墓室啊。

照片，是照片！我在心里狂呼着！

是我害死了钟书同！

他虽然没有进去过，但我给他看了照片。特别是他最后还留下了五张做研究。

我终于知道了那些符号的含义，那就是死亡。

既然那面战旗可以起到让人恐惧的作用，那么整个墓道中那么多的符号，所起的作用，就是让人死亡，自己去死！

　　我那不祥的直觉恐怕就是来源于此，回想起来，越靠近拱门两面墓壁上的符号就越密，而拱门四周更是极显眼地刻满了那种符号。卫不回当年没我走得这么近，钱六也没有，他们一个失去了继续盗墓的勇气，一个半疯。卫先一直走到了墓门口，所以当天就自杀了。那是什么样的符号，为什么会有这种力量？

　　我走到无人的楼道里，摸出手机，现在只有一个人能救我。

　　我本该回到自己家再打这个电话，可现在我生怕一走出大楼就自己冲到汽车前被撞死。我连下楼梯的时候，都全神贯注。

　　我所认识的，对人类精神方面有高深造诣的人，只有一个：中国一项古老职业的继承者路云。

　　"你好啊，那多。"路云魅惑的嗓音从手机里传来，如果是平时，我一定会被引得心神动荡，可现在……

　　"我很糟糕。"我的嗓音干涩。

　　我用最简单的语言把自己的情况快速地说了一遍，虽然现在人人都乘电梯，很少有人会到楼道里来，但毕竟不太保险，被听见就麻烦了。不过我却没刻意隐瞒什么，毕竟和我对话的这位年轻女性并不是什么普通角色。

　　"有些麻烦。"路云说。

　　我心里一沉，她如果这样说，那就真的是很麻烦了。

　　"你的情况，有点像被重度催眠，或许并不是那么难解决，但问题是，我现在不在国内，而且一时回不来。"

　　"你在哪里？"话问出口我就后悔了，我有些心慌意乱，否则不该这么问的。

　　不过路云似乎并不介意，立刻就回答了："我在尼泊尔，开一个会。"

　　开什么会？我心里疑惑着，当然这次没有问出来。

　　"这样，我给你一个人的电话，在催眠师里算顶尖的了，你就说是我介绍的。万一他不行，你再打我电话。"

　　记下路云给我的人名和电话，我的心稍稍安定下来。把潮热的手在裤子上擦了擦，开始拨打那个名叫欧明德的催眠师的电话。

　　"喂。"

　　"欧先生吗，您好，一位朋友介绍我来找您，我身上发生了些问题……"

"哦，可是我这段时间都排满了，要约的话等三四个星期后……"欧明德的语气忽然迟疑起来，"等等，能告诉我是谁介绍您来的吗？"

我打的是他的手机，或许他刚想起来，普通的客户不会知道他的手机号吧。

"是路云。"

"啊，"欧明德有些吃惊，"可是，是路云的话，如果她没办法，恐怕我也很难帮到你。"

"不是，路云现在不在国内，她向我推荐您。"

"好的，没问题，您打算什么时候来？"欧明德的语气已经和一开始完全不同了。

"我的问题有点严重，如果可能的话，希望越快越好。"

"那就今晚吧，我把原来的预约取消。"

"太谢谢了。"

我记下了他诊所的地址，和他约在晚上七点。

欧明德的心理诊所在靠近延安中路的一条老式石库门弄堂里，门口挂着一块牌子，写着就诊者请上二楼。

尽管我是从报社直接打车过来，但站在外滩大道上叫车时，看着眼前穿梭的车辆却出现了短暂的恍惚状态，好在我一直非常小心，立刻回过神来。

欧明德是个脑门儿微秃的中年人，看上去精力旺盛。诊室里有一圈坐起来相当舒服的皮沙发，还有几盏灯散着黄色的暖光。

略致以谢意，我就开始说明自己的情况。

当然我做了相当程度的保留，关于钟书同和卫先的死没有提，也略过了墓道，只说自己偶然看了几幅神秘符号的照片，就产生了难以自控的自杀倾向。

"能把那些照片给我看看吗？"欧明德说。

"没带在身边，要不明天我给您送来。"最清楚的几张照片给了钟书同，剩下的一些也全放在家里。

"好的，我对那些符号很感兴趣，相信就是那些符号给了你暗示。"

"暗示？"

"是的，在心理学上暗示的作用远比一般人想象中大得多，美国曾经有一部电影，在正常播放中加入了不断重复的爆米花镜头，但每次出现都一闪而过，所有的观众都没有看清楚这个镜头，但影片放完后，大厅里爆米花的生意比平时好了数倍。所有人都觉得那是他们自己的选择，其实他们已经受到了暗示，做了原本并不会去做的事。这种最低劣的实物闪回手段都可以起到显著的效果，而你所看到的那些符号，应该是专门针对人潜意识层面的抽象暗示。那原本只是理论上可能存在的东西，没想到真有人把它们创造出来了，天哪！"

欧明德似乎觉得自己有些过于兴奋，歉意地笑了笑："对不起，我有些反应过度了，但那些符号如果真是如我想的那样，那就真是太惊人了。"

我耸了耸肩，表示理解："我知道，能够把这些符号创造出来就已经是不得了的事，而且这样的符号还可以违反生物的生存本能，产生死亡暗示，这和诱导人们吃爆米花，难度上是完全不能比较的，那已经是一种控制了。不过据我所知，那些符号并不是现代的谁发明的，它们存在已经有数千年的历史了。"

欧明德张大了嘴："竟然是这样……那么久以前人类对这方面的研究就已经……"他皱了皱眉头，没有说下去，我想他和我一样都想到了路云。看他对路云尊敬和忌惮并存的样子，应该多少也知道一些事吧。路云这一脉的传承，也不知有多少年了，远古时代的人类究竟是怎么获得这些知识和能力的，这个谜大概在人类造出时光机之前都没办法揭开。

"你愿意接受催眠吗？要解除暗示大概只有通过这个办法了。"欧明德说。

"好的。"

我本身是个相当不容易被催眠的人，特别是在心理上会有抗拒，因为我不喜欢不受自己控制的感觉。一般的催眠师，碰到心理上有抗拒的被催眠者，几乎是百分百没有成功的可能。不过能够让路云看上眼的催眠师当然不会是普通之辈，我知道学催眠也绝对是要看天赋的。

这次我诚心来解除自己身上的死亡诅咒，对于催眠当然是尽量放开身心，照着欧明德的话去做，饶是如此，也反复试了好几次，才逐渐完全放松下来。

我曾采访过一些接受过催眠治疗的人，无一例外在从被催眠中苏醒过来时，精神状态会非常好，可是当我醒过来的时候，感觉却完全和"好"扯不上关系。

糟糕极了。

我不是正常苏醒的，而是仿佛被人狠狠推了一记，惶然惊醒。好像有巨大的声音在我脑中轰然响着，把我的大脑搅得天翻地覆。一阵阵的头痛让我的太阳穴不断地抽紧，胸口也郁闷无比。而且，这时我发现自己是睁着眼睛的。

我疑惑地看着本该站在我对面的欧明德，他瘫坐在旁边的沙发上，脸色发青，像见鬼一样，胸口不停地起伏着，正在大口喘着气。

"怎么了，成功了吗？"我忍着头痛问道。不过只看他的样子就知道我会听到坏消息。

"能……能帮我拿些纸巾吗？"欧明德抬手指着办公桌上的面巾纸盒，他的手抬得很勉强。

我把纸盒放到他旁边，欧明德抽了十几张出来，大把地擦着脸上和脖子上的汗。

"对不起，你也看到了，我帮不了你。我从来没有碰到过这种事情，你所中的暗示竟然可以影响到我，也就是我，如果换个稍微差点的，就和你一样了。太危险了。"我觉得欧明德此时看我的眼神，就像在看一个瘟神，稍稍一触就移了开去。

"我可以影响你？"

"就在我想和你进行深层交流，让你回忆最初情况的时候，你的眼睛忽然睁开了，我能感觉到那种暗示通过你的眼睛正向我传来。太可怕了。"

我默然。

"你还是去找路云吧，只有她可能有办法，而且要快。我没法帮你减轻症状，你每天晚上都睡不好，这样每过一天你的精神就会差一点，对自己的控制力也会越来越弱。你必须在自己失控前找到路云。"

"对了，那些照片，不用拿给我看了，那不是我能看的东西。"我走出诊所的时候，欧明德在背后对我说。

打车回到家，我再次打电话给路云。她还是无法立刻回来，但让我马上去尼泊尔。

"你去买一些佛经的磁带听着，那东西多少有一些宁心静意的作用，可以让你多支撑些时候。还有，今晚要睡觉的时候，你打给我，我能帮你入睡。

不过大概只能帮到一次。"

听到她有帮我睡着的本事，我心里宽慰许多："为什么只能一次？"

"因为我手机快没电了，我在的地方电压不稳，没法充电。如果你为了能睡着两次而肯冒来尼泊尔却打不通我电话的风险，那也随便你。"

我哑然，没想到是这样的理由。

吃完方便面，我给明慧打了个电话，请他给我一盒诵经带，他问我做什么用，我说最近心情烦躁，睡不着觉，想听听佛经调节一下情绪。

通过旅行社去尼泊尔时间上有问题，我必须尽快拿到签证，思来想去，只有梁应物能帮到我。

"我需要去尼泊尔的旅行签证，一两天之内就要，行不行？"我在电话里直截了当地问梁应物。他在 X 机构中虽然还没掌一方实权，但搞一张签证的能力还是有的。

"怎么了？"

"回来再和你说。"要是现在就告诉他，保不准 X 机构就立刻介入，否则，如果路云可以破解我中的暗示，她可能就有能力进入墓室而不受那些符号的影响。好在梁应物不是追根究底的人，我既然不愿说，他也不会多问。

"好的，我尽量。有什么别的需要帮助的吗？"

我犹豫了一下，用 X 机构的力量或许也能找到解除暗示的人，但我还是决心去找路云。

八点多的时候，我躺到床上，拨通了路云的电话。

她低低地吟唱起奇异的旋律，我听不懂那是什么语言，或者只是一些有特殊意义的音节，我的眼皮沉重起来，然后睡去。

依然有梦，但比起前两晚已经好了太多，早晨我被快递的敲门声吵醒，是明慧送来的诵经带。

尽管精神恢复了一些，我还是向报社请了假，然后把家里每一扇窗都关好，并且把窗把手用绳子打了死结。这样可以确保我不会无意识地开窗并且跳下去。

我从柜子里翻出已经尘封两年的随身听，把明慧送来的磁带放进去。看包装这是一盒普通的磁带，不是龙华寺放在外面供香客请回去的那种。一放，果然是明慧自己念的《金刚经》，估计是昨天晚上在自己禅房里录的，伴着木

鱼声，明慧的诵经声溪水般流过，平和淡然。

X机构的效率果然极高，下午的时候，梁应物就帮我办好了签证，我立刻买了次日傍晚飞加德满都的机票。路云告诉我，在机场会有人接。

整整一天我都没有出门，饭是叫的外卖，我甚至避免自己走到窗边，虽然已经做好了安全措施。而耳朵里更随时听着《金刚经》，再加上前一晚的睡眠不错，居然没有意外情况发生，几次轻微的恍惚，都在将来未来的那一刻被我发觉，狠狠拧一把大腿，也就恢复正常。

至于报社方面的请假，我则扯谎说远在芜湖的姨妈去世，要去奔丧，拿我的年假作抵。这时就体现出我机动记者的优势，一般有条线的记者是无法请长假的，空下来的位子没人顶替，往往只好把年假折成现金。

前一天请病假，后一天又请丧假，有点脑子的人都会觉得里面有问题，好在部主任张隽不是顶真的主，我又拿年假作抵，也就没和我较劲。

这一夜没了路云的催眠曲，情况甚至比前两天更严重，我整夜只迷糊过两次，没真睡着过。上午在床上磨到十一点才爬起来收拾行李，昏昏沉沉的，洗脸的时候从镜子里看见自己毫无神采的眼睛吓了一跳。

我把半面旗收进了行李，让我受到暗示的符号和这旗上的符号应该同出一源，带去给路云看看，可以增加她的把握。

电话预约了出租车，直接停到了楼下，这样我至少把因为乱穿马路而发生车祸的概率降到最低。

和昨天一样，我提着行李坐上出租车的时候，耳朵里依然插着耳机，不过音量比昨天稍稍调大了些。

是浦东国际机场的飞机，我从来没有直接打车去过，因为太远了，这次为了保命只好撒点小钱。车子在通往机场的高速上飞驰，我渐渐觉得耳中的念经声离我越来越远……

"喂，喂！"司机的大喊让我回过神来。

原本密封的车子里居然劲风声大作，我猛然发现自己的右手已经把车门打开了。

"砰！"我立刻把车门重新关紧。

"对不起，刚才那门好像没关好。"我一身冷汗，讷讷地向司机解释，同时悄悄按键把门锁住。

那司机从后视镜里盯了我一眼，嘴里低声咕哝了几声，没有再说什么。

到了机场要下车的时候，我拉了几下都没把门打开，这才想起刚才已经锁上了，搞得颇为狼狈。

在通关前，我特意到厕所里洗了把脸，对着镜子把仪容整理到最好，我可不想被海关当成吸毒者拦下全面检查，那半面旗上的血污很难解释的。

通关的时候还是被多看了几眼，如果刚才没做那些小动作的话，怕真要被拦下来了。

飞机离开地面的那一刻，我的心反而放了下来。

第八章

暗世界的聚会
Chapter 8

到了加德满都国际机场时已入夜，在海关办了落地签证后出关，外面的情况让我吓了一跳。

怎么说这也是一个国家的首都机场，外面竟看不到灯火，一片混乱的样子。一群人高举着写着名字的牌子围在机场门外的小路旁，高声叫着。

"Taxi，Taxi……""Hotel，Hotel……"许多人叫嚷着在我身边挤来挤去，我下意识地紧了紧自己的行李包。

真是一片混乱。

我开始怀疑自己是不是被派到这里的战地记者，战地记者可以在这样的状况下迅速进入状态，可我现在真是有些手足无措。

我只好勉力分辨着有没有写着我名字的牌子，但夜色让我很难看清楚那些不住晃动的牌子上的字。

我站在门口被人流拥来拥去，四处张望着，可怎么有那么多的牌子，乱七八糟的环境气氛加上我本来就不太清楚的脑袋，连数牌子都数不过来，刚眯起眼睛看了几个，一挤就搞不清哪边看过哪边没看过了。

在人流里摇摆了有近二十分钟，我正不知道还要再继续这种情况多久，要不要试着给路云打电话的时候，一个举着牌子的当地人挤过我面前的时候，忽然回过头来说了一句。

我没听清。

他又说了一遍，我这才听到，他的发音有些近似"纳豆"。

我这样说，所有的读者都会知道其实他是在喊我的名字，可我当时过了足有五秒钟才反应过来，可以想见当时我的精神状况有多么的糟糕。

我抬头看了看他举的牌子，怪不得我刚才一通猛找都没找到，这牌子上写的并不是汉字"那多",而是我几乎不怎么用的"NADO"。

自始至终我都不知道这位身材干瘦的年轻人名字怎么写,只能根据他的发音揣摩为"尤尼克",他的英语很差劲,和我一样差,所以我们交流起来连说话带比画,吃力得很。

他取出一封路云给我的信,内容只有一句话:"持信者将带你来见我。"

坐上尤尼克的吉普车,他一路开得飞快,路况又差,颠得我头晕眼花,耳机都掉出来几次。尤尼克也不是个多话的人,交流起来既然那么困难,就索性闭口不言,我则知道他是带我去见路云,又没有寒暄的心情,也乐得一心一意听我的佛经。

开了一段时间,我觉得不对,怎么不是往市里开,越来越荒僻啊。

开了近三小时,我终于憋不住,问尤尼克还要多久能到。

虽然我已经对尤尼克的英语发音不准有所了解,但因为他的答案和我预期的相差太大,他重复到第三遍,我才听清楚。

"Five days。"

天,居然要五天!尼泊尔才多大啊,我甚至怀疑这样开五天以后是不是还在尼泊尔境内。

既然离加德满都这么远,路云干吗让我买到这里的机票呢,折腾我还是其次,这五天我能撑过去吗?

想问尤尼克,但这实在是个太复杂的问题,试了几次,两个人答非所问,只好作罢。

尼泊尔是多山国家,吉普车总是在盘山路上转,使我晕上加晕。四小时之后,尤尼克在一条溪水边停下车,车灯的照射下,我看见前面停着一艘小船。

尤尼克和船上的人交谈几句,我们就上了船,被载过河去,那边有另一辆吉普车等着。这时我的感觉,就像在偷渡。

凌晨两点四十分,吉普车终于在一家小旅店停下,从机场开始,足足六个多小时的车程。尤尼克告诉我,上午九点再次出发。

"Good night。"尤尼克说。

"Good night。"我苦笑着回应,心里却叹了口气,能 Good 才怪。

上午尤尼克敲开我房门的时候,我的精神状况显然让他有些吃惊,他的

问话我没听清，不过想来也是问我昨天怎么没睡好之类的，我双手一摊，没有解释。要是我能睡好的话，大概也不用来这里了。

走出旅店，我这才发现，原来这家旅店是在一片森林之中。

而交通工具则由吉普车，变成了大象。

这里应该是尼泊尔的某个自然保护区，游客终年不断，虽然我在旅店里没见几个人，但那是因为大多数的游客在清晨七点之前就已经出发了。

这头大象的背部绑了能容四人坐的藤椅，这套骑具已经使用了相当长时间，磨得相当光滑。大象真正的驾驭者——一个中年的尼泊尔人坐在最前面的位子上，指引这陆地上的巨物前行。

这四周应该是极为美丽的景色，所以才能吸引各国的游人终年不绝，但我此时只懂努力地倾听耳中的佛经，紧抓藤椅，并不曾留意景色，所以现在回溯起来，居然对那些风光印象极为模糊，真是枉费旅游了一场。

渴了有尤尼克水壶中的清水，饿了有尤尼克随身带的干饼，夜幕降临的时候，我们到了又一个森林中的小旅店。

第二天的出发时间是清晨七点，看见我的时候，尤尼克显然面露担忧之色。他是个热心肠的人。

这次并不止我们的一头大象，有七头之多，前六头上都载着游客，我们坐在最后一头，跟在队伍的末尾。看来昨天的这头大象是特意等我们的，加上昨天晚上那只守在溪水旁的小船，尤尼克在这里很有人脉啊。后来我才知道，这或许并不是他个人的人脉。

我心里狐疑了一番，路云到底在开什么会，怎么会在这种风景优美，交通却极为不便的地方开？

我问尤尼克的时候，他只是笑笑，没有回答。不过我想就算他回答我也多半搞不明白。

下午的时候，我精神不济，一个倒栽葱跌下去，尤尼克眼疾手快，一把抓住我背上的衣服，硬生生把我拎回了座位。感激之余，我不禁暗暗吃惊这个看起来精瘦的青年竟然有着与他身材完全不匹配的力量。

晚上，我躺在硬板床上，房间里不时有不知名昆虫的振翅声，在寂静中响起的时候，清晰得让人有些不安，不过就算没有这些挡不住的不速之客，我也不可能安然入睡，昨天晚上的许多时候，我甚至在梦魇中挣扎。

手机居然响了起来，是个我不认识的号码。

按下接听键，没想到听见了路云的声音。

"借一个朋友的手机给你打的，不过也就只能和你打一次，你情况怎么样？"

"本来很糟，听见你的声音就好点了。"

倒不是完全说的奉承话，想到今晚能睡个好觉，我的头痛似乎减轻了些。

早晨尤尼克敲了很长时间，我才打开房门，犹自睡眼惺忪。

"Good!"尤尼克笑着说。

在餐厅里喝牛奶啃饼的时候，我看见窗外载着游客们的象队已经起程了。

我用手指了指。

"No elephant today."他说，这次我听懂了。

接着尤尼克指了指我的腿。

"On foot."

要步行了吗？真是个坏消息。

跟在尤尼克的身后，我们上路了，我注意到，那是和游客们完全不同的一个方向。

我无意描述在这样的夏天里步行在野地的细节，尽管尤尼克已经放慢脚步等我，依然不是我这个贯以脚力好自诩的记者能轻松跟上的，尤其在那种状态下，一晚的睡眠无法从根本上解决问题。

傍晚时分，处于麻木行走状态下的我，终于望见了一座木屋。

一刹那间我以为那就是路云所在的地方，不过那屋实在是太小了，应该是某个猎人的居所吧，而且算来今天只是第四天。

尤尼克走在我前面，他没有敲门，直接就推门进去，那木门竟然也没有锁。推开门的瞬间，一道灰影贴地从屋里蹿出来，贴着我的裤腿边擦过，把我惊得一个趔趄，闪进草丛里不见了。

尤尼克说了个我听不懂的词，他想了想，似乎不知道这种野兽英语怎么说，只得作罢。

屋里并没有人，一张桌子、几把椅子，却有三张床。并不十分破败的样子，看来是专供人过夜的。

这里没有供人洗澡的地方，一身臭汗，只好直接躺到床上。一夜乱梦，

早晨起来的时候，又是一身的汗。

看见我的样子，尤尼克却只说了一句："Today we will arrive."

中午过后，我费尽辛苦地爬上一个小山头，幸好并不陡，如果是爬华山，恐怕半山腰我就摔下去了。

山顶有一小块平地，站在这平地上向前望，一条小山涧过后，却是座不知名的高山，和这座山比，我爬了半天的这座，只是小土丘而已。

只是爬上这山顶，看见眼前的东西，我却愣住了。

这里竟是一个索道站，一条索道从这里开始，越过山涧，直通向对面的山里。

索道上唯一可见的缆车，正静静地停在索道站上。

尤尼克示意我坐上去，然后他把旁边一个铁拉杆推到一边，只听"轰"的声响，我坐着的缆车一震，开始缓缓移动。

我正等着尤尼克坐上来，却见他向我挥手。

"Bye-bye."

我的天，原来是我一个人坐缆车！

缆车上的玻璃罩缓缓放下，我安心了一些，要是那种简陋的不封闭缆车，我一定会半途自己跳下去的。

尤尼克的身影越来越远，缆车加速了，我向他挥手致意："Thank you."我喊着，不过他大概已经听不见了。

缆车越升越高，已经快速行进了二十分钟，还不见目的地，我不由暗叹这工程之大。在这样的深山里，真不知是怎么造出来的，看这设备，还相当的不错。

掠过了山涧，升入高山里，越来越高，经过一段极陡的爬升，索道又渐趋平缓。现在的相对高度，怕已经数倍于上午爬得累死累活的那个小山头了，但却只到了这高山的山腰处。

半小时后，缆车到达终点，我从缆车上跳下来的时候，一位穿着黑色西装、打着白领结的男士已经等候了。

远远地，我就已经看到了这位黑衣人的身影，由远及近，他站在那里没有动过，站得标枪般笔直。那么些天的跋山涉水，此刻我的形象从内而外都可谓糟糕透顶，而他却在我踏足实地的那刻，微微躬身道："那先生吗，欢迎来到这里，请随我来。"说罢恭恭敬敬做了个"请"的姿势，用的竟是标准的汉语。

这条索道和眼前修得齐整的山路，如此训练有素并且懂得汉语的服务人员，这里的主人究竟是何方神圣，路云究竟开的什么会？

莫非路云迷晕了哪个超级大亨？

只是一路上无论被吊起了精神的我如何旁敲侧击，这名引路者总是笑而不答。

微笑是待客的最好方式，不说话则是防止泄密的不二法则。旁边这位的表现让我对这里的主人心存敬畏。

山道修在林中，平缓地蜿蜒而上，四周鸟鸣不断，几只白羽孔雀在林间散步，我甚至看见一只极少见的懒猴挂在树上微微晃动。不过既然到了这里，这些珍奇异兽已经不再能令我惊讶。

山路的尽头地势忽然开阔，眼前的景色令我目瞪口呆。

在这半山腰有这么大一块平地已经不易，而在眼前这平地的中央，是一个明镜般清澈的湖，湖水微微泛着蓝。沿湖的草地上建了多幢别墅，这里望去的对岸是一片大草坪，再远处一道飞瀑挂下，汇成溪水注入湖中。

群山怀抱间，此处宛如仙境。

大概每一个初到此地的人都有这样的感叹，那位领路男子静静等待了片刻，才微笑着再次做了一个请我跟随的手势。

我被引到一座小别墅前，按响了门铃。

已经见过许多次，开门女子的美丽还是让我再次深受震撼，不是精通幻术的路云还有谁？

我深知这并非就是她生就的美丽，当年初次见面时的形象与现在相比简直就是平凡至极，可知道归知道，要从她的美中挣脱出来，还真要费一番工夫。

"路小姐好，那先生已经来了。"那男子低着头道。

路云轻笑着说："怎么，都不敢看我了，我有这么可怕吗？"那语调勾魂至极，男子不由自主地抬起头来，看见路云的笑靥，眼神顿时就呆了，看来再如何的训练有素，碰到路云这般精于精神控制的美人，都是白搭。

路云把我拉进门去，向男子招了招手，男子不知不觉间便要跟着走进来，

路云的笑容越发的灿烂，却把旋门一关。我听见外面一声痛叫，明显是鼻子被撞得不轻。

"和他开个小玩笑。"路云"咯咯咯"笑得极是欢畅。

我苦笑着摇了摇头，不过路云显出这样的女孩心性，却让我反而有些安心，像她这样的人，如果再心机深重，那可就太可怕了。

转念一想，当年人洞事件中萧秀云心机阴沉手段狠辣，全盘继承她衣钵的路云会受到多少影响谁也说不准，又怎么知道她这样的表现就是真正的心性呢？

不过现在既然彼此都把对方当朋友，还是不用想得这么多了。朋友各种各样，也自有不同的相处之道，只要还当是朋友，就可以了。

这样想着，路云却已经掩起鼻子道："洗澡去洗澡去，有什么事洗完再说，你有多少天没洗了啊。"

我笑着道："我算算，有那么五六天了吧，整天钻在山里，怎么样，味道还好闻吗？"

路云退得极远，听我这样说，好像脸色都白了些。

我哈哈笑了一声，脱下背包扔在地上，大步走了进去，却想起一事，转过头来讪讪问："这个……浴室在哪里？"

待被指点了浴室，我却想起换洗衣服还在背包里，只好再次出来拿背包，实在是糗得很，看来精神不济的时候真是不能扮酷。

"那多？"

"那多！"

路云的声音通过我的耳鼓敲击在心脏上，我一个激灵回过神来，如小游泳池般的豪华浴缸里，水已经漫过我的鼻翼。

我一惊，连呛了几口水，忙撑起身子，路云应该是发现不对劲，刚才喊我名字的声音有些古怪，不然我没那么容易醒过来。

"没事了，谢谢。"我大声说。

走出浴室，下到一楼的小客厅时，却发现路云一脸的歉意。

"你的情况真的有点严重，我不知道你到达这里要那么久，否则……"

"怎么你不用那么久吗？那你是怎么过来的，有其他的捷径吗？"我奇怪了。

107

"我到了加德满都之后，有直升机接，等我知道原来你是从陆地上过来的时候，你已经入山了。唯一的补救办法只能是四处借手机再给你打个电话，现在看你的情况，这几天你过得还真是危险。"

"现在不是平安到达了吗？"我笑着说，"这里的主人是何方神圣啊，看排场真不是普通人物，你在这里到底开的什么会啊？"

"你还真是好奇心十足啊，这种情况下先问的居然不是自己的病情。老实说那个叫 D 爵士的人是什么底细我也不太清楚，却竟然可以把请柬发到我的手上。"

路云把一封请柬扔到我手上，这封厚牛皮纸制成的请柬制作得相当朴实，封皮上是草书所写的"请柬"二字，里面是漂亮的楷书，都是手写的。

"尊敬的东方古典秘术传承者，三年一度的亚洲非人聚会即将开始，现特向您发出诚挚邀请，时间为 2004 年 6 月 21 日至 2004 年 6 月 30 日，地点尼泊尔。如能前来，请发电函至 D@flyhuman.com。"

落款就是 D 爵士。

"非人？"

"就是非常人的意思吧，我也是才听说这样的称呼。我到了之后这个 D 爵士只出现了几次，是个有点意思的家伙。他提供这样一个场所，对我们这样的人来说是非常有好处的，不过他自己却似乎没表现出什么其他的企图。据我所知，这样的聚会至少已经持续了半个世纪。"

路云所谓的"好处"我能揣摩一二，像她这样传承古老，自古以来都单脉相传，同时极为保守自闭，本身已属神秘传说，就算有其他类似的门派，相互之间也极少交流。有传承的尚且如此，因为自己本身的原因突变而具备特异能力的人，当然更找不到交流的对象，这样的聚会中，如能找到愿意坦然畅言的，就算不把己身秘法相告，也能获得非常大的收益。

至少在变形人事件中我向路云寻求帮助时，她就还未能像刚才这样，轻易对一个心志坚定的人产生影响。

而那位 D 爵士更是不凡，通过这种方式和整个亚洲的非人们保持良好的关系，若到真有需要帮助时，又有几个人会拒绝呢？从他知道路云的存在并发出邀请看，他的潜在势力已经很惊人了。

"刚才在浴室我听你那么久没动静就觉得有问题。"

"是啊，幸亏你吼了一嗓子呢，不过这几天类似的情况层出不穷，搞得我现在都有些麻木了。"

"什么吼了一嗓子，"路云啐了我一口，正容道，"要是你真麻木了，就离死不远了。"

我呵呵笑了声，既然已经到了这里，我就已经放下心来，即便路云搞不定我的毛病，这里不是什么非人聚会吗，总有人搞得定吧。

"还是非人待遇高啊，你们有直升机接，我只好靠脚走啊。"心情好起来，我顺口和路云开了个玩笑。

"哪里，你以为这里是那么好来的吗？最初我向 D 爵士提出要带个朋友来，虽然说了原因，还是给婉拒了。"

"那倒也是，我能想得通，可后来怎么又同意了呢？"我问。

路云笑了："因为他后来知道我这个朋友叫毛多。"

"哦？"我眉毛一扬，心里倒也有些许自得，这两年的经历，居然让我小小地有了些名气。虽然这名声并不传于大众之间，可从卫先到 D 爵士这些接触到世界另一面的人，却都知道我的名字。我把那一面的世界称为暗世界，一般人看不见，认为不存在的暗世界，可我知道，那才更接近真实。

"他本和我打招呼，想与你见一面的，但五天前却忽然有事乘直升机离开，结果你就只好从陆地上过来了。"

"那倒真是可惜，这样的人物，我还是很好奇的。"我叹息着说。

"好奇？我看你这毛病就是好奇害的吧，总有一天你会被好奇害死。算了，说也白说，你先告诉我怎么回事，上次你说得太简单了，问清楚我好对症下药。"

我本待从进入那墓道说起，路云立刻就问那是什么墓道，又问是如何发现的，还问卫先是谁，连番追问下，我只得把这件事从源头说起，看着路云听得无比投入，真不知道她是听故事来的，还是替我治病来的。

"三只眼的人？开了天眼的倒听说过，但天生就有第三只眼的，还真是第一次听说。"路云喃喃道，忽觉这与我的病情似乎联系不大，改口道，"欧明德的猜测是正确的，你看到的那些符号，应该是一些非常强力的暗示符号，而且这些符号不仅仅对你起作用，在那样的环境中，密集的符号或许自身就形成了一个场。越往墓门去，这个场的力量就越大。所以就算有人完全不去看那些符号，怕也会受到一些影响。"

"我把那半面旗带来了。"我说着取出旗递给路云。

路云接过，展开，旗把她的脸遮住，我看不见她的神情，但她只看了一会，就"咦"了一声。

"你等等，我去去就来。"路云站起身，拿着旗快步走了出去。

路云回来的时候，身边多了一个人。是个年纪看上去比路云大不了多少的年轻女子，T恤、马裤、短靴，垂耳短发，没有路云这般炫目的美貌，但显得英气勃勃，给人的感觉却又十分亲近。

"我介绍一下，这是夏侯婴，我新认识的朋友，这是那多，老朋友了。"

我连忙站起来打招呼，能参加这个聚会的怎么会是寻常人物，可轻忽不得。

"最后给你打电话那次，就是借她的手机呢。这里用的是自备电，要充电等回到城市里才行。"

我再次向夏侯婴道谢。

夏侯婴粲然一笑道："些许小事而已，倒是这面旗，老实说和我颇有些渊源，不介意的话，能否告诉我您是怎么得到的呢。"

于是我又把刚才对路云说的故事讲了一遍，并将孙氏兄弟和那本记录中的内容重点详述。

夏侯婴的神情逐渐严肃起来，等我说完，点头道："这是对我来说相当重要的消息，非常感谢您告诉我这些，关于您所受到的暗示，我想由我来处理会比路云更方便一些。"这样说的时候，夏侯婴向路云投去一个询问的目光，路云点头表示同意。

我心里一动，以我对路云的了解，要说这位夏侯婴的能力凌驾于路云之上，可能性不高，她这样说，也就是表示她对暗示有所研究，先前所说的"渊源"，恐怕就是指这个了。

"那我们这就开始吧，请看着我的手，精神放松。"夏侯婴伸出右手食指，在我的眼前开始缓缓划动。

白生生的手指在空中划出奇异的轨迹，周而复始，每次却又不同，我注视着这些轨迹，当意识到这实际上是一个个符号时，人已经渐渐放松下来，浓浓的睡意袭来，即便是通过手机听路云的吟唱时，也未有过这样强烈的睡意。

当我从深沉的睡眠中醒过来的时候，浑身上下都浸透了轻松，没有人告诉我，但我切实地知道，我的暗示已经解除了。

"咕咕"的声音从我的肚子里传来，迅即而来的饥饿感让我的脸一下子垮了下来。我到底睡了多久，怎么会这么饿啊？

我从沙发上坐起来，阳光从窗外照进来，记得睡前是下午，我看了看表，两点。

"路云！"我叫了一声，没有人应我，现在这别墅里就我一个人。

茶几上已经放好一套新的洗漱用具，看来我真的睡了一天。

洗漱完毕回到客厅，路云已经在等我了。

"夏侯婴的时间还算得真准。"她说，这时我的肚子又大叫一声，连她都听见了，"别急，很快就有人送饭来。"

"哎呀，怎么睡了这么久，今天是非人聚会的最后一天了吧？还有机会见见那些非人吗？"

"就你昨天的状态，是无法出去见那些家伙的，稀奇古怪的人多得很，你的精神这么不稳定，碰上哪个给你开个小玩笑，就麻烦了，至于现在嘛……"路云拖了个长音，吊足我的胃口，说，"D爵士倒是还没回来，上午直升机已经来啦，来回接了好几批，现在没走的除了你我，倒还有一个。"

我有些失望，不过这些奇人能多见一个也是好的："那你可要为我引见引见，保不准以后哪天就要找他救命的。"

路云笑道："人家昨天已经救过你一命啦，你还打算要她救你几次？"

原来留下的就剩夏侯婴了，倒还真对我这个病人负责到底啊。

说话间，已经有人送饭菜来，三菜一汤、宫保鸡丁、炒猪肝、牛肉汤和一盆野菌菇。烧得不错，特别是原料与国内不可同日而语，我把一大碗饭全扫空了，心满意足地打了个饱嗝儿。

门铃声响起，路云打开门，是夏侯婴。

"直升机来了。"她说。

我收拾背包出门的时候，却发现路云没有跟来。

"怎么你不走吗？"

"反正我也没事，尼泊尔风光这么好，我打算坐缆车步行，走你来时的路回去。"

倒真是很好的风景，可惜我来的时候没心情观赏。

"那你自己小心些。"

"切，我对山里可比你熟得多。"

这话让我心里一寒，我记起一百多年前萧秀云就是在深山中学习秘术的，那我面前的这个，究竟是萧秀云，还是路云？

直升机落在大草坪上，夏侯婴的行李也只是一个背包，对女人来说是少得很了。

"谢谢你的援手啊。"救命之恩，除了说一句谢外，也不知该怎么回报。

"没什么，就算我不出手，路云也行的，就是麻烦些而已。倒是有一件事想拜托你。"

"没问题，你说吧。"我本不是不问究竟就会轻易答应的人，可夏侯婴有事相求，不在施手相救前说，这等风度让我很是欣赏，想来她总不会说出让我难以接受的请求。

"我想请你带我进那个墓去走一趟。"她很郑重地说。

"太好了，我也对那里不死心呢。"我是真的高兴，夏侯婴和我一起去，那些鬼画符对我就没危险了。

"有一件事我想先说，那本书对我很重要，我必须拿到它。不过请你放心，我不会像孙家兄弟，有那样无聊的念头。是因为其他的原因。"

我微微一愣，便说："那又不是我的东西，如果对你那么重要的话，取了就是。哈，我本来还想学学怎么撒豆成兵呢。"

夏侯婴用古怪的眼神看着我："你该不会真以为那就是什么《太平清领书》吧？"

"啊。"我张大了嘴，难道我原先的推测错了？夏侯婴似是知道些什么，看来她所说的"颇有渊源"并不简单啊。

夏侯婴笑了笑，没有继续说下去，转而说道："好，那到时就请相互照应了。"

"呵呵，是你照应我才对吧。"

第九章

"第三只眼"的秘密
Chapter 9

终于又回到上海，坐在驶出机场的出租车上，夏侯婴苍白的脸上才微微恢复些血色。

刚才在飞机上，快到上海的时候，夏侯婴突然脸色惨白，汗如雨下，双手紧紧抓着座椅的扶手，太阳穴的青筋都隐隐浮现。我吓了一跳，忙问她怎么了，她说是头痛病，遗传的，过一阵就好。

看她的样子，这头痛还真是厉害得很啊。看来不管有多大的能耐，总还是有解决不了的麻烦。夏侯婴这病，她自己束手无策，现代医学恐怕也没什么办法。

在这个社会里，奇人异士只要愿意，总不会缺钱用，我等普通人只好望之兴叹了，夏侯婴入住的是四季酒店，上海最豪华同时也是房价最贵的酒店之一。和她约好次日上午九时在酒店门口碰面，进行第二次的墓室探险。而今晚我则另有事做。

夏侯婴所能解决的是墓室中最神秘且杀人于无形的东西——暗示符号，可我却未曾忘记，孙辉祖所受的那几十处有形创伤。这样的墓室机关埋伏是一贯的传统，死了卫先，这部分连夏侯婴都有些发愁。她本想先进去看一看再说，我却自告奋勇，说愿意去请请能人看。

有这份能耐，又不用我对这件事的内幕多作解释的，除了卫不回还有谁？

敲开了中央"三层楼"二楼卫不回的门，尽管我已经想好了种种说辞，也预演了卫不回见到我后的种种反应，可他当头一句话，还是让我有点蒙。

"我等你很久了。"说着这句话，卫不回却依然站在门口，没有移开的意思。

"等我？"我看着眼前的卫不回，往日若有似无笼罩在他身上的落寞，和有神双眼背后的暮色，此时竟再找不到一星半点。

"你准备什么时候再下去？"不给我喘息的机会，卫不回仿佛已经知道了我的来意，直接问了出来。

"呃……明天，大概上午九点半。"

"好，我去。"说完这句话后，那扇朱红色的木门又"砰"地把我关在了外面。

这样被动的感觉，这种不容置疑的口气，是那个消沉了六十多年的盗墓之王又回来了吗？

卫不回是怎么知道我要再次下去的？他怕了六十多年，怎么又忽然不怕了呢？回去的路上我一直在想，却怎么都想不通。

第二天九点见到夏侯婴的时候，我竟看见她穿了件宽大的长袖衬衫，这外面可是三十六度的高温啊。更夸张的是她穿了一袭水绿色的长裙，她当自己去参加舞会吗？

"那个，要不要换条裤子？"我忍不住说。

"没关系，我们走吧。"夏侯婴无视我的提醒，扬手叫了一辆出租车。

她钻进出租车，回头却看见我一副为难的样子，笑说："你放心吧，我可不是那种为了漂亮不知轻重的女人。"

她都这样说了，虽然我满肚子的疑惑，还是只能跟着她上了车。

走进中央"三层楼"的时候，我看了看表，九点三十四分。

正想是否该上楼去叫卫不回，却听见一个声音从地下室入口楼梯的阴影里传出："我在这里。"

卫不回穿了一身黑，阴影里，我只看见一双闪着精光的眼睛。

他真的是八十多岁的老人吗？我忽然怀疑起来。

"这位是卫不回，盗墓之王。这位是夏侯婴，她能化解那些死亡暗示。"我替初次见面的两人作了简单的介绍。

打开地下室的门，再次关上的时候，我忽然看见黑暗中闪光的符号。

吓了一跳之后，才发现是夏侯婴把外面的衬衫脱了下来，里面的白T恤上用能发光的颜色画满了符号。然后一条布满闪光符号的裤子又出现了，那自然是夏侯婴把外面的裙子解了下来。

"不管有没有光，这些符号都能看到。这些符号能帮助你们安定心神，不受其他暗示符号的影响。当然，这其实也是一种暗示。"夏侯婴说。

只看了几眼，我就已经感觉心神安定了许多。

猫腰走在孙氏兄弟挖掘的甬道中时，我终于搞清楚卫不回是怎么算到我会再次回来的。

卫先在见了卫不回之后，立刻就把这位传奇人物的情况通报了家族，而卫先的死，虽然公安部门一时搞不清这位死者的身份，但他背后的庞大盗墓家族却很快得到了消息，而延请卫不回这位大佬重回家族的时候，当然也会把这个消息告诉他。与之相关的，还有我那多的资料。

六十多年后，自己的侄孙再次因这个墓而死，这一噩耗刺痛了卫不回隐藏在最深处的那根神经。

"我想我应该死于地下，我不敢盗墓已经很久了，就让这个墓作为我复出的开始吧。"

这位盗墓之王把重新站起来的起点，定在当年让他遭遇最惨痛失败的地方。

卫不回当然不是无谋之辈，要再进这个墓，他必须要等我回来。

相信他所拿到的关于我的资料，一定非常详细，以至于他可以判断出，如果我能逃过一劫，必将重新回来，而回来的时候，肯定会做好准备。

他相信我不是个短命的人，所以他一直在等我回来。

终于到了，厚重的石板旁，那条向下的青石阶。

"就是这下面吗？"夏侯婴问。

"是的。"我回答。

卫不回长出了一口气，这口气在他的胸中已憋了六十七年之久。他当先走了下去，夏侯婴和我紧随其后。

"轰轰"声接连响起，万年连珠灯再次照亮了整条墓道。

火光映着大理石的花纹，远端的白骨犹在。在这妖异的氛围中，我看了一眼身边的夏侯婴，心脏的跳动渐趋正常。

"这条墓道上没有任何机关，只管向前走就是。"卫不回说。

夏侯婴点了点头，向前走去，我和卫不回走在她的两侧，略略落后她半步。虽然画在她衣服上的符号并不需要一刻不离地看着，暗示早已经种入我们脑中，但能时时看到这些符号，总是更稳妥些。

夏侯婴一路走得很慢，她非常注意地看着周围墓壁上和大理石花纹混在一起的那些符号，我看见她微微地点着头，似在印证着她先前的某些猜测。

离墓门已经很近了，我看了一眼卫不回，他向我点了点头。这一次，我们都没有任何惶恐不安的感觉。

脚边就是孙辉祖的白骨了。

"咦，这个头是怎么回事？"夏侯婴指着孙辉祖紧紧抓住的骷髅头问。那个有着第三只眼睛的骷髅头！

我这才想起，当日和夏侯婴说的时候，漏过了这一节。

"应该是墓主人的头，不知怎么被孙辉祖拧了下来抓到了这里。"

夏侯婴蹲下身子，凝视着这个头颅，不，她在看那个多出来的圆洞。

我发现她的身体竟有些颤抖。

卫不回叹息了一声，这颗头颅当年必定风光无限，如今却尸首两分离。

夏侯婴站起身来，轻轻道："没想到，那个传说竟然是真的。"她的身体摇晃了一下，我忙扶了她一把。

"怎么了？"我问。

"没什么，我只是有些失望。"她脸上有着难掩的颓唐之色，又岂止是一点点的失望。

"我们进去吧，虽然我原先的目的已经无法达到，书还是拿走的好。"夏侯婴说着，举步向前。

跟着卫不回和夏侯婴，我迈进了墓门。

里面的墓室也有类似万年连珠灯的装置，卫不回轻易就在墓门边找到了开启的地方，眨眼之间灯火就被点燃了。

与卫先相比，卫不回的探测工具简单得多，只是一根金属棒。在地上敲击了几下后，他抬起头来，却忽然不由自主地往后退了半步，转头去看夏侯婴。不，应该说他在看夏侯婴衣服上的那些符号。

"是恐惧，"夏侯婴说，"这间墓室四壁上的符号所暗示的是恐惧。"

火光耀起的时候，我也有所觉，不过只是心里淡淡的一层，一定是夏侯婴衣服上画的暗示符号起了重要作用。

卫不回向后退了半步后，哂然一笑道："看来我老头子有些杯弓蛇影了。"他再次打量整间空空荡荡的墓室，说，"这间墓室里应该也没有机关，保险起见，你们跟在我后面。"

夏侯婴点了点头："没有机关很正常，这里四壁上所下的暗示符号其实相当的厉害，连你们不断地受我的安宁定神暗示之后，都还能有所感觉，一般人一进来，甚至不用点火看见，都会被这四周密布暗示符号所形成的场吓退，经过外面墓道里的死亡暗示之后，他们就算是退了出去，迟早也是个死。"

这个足有四五百平方米大的墓室呈不规则的水滴状，没有任何的摆设装饰，对面又有一道拱门。

"你们看。"卫不回指了指地下。

顺着他的手，我才发现从这里到对面的拱门，大理石质的地上有一点点的暗黑色。痕迹不重，不仔细看真看不出。

"是孙辉祖的血。"我脱口而出。

卫不回点了点头："是渗进大理石里的血迹，不过没有任何机关发动的迹象。"

"走吧，不过，外面的墓道是死亡暗示，这里是恐惧暗示，过了前面的拱门，暗示的内容应该又有所不同。"夏侯婴说。

卫不回听夏侯婴这么说，在迈步向前走之前，做了一个和我完全相同的动作——死死地看了她的衣服一眼。

站在拱门处，卫不回没有立刻进入下一个墓室，我和夏侯婴也在他身后侧停了下来。

前面与其说是墓室，不如说又是一条墓道，一条弯曲的墓道。

地上依然可以见到渗入石中的血迹，让我不由得想象当年孙辉祖是如何一路披血狂奔而出。

第一道拱门处开启的万年连珠灯看来已经把所有墓室里的灯都点燃了，不过由于墓道是弯的，所以一眼无法看到尽头。

"好像也没有机关发动的痕迹啊，这条墓道里也没有机关吗？"我说。

卫不回蹲下身子，双眼紧贴地面看了一会儿，又用金属棒敲了几下，站起身来脸色凝重："有机关，只不过没有发动过。"

"没发动，怎么会，当年孙辉祖没把机关触动？"这次发问的是夏侯婴。

"这里的机关设置的发动条件相当奇怪，这一类的机关，如果按照正常走路或者快跑，是不会触动的，只有站在一处地方不动，才会发动机关。"

"这就对了。"夏侯婴的话让我们都是一愣。

“你们不觉得往前看去时的感觉，有些不同吗？”

我刚才向前看的时候，心里是有些不一样的感觉，不过有夏侯婴所绘的符号之助，这种异样感觉极为轻微，这时听夏侯婴这样说，一边再次望向前面墓道，一边在心里暗暗体会。

的确是和恐惧不一样的感觉，不过一时要找个词形容出来，还真不知该说什么。看看卫不回，也是一样。

“你们现在受到的影响极其轻微，所以难以分辨。前面的暗示符号，对人心理上起到的暗示作用，是沮丧。”

“沮丧？”我对照着心里的感受，果然如此。

“我知道了。”卫不回沉声说，“普通人沮丧到极点，不免抱着头蹲在地上痛哭流涕，精神坚韧一些的，总也会呆立片刻。可这一呆，机关就立刻发动了。”

夏侯婴点头：“虽然暗示很难让人立刻死亡，但和机关相配合，就能让这里成为绝杀之地。”

“不过当年孙氏兄弟怎么就没事呢？”其实这话刚问出口，我就想到了答案。

“这是因为……”夏侯婴没说完，我就接口道：“旗。”

“对，我看过那半面旗，如果把失去的半面旗上的符号补完，对于这面旗周围的人，就有类似我衣服上这些符号的效果，不过因为这面旗又兼备了对远处人的威吓恐惧暗示，所以相对效果不如我现在画的这些好。”

说到那半面旗，我忽然想起一个问题，忍不住这时候就问了出来：“当年孙氏兄弟拿着那面旗来探测地下墓室的方位，结果还真的在这附近获得了征兆，旗所发挥出来的恐惧暗示突然十倍地增强，这是什么道理？”

夏侯婴思考了片刻说：“这其中的道理，我也不敢肯定，毕竟许多东西，我也只知其然而不知其所以然。不过……”夏侯婴用手一指前面的墓道，“等会儿走上去的时候，你们要有个心理准备，到时你们的沮丧感觉，会比站在这里看的时候更强烈，不要愣住让机关发动了。”

“哦？”

“如果只是简单的一两个暗示符号，基本上要用肉眼看见，才会发生作用，可是许多符号按照特定规律排在一起，却会自然地发挥作用，有点像中

国古老的阵法，别把它们和古代军队的战阵搞混了，那是完全不同的两回事。"

"这我是知道的。"当初差点困死在神农架的人洞里，不就是因为萧秀云布下的困龙秘阵吗？

夏侯婴有些意外："你倒还见识挺广呢，要是用现代科学中最接近的词语来解释，就是力场了，这些符号能形成外放型的精神力场。靠近力场的中心一定距离，就会对人产生影响。如果两个力场相重叠的话，可能什么事都没有，也可能……"

夏侯婴没有说下去，不过我已经明白了她的意思。当年的突发事件，是旗上散发的精神力场和地下的力场相重叠的结果。只是为什么重叠之后只在那一瞬间爆发出强烈的恐惧力场，过后就恢复原状，恐怕就不是我们这些人靠简单推断就能搞清楚的。那至少要明白这些符号设计出来的原理才行。

"走吧，记住别停。"

跟着卫不回一路急行，我们几乎以竞走的速度走完这段弯道，有了心理准备，那增加的一点沮丧情绪并不会带来真正的麻烦。一个急剧的转折之后，前面又是一个拱门，这个拱门比先前的大一些，在卫不回的示意下，我们三个勉强挤着并排站在拱门下。

前面的空间介于墓室和墓道之间，是个狭长的三角形。我们所处的拱门入口是最宽的地方，越往前路越窄，在尖端处是另一道仅能容一人通过的拱门。

就在这间墓室里，我看见了三具白骨。

还有满地的短铁矢。就是最外面墓室里，孙辉祖尸体上的那种。

不用说，剩下的孙氏三兄弟全在这里了。

"愤怒。"夏侯婴说。

我和卫不回都知道她是什么意思，前面的墓室里，符号的暗示作用是令人愤怒。

其实不用她说，我都已经能感受到心里的愤懑了。

在那三具白骨间，我看见了一片未被腐蚀掉的布料。有这样神奇材质的，当然只能是那半面旗了。

"凭孙氏兄弟向我学的那点半吊子能耐，当然是过不去的了，在这里只要踏错半步，就会触动机关。"卫不回说。

"可这四壁都是光滑的大理石，这些箭是从什么地方射出来的？"我问。

"笨蛋，许多地方都是活板，机关一动板就会翻过来的。"

我讪讪一笑。不过就算是卫不回这样的盗墓之王，如果没有夏侯婴的安神暗示，走到这里也会怒气攻心，哪里还会有心思分辨什么地方走得、什么地方走不得，一样会被乱箭穿身。而孙氏兄弟虽然有旗护身，但却不谙机关，一样死无葬身之地，临死之前，把那旗都扯裂了。

卫不回在背包里不知翻找着什么东西，我看着前面三角形的墓室，心里忽然一动，说："你们有没有觉得从进来到现在，这墓室的形状有点像是汉字，至少刚才的弯道加上前面的三角，不就是个弯钩吗？"

卫不回动作一顿，抬头看我。

"你也发现了吗？"夏侯婴说着，以手作笔，在空中写了一个字。

最开始的那个不规则的水滴状墓室，其实就是一个点，再后是弯钩，此时夏侯婴在空中所写出的这个字，便是行书的"心"字。

"所谓暗示，就是对人的心起作用。"夏侯婴淡淡道。

"不是大脑吗？"我反问。

"现代科学真的能证明人的想法，甚至灵魂存于大脑吗？没有吧。我所说的心，并不是指心脏，而是指人灵魂和智慧的本源处，虽然不知道那到底是什么，在哪里，但一定是存在的。"

"这样看来，还有两个点，最后那个点，就该是停放棺木的所在了。"

夏侯婴点头："通常最后停棺的地方，应该不会有暗示符号，那么过了前面这间墓室，还有一间有暗示符号的墓室。到目前为止，已经依次有了恐惧、沮丧、愤怒，接下去的那个，一定也对应着一种负面情绪。"

卫不回从背包里取出一瓶液体，倒了一些抹在鞋底，说："我先走，你们跟着我的脚印，看清楚别踩错了，要是误差太大，就等着变刺猬吧。"

卫不回慢慢地向前走去，走过的地方，留下一个红色的脚印，走到第三步的时候，他忽然停了停，双手握起，把我的心吊到半空。好在几秒钟后，他又继续往前走。

在墓室中弯弯曲曲地前行，脚步绕过那三具尸体，平安无事地到达拱门下。卫不回向我们比了个跟上的手势，又开始往鞋底抹红色液体，准备继续

向前走。

夏侯婴在前我在后，顺着地上的红脚印，小心翼翼地往前走。这种走法平衡感相当难把握，步幅忽大忽小，刚走了两三步，一步踩下去身子就晃了晃，差点保持不住平衡歪到旁边去，我这才知道刚才卫不回为什么会有轻微的停顿。照夏侯婴的说法，这时我已经完全进入四周暗示符号所形成的精神力场中，感觉比刚才站在拱门口张望时猛然强烈了一倍有余，胸口升起焦躁郁闷的情绪，看了一眼走在前面的"活体符号"，才把这股无名火压下去。

踩着卫不回的脚印走，夏侯婴是没有问题，可我的脚大概要比卫不回大两号，每一脚踩得再准也有一圈在外面，不过心里虽然有些惴惴，这些许的差错还不至于真让机关发动。

经过那三具白骨的时候，我心里一阵唏嘘，踩下去的时候竟有大半个脚踩在了外面，当时就出了一身冷汗。不过有出冷汗的工夫，说明人还没事。

前面的夏侯婴已经快走到拱门，卫不回做完了准备，就开始继续往前走，只转眼间，尖锐的呼啸声传来，卫不回一声闷哼，捂着左肩重新退回拱门口。

"叮叮"之声响了好几秒钟才停止。

盗墓之王竟然把机关触动了？

卫不回转过身来，哑声说："你们先停一停。"

就算他不说我们都只能停住，拱门下只有他一人容身的地方，夏侯婴已经走到只差他一步的地方，我也不远了。在这里可不能说停就停，必须保持原来的跨步姿势。我和夏侯婴就像雕塑一样，一步迈出去后再不敢乱动，姿势看起来应该相当的滑稽，可是在这当口，有谁笑得出来！

"怎么回事？前面的机关过不去？"夏侯婴问。

"是我踩错了。"卫不回从背包里取出纱布迅速包扎了伤口，然后重新往脚底下擦红颜料。

"那么厉害！"我倒吸了口凉气。难道走到了这里，还只能功亏一篑？

卫不回摇头："不是机关厉害，是那些符号搞的鬼。你们两个我不知道，这一段一段地过来，每过一个拱门，那些符号对我的情绪影响就越大。我这才走了两步，就撑不住，踩错了一步，还好脚踏下去的时候已经感觉不对，退得快，不然就没命了。这箭上没带毒，算我走运。"

"我也是这个感觉，前面墓室里的符号是起什么作用的？"我问。

"和愤怒有点像，要更严重，让我一下子有种歇斯底里想尽情发泄吼叫的冲动。"

"应该是疯狂，有一种暗示可以令人疯狂。"夏侯婴说。

"夏侯小姐，现在怎么办？"我问夏侯婴。

"是我疏忽了，这几间墓室的符号对人的影响累积起来，力量相当大，人的各种负面情绪都被调动起来了。卫老先生，您刚才往鞋上擦的那种颜料能否借我一用？"

"接住了。"卫不回说着把那个小塑料瓶抛给夏侯婴。

夏侯婴拧开瓶盖，用食指蘸了点，对卫不回说："把你的手伸过来，右手吧，你左边伤了。我在你手上再画道暗示符，你一边走一边看，这样四周符号对你的影响会进一步减弱。希望不会让你分心。"

"分这点心总比歇斯底里的好。"卫不回身体前倾，把右手伸给夏侯婴。

画完了，卫不回转回身去，再次往前走。

"这回可以了。"卫不回报了声平安，我提着的心才放了下来。

很快我也走到了刚才夏侯婴的位置，把手伸给夏侯婴让她画符。尖尖的手指在我手掌上画来画去的感觉很奇怪，痒痒得让我差点缩回手去。

"我算是知道孙辉祖怎么会扯了个死人头冲出来了，"我找了个话题转移一下自己的注意力，"这一关是愤怒，旗子扯破了他立刻就受到了影响，可是他一身硬功十分了得，一时之间铁箭射他不死，却见亲兄弟死在眼前，怒气冲天之下，只想为几个兄弟报仇雪恨，就这样往里面直冲了进去，而下一关是疯狂，对他更是火上浇油，这才拧了个死人脑袋下来。而且人发了疯潜能就被逼出来了，不然他再猛，怕也冲不出那么远。"

夏侯婴缩回手去，却只是轻轻叹了口气，转回身顺着卫不回的脚印继续往前走。

下一间墓室果然是"点"状的，满地的短铁矢，分不清哪些是当年射出来的，哪些是刚才卫不回激发的。这里的机关只怕有自动装填功能，可以反复启动几次，孙辉祖当年充当了一回人形扫雷机，如今却还有铁箭射出来。

踩着地上的脚印，看着手上的鬼画符，终于无惊无险，进入了最后的墓室。

这最后的墓室，是用巨大的青石砌就，果然没有画任何的符号，也没有

任何机关，干干净净。中央停着一具巨大的玉棺。而棺盖已经裂成数块，散在地下。

看到这情形我有些意外，这墓主人的身份必然相当尊崇，眼前的玉棺虽然巨大，能装得下一些随葬物品，但和通常王侯随葬动辄数间存放随葬品的石室比，可算是极为简朴了。

走到近前，玉棺中的尸骨已经残破不堪。当年孙辉祖疯狂之后大肆破坏，玉棺中的随葬物一件未取，棺中的白骨却被他弄散了架，脊椎骨断成了几截，右手上臂也被扯断，无头的身体歪在玉棺中。

玉棺里原本的格局，正中是主人的遗体，左手边放了些兵器，右手边有多卷竹简，脚底摆着酒器，现今乱作一团。

夏侯婴手扶棺沿，看着这具无头的残骨，默然不语。

卫不回长长叹了一声："生前何等的英雄人物，霸业转头空，连尸骨最后都成了这副模样。"

夏侯婴应该是知道这墓主人的身份，但我看得出她对此多有保留，我受了人家救命之恩，不便追问，可听卫不回的语气，他竟也知道？

"你知道这是谁？"我忍不住向他问出了心中最大的疑团。

"笑话，我要是不知道这是谁的墓，当年怎么会花这么多心思研究？倒是你，居然到现在还不知道这就是曹操曹孟德的墓吗？"

一时间我如被雷打到一样，震惊得话都说不完整："曹……曹操？"

这就是那个中国历史上最著名的枭雄，三国时魏国之主，挟天子以令诸侯，死后传说布下七十二处疑墓的曹操？！

卫不回转头看了看夏侯婴，说："姑娘既姓夏侯，和曹操想必有些关系吧？"

曹？夏侯？我脑中掠过《三国志》上的相关记载，这才记起，曹操的父亲曹嵩本姓夏侯，因为认了宦官曹腾做义父，这才改姓曹，夏侯是大族，曹嵩一脉分了出去，其他人却还是以夏侯为姓，像之后曹操帐下的夏侯渊、夏侯惇两员悍将，和曹操实际上是亲戚。

夏侯婴这时回过神来，点头答道："曹操是旁系，算起来，我是他之后第五十七代。"

"原来曹操有第三只眼！"我脱口而出。

"什么第三只眼？"夏侯婴皱了皱眉，完全不明白我的意思。

"就是他的头上，双眉正中偏上，有第三只眼睛啊。"

"那不是第三只眼。"夏侯婴终于明白我在说什么，却摇头否认。

"不是第三只眼……那是什么？"

这次连卫不回都望向夏侯婴，显然他也很想知道这个答案。

夏侯婴又叹了口气，道："这虽然只有我们家族的人知道，但也算不上什么大秘密，说给你们听也无妨。先前这'心'字形墓室中四壁上的暗示符号，以及我衣服上所绘的这些，其实是我夏侯一族从数千年前就流传下来的一门学问，这门学问深奥无比，却威力巨大，但有一项极大的缺陷，就是会让学习者染上不知名的头痛症，研究得越是精深，头痛症就越是严重。或许在不断暗示别人的同时，自己的大脑也在不知不觉中受到了损害。"

我顿时想到了夏侯婴在飞机上突然发作的头痛症，原来是研究这门学问的后果。历史上，曹操不就是死于头痛症吗？

"我们家族历代研究这门学问的人，凡修为高者，几乎都死于头痛症，发疯者也比比皆是，所以近百年来，敢碰这些符号的人，越来越少。我小时候祖父怕失传了这千年秘技，就略教了我一些，可我一接触就上了瘾，进境也非常快，十四岁之后，头痛症就很严重了。而曹操则是家族记载中的天才，从未有人能在这方面超越他，如果他没有把暗示掌握得出神入化，就得不到中原，也挟不了天子。"

我听得嘴都微微张开，原来曹操能在乱世中崛起，磁铁般牢牢吸住诸多能臣猛将，不单单是靠个人的才干魅力，更是靠他在不知不觉中影响人心的暗示！而这暗示在战场上也能帮他不少忙，单看那面军旗就知道了。

"族中记载曹操死后在中原布下多处假墓，天下人皆以为曹操墓必在他势力范围之内，却不知他和吴主密约，死后葬在吴地，大军不过长江。是以魏国后期出兵必攻蜀，从未对吴大规模用兵。此消彼长之下，晋替魏之后，东吴撑的时间，也远比西蜀长。只是当年曹操在吴建墓也选偏远之地，布数处疑兵，再加上他的刻意暗示，包括吴主和我们，都不知道他最后墓穴的确切所在。"

说到这里，夏侯婴看了我一眼，苦笑道："此次在尼泊尔遇见你，听你一说，再看见这面旗，就知道你进了曹操墓。虽然传说曹操也是死于头痛症，但我多年受此之苦，总是心存侥幸，希望这位天资卓绝的人物找到了一些对

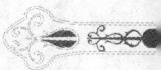

抗头痛的办法。可是刚才在外面我见到那个头颅，就已经知道他当年的办法了。"

我心里已经隐隐猜到，只是这答案太过让人惊讶，还是不由自主地问："什么办法？"

"华佗开颅！"夏侯婴还未回答，卫不回已经脱口而出。

夏侯婴缓缓点了点头。

野史记载，曹操头痛，请神医华佗来医，华佗的办法是开颅，曹操不信，把华佗关进牢里，结果华佗死于狱中，曹操死于头痛。

原来曹操最后还是同意了华佗的方法，可这太过超前的外科手术终于失败，曹操因此而死，华佗自然也被处死。

怪不得夏侯婴在看到曹操额上伤口的时候，会露出那样的神情。

夏侯婴在那些竹简中翻动了一会儿，拿了一卷卷轴出来，材质似丝似布，放了那么多年不坏，看来和那面军旗是同样的料子。

夏侯婴略略展开，看了几眼，说："果然，只是一些对暗示的心得和运用技巧。孙氏兄弟想找的就是这个，不过这门学问，又岂是一朝一夕就能有所成就的？"

"这……是什么书？"

夏侯婴把卷首的部分向我亮了亮，我的眼顿时就直了。

"《孟德心书》！"

"原来，原来是这个'心'，不是新旧的'新'啊。不是说曹操作兵法书《孟德新书》，后来不满意又自己烧了吗？"

卫不回哈哈一笑："史书所言谬误极多，岂能尽信？我盗了这许多墓，所知的真相，随便抖一件出来，就能让中国的历史学界来个七级地震，这次虽然也足够让我惊讶，但也不过是我所经历的其中之一而已。对我来说，盗墓的乐趣，就在于此。"

尾声

　　从曹操之墓返回，我和夏侯婴、卫不回各奔东西。夏侯婴取了《孟德心书》，卫不回则取了一卷竹简、一柄千年未锈的长剑、一盏黄玉酒壶。据夏侯婴说，书、兵器、酒是曹操生前最爱之物，所以死后不以金银器具陪葬，而仅伴以这些东西。我则在卫不回"不要入宝山空手而归"的劝说下，取了一盏青铜酒壶和两个青铜杯，放在家中书橱内，就算是宾客看见，也决计想不到，那会是当年曹操曹孟德的钟爱之物。只是不知他和刘备煮酒论英雄时所用的，是否就是这套酒具。想那刘备也不是寻常人物，和曹操这个把暗示玩得出神入化的大师这样照面，都不为所动，怪不得被曹操许为"数天下英雄，唯使君与操耳"。

　　和夏侯婴告别的时候，我对她说，虽然曹操最后开颅失败，但当年和今日之科技不可同日而语，当年做不到的，今天未必就没有可能。

　　她苦笑着说："若真到了那一步，什么办法都要试一试了。"

　　说完飘然而去。

　　卫不回则在几天后也离开了中央"三层楼"，不知所踪。我知道，他又重拾旧业，销声匿迹了六十七年的盗墓之王，就将重现江湖了。

　　不过出乎我意料的是，X机构最终还是介入了此事，一个星期后我一次采访完路过中央"三层楼"，不知不觉间走了进去，却赫然发现原先通往地下室的楼梯已经不存在了，那里已经被水泥封死。

　　随后我接到梁应物的电话，尽管不是他刻意透露给X机构，他还是表示了歉意。因为我早已经是X机构密切关注的人物，此次托梁应物办去尼泊尔的签证，需要动用X机构的关系，机构就顺便调查了我的意图。我的行动并未刻意隐瞒，竟被X机构一步步查清了事情的来龙去脉，然后迅速行动，就在我从墓里出来五天后，封了地下室，另辟了通往地下的秘密通道。

事已至此，我就顺便告诉梁应物那个"心"字形墓室的情况，让 X 机构做好准备，免得误伤人命，也算卖个顺水人情。而半面军旗和那本日记，放在我这里也没用，这些相关物品，不等梁应物开口，我就取了给他，当然那青铜酒器还是大大方方放在我的书橱里。

此外我还提醒他，原来曾给过钟书同一些图片，就是那些图片造成了钟书同的死亡，两小时后，梁应物就告诉我东西已经从警方那里拿回来了。钟书同临死前几小时都在伏案研究这些图片，所以这几张奇怪的图片被警方取走，好在警察可不会像钟书同那样几小时盯着图，所以没什么大碍。

X 机构的这个"曹操墓"项目，并不由梁应物负责，所以最后到底有没有研究出那些暗示符号的奥妙，让夏侯家的不传之秘外流，我并不知道，不过倒是常和梁应物讨论相关的话题。

比如，有一个话题，就是既然有那种可以让人看了就自己去死的暗示符号，那么曹操当年不就是想让谁死就让谁死，为什么迟迟未能取了西蜀得了东吴？看谁碍事，修书一封直取其命就是，或者在军旗上画下这样的符号，也别让人恐惧了，让人看了自己去死不是更省事？

讨论的结果，是这种让人去死的暗示，违反生物最基本的生存本能，所以非常难做到，必须创造一个像墓道那样的环境，有足够强烈的"场"才能发挥作用。而钟书同是因为年老精神不济，又长时间盯着看，这才酿成大祸。

此外，古代科技落后，相对人的精神却比现代人坚韧得多，而那些能臣猛将，更是难以影响，曹操能靠暗示把他们聚拢在麾下，已经殊为不易，想要靠暗示操纵周瑜、诸葛亮这等人物的生死，还力有未逮。

梁应物还告诉我，据 X 机构的发现，在现代科学昌明之后，一些科学难以解释的技艺，逐渐失传或转入地下，而在三国时代，并不是只有暗示术一家秘术，能人异士多得很，就算是曹操也不能不有所顾忌。

这一事件结束后，我总算又回到了正常的记者生活，每天忙于采访发稿，时常还要看领导的脸色。每每不爽的时候，我就想，当时若是请夏侯婴帮我写个符，贴在我的电脑桌上，给过往领导们一个暗示，那多此人才学非凡，可堪大用，直接上调我当个部主任，不用每天风里雨里往外跑，岂不甚好？又或者给我写一道符，让我直接画在白 T 恤上，凡过往美女看了皆心生爱意，让我万花丛中过，片叶不沾身，倒也是件美事。

把你的命交给我

楔　子

河南安阳曹操墓中发现一男两女

2009 年 12 月 28 日　　《扬子晚报》

　　一代枭雄曹操之墓到底在哪儿？历史上众说纷纭，七十二疑冢、许昌城外、漳河水底、铜雀台下……一千多年来，曹操墓谜团重重。

　　昨天，河南省安阳县安丰乡西高穴村二号墓地的考古挖掘最终解开了这一千古谜团：经权威考证，这座东汉大墓的主人正是大名鼎鼎的魏武王——曹操！

　　曹操高陵的发现，印证了文献中对曹操高陵的位置、曹操的谥号、他所倡导的薄葬制度等有关记载是确凿可靠的信息。

　　此次共出土刻铭石牌 59 件，有长方形、圭形等，铭文记录了随葬物品的名称和数量。其中 8 件圭形石牌分别刻有"魏武王常所用格虎大戟""魏武王常所用格虎大刀"等铭文。在追缴到的从该墓被盗出土的一件石枕上，刻有"魏武王常所用慰项石"铭文。这些材料为确定墓主身份提供了最重要、最直接的历史学依据。

曹操墓后室的两个耳室，各存放一具女性尸骨，一位20岁左右，一位40岁左右。根据科学鉴定，这几具遗骸的骨质疏松程度较小，证明主人生前营养程度均比较高，这与他们的身份也相匹配。

一般来说，帝王在生前都希望自己是独一无二的，而在死后却害怕真的成为孤家寡人，所以在墓葬里会把生前喜欢的人、物带到地下。由此推测，这两位佳人也许是曹操生前的宠妃。但也有另一种民间传说，说曹操用了不少宫女殉葬。但这两人如果仅仅是普通宫女，那么只用两名宫女殉葬似乎说不通。

第一章
历史的迷雾
Chapter 1

三个月后，我才明白，故事早已经开始了。

3月29日晚九点二十分。

日清船运大楼的顶层七楼。当然八十多年后的今天，它有了另一个名字——外滩五号。

这是个约50平方米的顶层露台，铺着略显古旧的长条防腐木，灰白色的墙上嵌着几盏铜骨架子白色毛玻璃的壁灯，左手边有个圆形的藏灯水泥坛子，稍远些是方形的水泥花坛，种着的矮树在夜晚的光影间化作幽暗的一团。早已经不是当年的物件了，可能那圈花式石围栏还是，也可能不是，这不重要，坐在露台上或隔着玻璃眺望的食客们，会自发地联想起来，他们身在一幢百年的老式建筑里，眼前的一切见证了上海开埠百年的变迁。这是一种融入城市进而融入历史的美妙错觉。

今夜的 M on the Bund 餐厅露台上，只有一张餐桌前坐着人。

桌上没有菜色，刻着"M"字样的刀叉整齐摆放，色泽温婉的白瓷盘中空无一物，旁边剔透的高脚酒杯里盛着 Penfold 707，一款 2004 年的解百纳。空气中有淡淡的酒香，是香草橡木的气息，另有不知藏在何处的熏香散着若有若无的静谧甜香，用来遮盖从黄浦江上吹来的微腥江风，却掩不住，三种味道拧在一起，互不混杂，就这么立体地从鼻子里钻进来，别有风情。

下面的外滩车如流火，更远处的江堤边游人如织，江轮在对岸摩天楼的霓虹映照下驶过，在这被称为外滩最好的观景露台上放眼望去，白天夜晚都各有妖娆。

我当然毫无看景的心情，对着笔记本电脑噼里啪啦地打字，尽量不往右边看。

"就快写好了。"我说。

他悠然坐在我对面，姿态镇定得让我心里发毛。他举杯轻啜了一口酒，却不把杯放下，似是在透过杯中的红酒看着我。

"不用这么快，那记者，慢工出细活啊。"他说，"我希望你的稿子真实感要强一点，毕竟他们做的那些事情，和他们的身份比起来，太不真实了。哈哈哈。"

他的笑声尖利，让我打了个冷战。

"应该再多一些细节，得有细节啊。李校长，你再多说点细节怎么样，比如那个小姐发现你从包里拿出来的不是避孕套而是各种变态工具的时候，是怎样的表情啊？"

他说着，转头往左边看去。

左边站着六个人，三男三女。

赤裸。

西装、衬衫、小礼服、丝袜、胸罩、内裤，这些衣物散落在他们的脚边。衣服上有血。

除了皮鞋或高跟鞋，他们身上再无寸缕。就这么肩并肩站着，吹着夜风，面朝外滩的华美夜景。

李校长是个干瘦的男人，发着抖，用手遮着裆部。

他的眉毛一挑："挡什么，有什么好挡的。你看看，几位女士都没挡呢，比你光棍得多。性变态的男人，果然都是尿的。"

"有人在看，对面有人发现了。"李校长咕哝着低语，却还是把手放了下来。建筑的外墙上装置了许多射灯，在夜色下亮起来，把这些旧楼映照得十分辉煌，成为外滩的盛景。却有一束灯光，正在李校长身前划过，照着他垂荡的阳物，有一种荒诞的滑稽。

我忍不住往对面看去，穿过石栏杆的空隙，可以见到对面的行人亲水平台边，已经围了一大圈人，冲这里指指点点，一辆闪着灯的警车停在旁边。

既然已经发现了，那么很快，警察就会冲到这里来看个究竟。

"在等着警察冲上来救你们？"他笑着说道，又饮了口酒，"你们做过的这些事情，警察也会很感兴趣的吧，李校长？"

李校长脸色苍白，其他人脸上也都难看得很，默然不语。

他又问我："其他几个人的报道文章呢，你都发到《晨星报》网站上去了吗？"

"还没，想着写好作为一组文章，一块儿发出来的。"

"先发了吧，你有点滑头啊。记者真是不能信赖。"

我应了一声，却还在想着，能有什么法子可以拖延一下。几分钟内，警察就会到了吧。真要发了，这些人的人生就全毁了。但怨谁呢，他们竟然做出那种事情。

"但我必须得说，从专业角度讲，这样的报道是不完整的。缺了一块，就是你。如果没有你，他们如此阴暗的一面就不会暴露出来。"

他摇晃着酒杯，红色的液体在杯壁间酿出波涛。

"缺就缺了，追求完美不是个好习惯。"

我假装听不出他语气中隐含的威胁，埋头打字，嘴里又问："是关于私人恩怨吧，他们多多少少都做过对不起你的事情，还有什么报复比让他们身败名裂更让人痛快的呢。但我奇怪的是，为什么你没有邀请舒星好，以你的性子，居然并不记恨她吗？"

他站了起来，走向外滩的灯火。

过了一会儿，他飘忽的声音随夜风而来："因为舒星好是我的妻子啊。她终归是我的妻子。况且，她欠我的账，我已经讨回来了。我们扯平了。"

我赫然意识到他话中的含义，抬眼看他，他却竟然已经站到了石栏杆上，冲我微笑。

"你想要干什么？"我推桌而起，下意识地想要阻止他，"你难道不想看到，他们所做的那些被公诸于众之后的轰动效应吗？"

那排赤裸男女向我侧目而视。

他的笑纹更深了，此时此刻，分外诡异。

"而且你不准备监督我把稿子发到网站上？"我加重了砝码。警察就要来了，我不能让他就这么跳下楼去，况且他刚才的那句话，隐藏了一个大秘密。

事实上，警察已经来了，他们在撬被反锁起的大门。很快就会破门而入，或者不用那么麻烦，有人会为他们开门的吧。

"无所谓了，在这个晚上，我已经足够满意。一切都是虚妄，都是虚妄，都是虚妄。"他大笑几声，转过身去，面朝外滩蜂拥聚集的人群，望着平静的黄浦江水，双手向两侧平平抬起，左手酒杯，右手枪，仿佛一尊十字架。

就如那个影片中，站在泰坦尼克号船头的两人。他甚至唱起那首歌。

Every night in my dreams

I see you, I feel you

That is how I know you go on

Far across the distance

杯中的残酒倾出，他伴着那一溜液体，飞翔而下，姿态舒展，呼啸的风把他的歌声倒灌进喉咙，在高潮前戛然而止。数秒钟后，他像个破麻袋一样在地上砸出闷响，酒溅在他侧脸上，遂和血混在一起。

三个月前，2009 年 12 月 18 日。

下午，我飞抵郑州，在机场坐大巴，一个多小时后到达安阳，等待着次日的新闻发布会。故事即将拉开帷幕，但我一直到三个月后，才明白过来这一点。

一路上我都在和同行的记者小侯吹牛，他新入行，所在的媒体要比《晨星报》招牌大些，没有多少采访经验，遇见我就"老师老师"地捧着。

事先多少知道新闻发布会的内容，我们很自然就聊起三国聊起曹操。关于这个曹操墓我是很狐疑的，因为许多年前的一次冒险，我进入过位于上海闸北区的一座秘密古墓，有太多确凿的证据表明那就是曹操墓。怎么会又出来一座呢？我几乎在心里认定，安阳的这个曹操墓是假的。说是几乎，有两个原因让我不那么笃定，其一是上海这块土地是经过多年海水冲击而成的，三国的时候似乎闸北区这块地方未见得就冲刷出来了，就算已经存在，也是滩涂，极荒，怎么会用来建大墓呢？第二个原因，主持安阳曹操墓发掘的阳传良，我很熟悉，他是相当严谨的，既然他如此肯定，必有道理。

我的那次古墓冒险，只有寥寥几个人知道，当然不适合在这里拿出来作谈资，不过阳传良这个人，相当有意思，很快话题就转到了他身上。

我仅有一次和阳传良私底下的接触，那还是在去年南京大报恩寺遗址挖

掘之初。当时什么东西都没有挖出来，仍处于挖掘前期的准备阶段，发布会规模也小，以至于许多受邀的媒体，第二天都只发了个小豆腐干，甚至什么都没发出来。发布会后，我从某个渠道风闻大报恩寺预期会有极重要的古物出土，就约阳传良出来喝茶聊天。

阳传良家在南京，或许是此前几次工作接触，他对我的印象颇好，其人又好客，且是个茶客，顺着我的话头，居然就邀我去他家品茶。我当然一口应了。

中规中矩的一套茶具拿出来，金骏眉、大红袍和马骝搣茶三样极品挨个儿泡过，烫杯、闻香等程序一样不少，倒茶时水柱沿着杯壁绕成完美的圆，手势极规整。这样的一套茶道工夫，却是出自阳传良的夫人舒星好之手。阳夫人望之三十许人，实际年龄肯定要更大些，温婉秀美，几乎无话，只管浅笑着素手奉茶。

阳传良说舒星好原是不会这些的，跟着他，都练出来了，现在茶道比他自己还要好。满足之情溢于言表。

阳传良口风甚紧，关于大报恩寺的种种，闭口不谈，却把话题引到考古的一些逸事，让我见识了他的另一面。

我也不是非要打听到什么消息，试探几次被他绕开之后，就放松下来和他海阔天空地聊。尤其是他谈到的那些历史中的谜团，本就是我挺感兴趣的东西。

"这历史里面，让人纳闷儿的事情太多啦。我是个考据派，很多不熟的人以为我这个人也肯定呆头呆脑，其实呢，我对很多荒诞的事情，感兴趣得很呢。越是讲考据，就越是不理解，越是不理解，就越是想弄个清楚明白。但是谈何容易啊，有些事，注定是搞不明白了。我自己呢备着个小册子，碰到一件就记一件，等以后老了，还能出个中国历史一百大谜什么的，哈哈哈。个人兴趣，个人兴趣。"说这话的时间，阳传良的神态与他在考古现场主持发掘时相比，别有一番情致盎然。

我当然就要细问下去，他就言道，三皇五帝时期的传说，包括山海经一类的志怪，不能算是正经的历史记录，虽然多有神秘的记载，但不是信史，尽可去不管它。但是在正史里，比如《史记》《资治通鉴》一类的信史中，却还是会偶见匪夷所思的记载。

《史记》里，刘邦斩白蛇、张良遇仙是耳熟能详的故事了，更有齐襄公遇鬼失履，吕后被怪物触碰得腋伤病而死的尽乎怪谈的记载。《资治通鉴》里的记载，看起来更为确凿可信，晋建兴二年正月，先是有大流星"如日坠地"，后"同有三日相承，出西方而且东行"。几天之后，又有一颗光度足可照亮大地的流星坠于平阳以北，有当地官员赶紧去看，发现是一块"大肉"，"长三十步，宽二十七步"。

《明史》中记载，天启六年在北京王恭厂一带发生了一次奇怪的巨大灾变，一声巨响，狂风骤起，天昏地暗，人畜、树木、砖石等被卷入空中，又随风落下，数万房屋尽为齑粉，死伤两万余人。灾后，男女尽皆裸体，衣物首饰器皿全都飘到西山上去了。紫禁城外正在修缮围墙的三千工匠尽皆跌下脚手架，摔成肉饼，正在用早膳的天启皇帝躲在龙书案下才幸免于难。奇怪的是爆炸中心却"不焚寸木，无焚烧之迹"。

这些记录，从记录者到内容的翔实度都极可信，没办法像野史或志怪小说那样被忽视，却又怎么来解释呢。

而让阳传良更感兴趣的，还不是这些。因为如果这些可以用飞碟、外星生命一类来大胆解释，却有另一些现象，用他的话来说，"完全无解"。

这就是记载与现实的自相矛盾。

阳传良在二十多年的考古生涯中，不知挖过多少座大墓，其中有一些，在历史上有记载，那么很自然，挖出来后，就会把墓的情况，和记载一一对照。这种对照，经常可以痛惜地发现，有多少东西被历代的盗墓贼盗挖干净，但极少时，却有另外的发现。

比如汉代的一座王公大墓里，有一名女子并葬。然而在相关的历史记录里，除墓主人之外，明明是该有一妻一妾合葬的，怎么会少了一个？这可和盗墓者无关，没有人会连尸体带棺材一起盗走。再比如有的时候，记录里死者是躺在汉白玉棺中，挖出来一看，却是铜棺。

这就是自相矛盾，当年的记录者对这些基本的事实，是不应该搞错，也没必要作假的。可是为什么几百上千年后，再次挖出来时，就变了样呢？

还有两个例子，对大众来说则更为著名。

其一就是秦皇陵。

《汉旧仪》中记载：公元前 210 年，丞相李斯向秦始皇报告，称其带了 72

万人修筑骊山陵墓，已经挖得很深了，好像到了地底一样。秦始皇听后，下令"再旁行三百丈乃至"。

这"旁行三百丈"，即意味着骊山和秦陵之间，应该有一条地下通道。然而多年来秦陵考古队用遥感和物探在相关区域进行了许多次探测，均未发现这条记载中的地道。

而《史记》中载，秦皇陵中有天空大地，天空中镶有星辰，大地有江河入海。依司马迁所言，这座地宫的结构格局，大异于其他墓葬。然而阳传良一次在和秦陵考古队队长聊天时却得知，虽然还未挖开地宫，但是各种仪器的探测，均表明秦陵还是较传统的房屋式墓葬的格局。当然规模要大很多，但格局和《史记》中的记载，有很大差异。

其二就是阿房宫，这就更典型了。

《史记·秦始皇本纪》记载："前殿阿房东西五百步，南北五十丈，上可以坐万人，下可以建五丈旗，周驰为阁道，自殿下直抵南山，表南山之巅以为阙，为复道，自阿房渡渭，属之咸阳。"《汉书·贾山传》中记载："起咸阳而西至雍，离宫三百，钟鼓帷帐，不移而具。又为阿房之殿，殿高数十仞，东西五里，南北千步，从车罗骑，四马骛驰，旌旗不挠，为宫室之丽至于此。"

关于阿房宫的史书记载，还有许多，都是言之凿凿，具体到了数字。然而当代考古证实，现西安的所谓"阿房宫遗址"，实为汉时所建，而真正确认下来的阿房宫，在离"阿房宫遗址"十公里外的另一处，而且只是一个夯土台子。

也就是说，以现在的考据，阿房宫从来就没有建起来过，建了个夯土台就停了下来。诸多史书中对阿房宫的详尽记载，都无法从考古中得到证实。

难道那些治史严谨的史官，都在凭空瞎写？

如果是个不细想的人，当然就凭着现在的考古成果，认为当初的史官都是在杜撰。但阳传良恰恰是个追根究底的性子，这么一琢磨起来，反倒百思不得其解。

他在肚子里千绕百回之后，又和近现代的许多事情联系起来。这样的自相矛盾，就是当下也并非没有。现在陆陆续续有许多的老人，开始回忆中华人民共和国成立前后，党内党外的许多掌故，一本本的回忆录，有的出版在大陆，有的出版在港台，也有的出版在美国。这样的书多了，不免说到的事情会重合，可是不同的人，竟然常常对同一件事情，如某时某人说了什么，说法迥异。

这些写回忆录的老先生们，都是嗅见死亡气息的岁数了，之所以写书，无非是为了还原当年的历史真相，以解胸中块垒。而那些事件多数对他们的人生有着极重大的影响，断没有记错的可能。则彼此之间的矛盾处，到底是为什么会产生？

无解，完全无解。

说到这里之时，阳传良两根手指捏着紫砂小杯，微微合起眼，嗅了圈茶香，再把这杯金骏眉的三汤唆入嘴中，咂巴了几下，让整条舌头的味蕾都能沾上茶水，正是地道的老茶客模样，几乎醺醺然要醉过去了。

然后，他喟然一声长叹道："我此生的愿望，并不是挖出哪座传说大墓，也不求填补上哪一环中华历史中的缺失，只要能解了这些谜团，就无憾了。"

舒星好依旧浅笑，眉目中藏着股平实的爱意，仿佛连他此时的痴癫，也是极喜欢的。

当时我听得津津有味，说给小侯听的时候，他也是一般模样。

"这样的自相矛盾，真是不可思议，而且还不止一两桩，那老师，你说是什么道理，有哪些可能性？"

"我说啊，哈哈，我哪里猜得到，有一点我和阳传良相同，那就是要说全都是当年史官记错了，未免也解释得太轻巧了些。至于其中的原因，每一桩应该都各自不同吧。这个世界的秘密太多啦，也不多这几件。"

和小侯聊了个尽兴，第二天起了个大早去赶发布会，却被告之发布会延迟一天。

第三天，宣布发布会暂时推后。也就是说，取消了。我拨打阳传良的手机想了解出了什么事情，却是关机。

那么多记者聚在一起被放了鸽子，想弄清楚究竟的人多了去了，很快就传出小道消息，原来出事情的不是别人，正是阳传良。

他失踪了。

直到一周之后，12月27日，发布会重新举行，地点改在了北京。阳传良依旧不见，却已经有了下落。

他死于自杀。

据说他从 448 米高的紫金山顶一跃而下，摔得肢体模糊。据警方初步调查，已经排除他杀可能。

发布会后，我在首都机场候机厅飞快写完新闻稿传到报社，然后搭上了去南京的班机，希望能赶得上当天的追悼会。

追悼会下午三点开始，我抵达南京殡仪馆时，已经是四点过八分钟了。心中忐忑，不知还来不来得及鞠上一躬，以谢彼年香茶款待之情。原本以为来日方长，有的是和这位考古学家接触的机会，却不料他的人生竟这样戛然而止了。

说不奇怪是假的，虽与他的私下接触只有那么一次，但分明觉得，他不是那种容易想不开自寻短见的人，何况还有那样一位太太相伴左右。言犹在耳，他说过此生之愿，能解开那些谜团就无憾了。有此执念念兹在兹，是什么让他放下这一切去寻死的呢？要说他已经解开那些谜团，可真是说笑话了。

追悼会在殡仪馆的西中厅，一路过去处处白花，各家里哭声震天，哀乐从几个不同的方向传来，把空气板结起来。

还要拐个弯才到西中厅，我就听见有女人凄厉的骂声。

"滚，你给我滚，别以为我不知道你做了什么，你不会有好报的！滚，滚出去，我不要再看见你。我真是瞎了眼才……"

然后一个皱着眉的黑西装中年男人拐出来，双手插在裤袋里，走到我跟前的时候，眉间已经舒展开来，仿佛全不把刚才的喝骂放在心上。

"杨教授！"我喊他。

"你是？"

"我是《晨星报》记者那多，在去年五一的校友会上见过。"

这人叫杨展，是国内量子物理界相当有名的专家，和我同一所中学毕业。去年母校八十周年校庆，我就是在校友联谊上认识他的。也就是打了个招呼，说了几句话，递了张名片，无怪乎他不记得。

"啊你好，你来阳传良的追悼会？"

"是啊，和他喝过几次茶，很好的人，想不到。"我往他身后的转角看了眼，当然看不见什么，杨展的表情却露出些微尴尬。原来刚才被骂的人真是他。

　　我便识趣地不再说下去，彼此示意后，我继续前行，拐过弯，看见舒星好站在门口，手扶着墙，胸口喘息未定，犹自往我这边恨恨地望着。

　　刚才的声音居然是她。

　　她给我的印象，一直是那般浅笑不语的模样，我简直无法把那泼妇般的声音和她对应起来。更何况，今天她是未亡人的角色，有什么样的恩怨，要让她在前来悼念的友人面前这样子发作。

　　我向她点头示意，未多说什么，跨步迈入灵堂。堂中的其他人面色都还残留着怪异，显然先前的一幕对他们也造成了许多困扰。

　　空气中有不知何处飘来的焚烧的气味，也许某个陌生人骨骼的微小分子正随风进入我的鼻腔，然后被我吞进胃里。也许只是些纸钱锡花。也许是生者和死者合力造成的一种错觉。我把花放在灵前，对着遗体三鞠躬。遗体被缝合过又经过专业上妆，有着油彩的艳丽。但死时躯体毁坏太严重，现在仍有许多不自然处，经不得细看。我转过眼去，这刻心里没有其他的念头，对着死亡只有空空荡荡的虚无感。过了会儿，从虚无中生出了唏嘘来，我就转身离开，再和舒星好打了个无声的招呼，也不管她有没有记起我的身份，径自出了殡仪馆，搭上去火车站的出租车。

　　车上我才叹息出声，这次短暂的南京之行，就此结束。

　　回到上海的几天后，我和行内的记者聊天时才得知，舒星好竟是杨展的前妻。杨、阳两人是中学的同学，也就是说，我和阳传良，也是校友。

　　这三人间的关系坊间有许多的传说版本，但基本事实是，杨展在国外当了几年访问学者回来后，老婆就是别人的了。

　　这么说来，舒星好对着杨展骂出的最后半句，瞎了眼云云，也就有了出处。不管故事里是谁对不起谁，可在阳传良的灵前，又何必说这些东西呢。

　　我这样疑问，就有人来解惑，说你不知道，风闻舒星好在阳传良死后，在好几个场合都说阳传良的死和杨展肯定是有关系的。直说到公安局找她谈，说没有证据，不能这么说，这才作罢。

　　一场夜谈，很快话题又拐到别处，乃至天南海北。人死如灯灭，终究会远离活人的世界，在记忆里消磨掉痕迹。

　　我未和人再谈起过阳传良和舒星好，直到三个月后。

　　三个月后，我收到一张邀请函。

函上写着：

兹定于 3 月 29 日晚 6 时 30 分，在外滩广东路 20 号 7 楼 M on the Bund 餐厅，举行鄙人五十岁生日冷餐会，敬请光临。

杨展

当时我并不知道，杨展是摩羯座，生于 1 月。

第二章

赤　裸

Chapter 2

　　怎么会请我呢，站在升往 M on the Bund 的电梯里，我还在疑惑着。

　　没想到一个大学里搞量子物理研究的教授，会选在这样的餐馆里办一个庆生冷餐会，还挺时兴的嘛。而且他不会是把整个餐厅都包下来了吧，那可真是大手笔。但怎么请了我呢，我和他又不熟。算上三个月前追悼会上那次称不上愉快的相遇，也就见了两次而已。

　　可能是他想增加些媒体曝光率，刊发篇个人专访，又或要找人代笔自传，所以才请我来，熟悉一下，增进友谊。

　　电梯里只有我一个人，至七楼门开，乐声悠扬，熏香润肺。侍者弯腰致意，伸手将我引入。

　　灯光略暗，米色墙上的枝状壁灯和顶灯没有全亮，或许是故意营造的气氛。侍者走在我前侧，穿着的白衬衫簇新到还能看见折痕，显然是头一天穿。我随他走了几步，却发觉不对劲，整个餐厅里，竟空空荡荡。

　　"怎么？"我停下来问，"我不会是第一个吧。"

　　"哦不。"侍者回头露出职业笑容，"杨先生他们都在露台上呢。"

　　果然是包下了整个餐厅，真奢侈。

　　紧靠着露台门口，有一条长案，由三张长餐桌拼接而成，上面铺了雪白的餐布。餐布上摆着一溜白瓷大餐盘，盘中空无一物。看见这些空盘子，我忽然就饿了。

　　踏上露台防腐木地板的时候，杨展就迎了上来，侍者无声无息地退走。

　　他的脸上有一种异样的红晕，和印象中迥异。校友会上，我觉得他白得如放在阴面壁橱里的骨瓷，当时他还说了一个冷笑话，"其实我血色很好，只不过当你把目光投过来的时候，我的血液就集体迁跃到另一个地方去了"。之

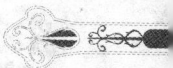

后在殡仪馆里，我便真觉得他白得只剩下一张蒙皮，都被抽干了。可是现在，他两侧颧骨上有均匀的红色，如抹了腮红一样，额角也在发着光。靠近下巴地方的皮肤，还是原本的苍白，仿佛血管还没来得及充盈膨胀起来。再往下，脖子又是艳红的。红白分明，望之心里有种诡异的不适感。

他伸手和我一握，手冰冷，大概是刚才握着酒杯的原因，还有点潮湿。他握得很用力，还轻轻摇了摇，显得对我的到来十分开心。

"真高兴你能来，不好意思，食物还要再稍过一会儿，只能先喝点东西，酒和饮料在那里。"

我和他寒暄了几句，这时露台上的情况已经被我看在眼中，心里不禁觉得奇怪。

除了我之外，露台上只有七位客人。一个冷餐会，几十个人都是少的，一两百人的规模才比较正常。我来得时间点也不算早，难道还有大量的客人没到吗？

"哦，我来帮你介绍一下。"杨展话音未落，忽然有响动声传来。

声音是从餐厅门口的方向传来的，还没等我分辨出那是什么声音，就听见一声惨叫。

所有人被吓了一跳，快步往那儿走去。

我站得最近，第一个从露台上跑回室内，没几步就瞧见了血淋淋的一幕。

刚才穿着新衬衣领我进来的侍者捂着肚子倒在地上呻吟，血从他的指缝里往外流。一个络腮胡子的大汉手持染血尖刀，另一个侍者在他的威胁下，畏畏缩缩地把餐厅大门关上。

"落锁啊。"他大喝。

我立刻摸出手机要拨110，结果发现没有信号。和我有同样动作的人不少，但都是一样的结果。

"别碰手机啊，谁碰我捅谁。谋财不害命，把钱都掏出来放在桌上。"大汉晃着刀说。

真是活见鬼了。这是什么地方啊，竟然会有单枪匹马只有一把刀的歹徒抢钱。简直荒诞。

但事情就在我眼皮子底下发生着，现实果然要比戏剧更荒诞。

"他就一个人，我们一起冲上去干翻他。"我微微侧头，轻声对身后的人说。

只是这些人，大多是些文弱知识分子，居然没有一个坚定响应的。

"老子可是侦察兵出身，别做找死的事啊，谋财不害命，谋财不害命。"他好像能听见我说什么，立刻大声警告。

"锁，锁好了。"侍者说。

比我还年轻力壮的小伙子，怎么这么尿？我四下张望，却没什么趁手的家伙。长案上摆着的那些刀叉，可没法和他手里的尖刀对抗。

"麻利点。"他晃着刀子吼道。

地上那个挨了刀的侍者既是威胁也是人质，杨展第一个拿出了钱夹，很快钱包、耳环、戒指在桌上拱起一堆。歹徒挥刀让我们站得远一点，蹲下双手抱头，然后自己开始翻看战利品。那个完好无损的侍者自发地蹲在另一头。我蹲在一个体态丰腴的女子旁边，挨着她的胳膊，感觉她正在微微发着抖。

总觉得有什么地方不对劲。

"这人要赶快送医院，你拿了钱赶紧走。谋财不害命，你也不想他死在这儿吧。"我说。

地上的侍者不再往外冒血了，还在呻吟着。能出声就是好事。

"闭嘴。"他却不忙着把这些财物收起来，反而瞪着我们嘿嘿笑起来。笑声里有一种歇斯底里的疯狂，让我心里猛地一沉。横的怕不要命的，不要命的怕疯的，这人脑子要真有问题，今天伤的人怕就不仅地上这一个了。

"你，出来。"他用刀指着蹲在最外侧的一个大腹便便的半百男人。先前露台上我耳朵里飘过一句"刘书记"，以杨展的社交圈，多半是哪所大学或研究所的书记。

刘书记当然不肯就这么出来，反而还脚底挪动向后缩。

络腮胡大步上去，用刀架着把他拖了出来。

蹲在刘书记旁边的就是杨展，我使劲地用眼神向他示意，这是最好的机会了，络腮胡在把胖子拖出来的时候，如果杨展瞅准了给他来一下，我立刻就会跟着扑过去。

但杨展一动都没动，我心里叹息，实验室里待得久了，胆气都没了。我离得太远，如果发动，他有足够的反应时间，首先倒霉的就是那个刘书记。

他把刘书记拽起来，拿刀逼着他的脖子。刘书记吓得浑身乱颤，恨不得再次抱着头蹲下去。

"你们这些有钱人！"

刘书记更慌了，连声尖叫："我没钱我没钱。"

络腮胡一刀背拍在他脸上："吃成这样还他妈没钱！没钱你来这种地方！"

"我是被请来的，他他他请我的，他有钱。"刘书记被刀架着没法扭头，伸出一只手使劲往后指，颤颤巍巍，倒差不多把所有人都指了个遍。

络腮胡却不管杨展，对着刘书记就是一阵破口大骂。

"妈的你们在这种地方吃一顿，我要做死做活干多久你知道不知道？我每天吃的是什么、睡的是什么你知道不知道？凭什么你这种人腆着肚子坐坐办公室玩玩女人就能大把大把地捞钱，我操你……"

络腮胡瞋目翕鼻口沫横飞，刘书记几乎都要被他骂哭了。这样的仇富者，长期地积怨下来，干出什么样的过激事情都不奇怪。

只是络腮胡一通畅快淋漓的大骂，方到一半，唇上的胡子突然掉了下来。

这人卡了壳，看着飘落的胡子，表情怪异。

"没看见没看见，别杀我！"刘书记惊恐之下生怕看见歹徒的"原形"被灭口，闭了眼大叫。

我心里却是一动，他还知道乔装打扮，那就不是疯的。

络腮胡稍一愣就回过神来，浑当什么都没发生过，说："你这种人，不知做过多少昧良心的事情，我也不会把你怎么样，但这就得看你是不是诚心忏悔了。"

"我忏悔，我忏悔。"

"那好，先把你这层皮剥下来。"

"啊？"

"把衣服脱了，光着站到外面去，好好忏悔！"他恶狠狠地说着，嘴角咧开，似笑非笑，格外凶恶。

刘书记还在犹豫，络腮胡把刀往他喉结上一挺，他就像打了兴奋剂一样，飞快地扒衣服。

很快他就只脱剩了条内裤，白条条的肥肉耷拉下来，圆滚滚的肚腩颇有几分光泽。

脱内裤之前，他终究又犹豫了，却不敢说话，眼巴巴地看着络腮胡。

照理，络腮胡这时候该再吓唬他一下，这最后的遮羞裤也就脱了。奇怪的是，络腮胡却没说话，而是拿眼往我们这边看。

确切地说，他在看杨展。

他为什么要看杨展？

刘书记早就慌了神，看络腮胡没反应，生怕他等得不耐烦拿刀捅过来，一咬牙，伸手就去脱裤子。

"唉你等等。"络腮胡说。

"啊？"刘书记裤子刚往下褪了三分，下体露了一半出来，听他这么讲，就停在那里。

"拉上来，拉上来。"络腮胡说。

然后他干咳了一声，说："差不多了吧。"

这话分明不是对刘书记说的。

没人知道他在说什么，我却下意识地往杨展那儿看去。

络腮胡看没人搭理他，皱起了眉。他刚才一口江西口音，现在却换成了标准的普通话："老板，剧本上不是这么演的，该你了，怎么回事？"

他说完这话，原本一直躺着呻吟的侍者，立刻拍拍屁股站了起来。同时起来的还有那个一直表现得很胆小的侍者。

杨展叹了口气，站了起来。

真的和他有关系！

从走进 M on the Bund 开始，就有太多古怪的地方。只请这么几个人，却包了一整层的餐厅；明明是吃饭时间，基本的菜却还一样都没上；一个络腮胡一把刀，就敢闯这么大的餐厅；出事到现在，餐厅里除了两个侍者，其他人一个都没出现……

"杨教授，"络腮胡说，"剧本上你早就该说话叫停了，帮你演这场戏，出格的地方很多，看在钱的份儿上，我们也做好被拘进去段时间的准备了。但再像刚才那么下去，性质就变了，难收场，不好意思啊。"

我们都还愣着，刘书记是第一个反应过来的人。他把络腮胡推开，指着杨展的鼻子骂："好你个杨展，你个龟儿子的，我就想着，你平时心里不知对我有多少嘀嘀咕咕的，怎么会把我给请过来。这个事情，我们法庭上见，我现在就报警。"

杨展耸了耸肩："这层的手机信号已经屏蔽了，你大概得到楼下才能打通电话。"然后他从西装口袋里摸出手枪，指着刘书记。

刘书记一巴掌拍过来，杨展哂然一笑，枪声就响了。

弹壳"叮"地掉在地上，刘书记看着手掌中心的洞发呆，几秒钟后才痛得惨嚎起来。

那竟然是把真枪！

我们这些人本都已经站起来，见到这一幕，全惊呆了。我心里涌起的寒意，比刚才络腮胡演戏时更甚。

"裤子脱了，站到外面去。"杨展徐徐说道。

络腮胡向后退了几步，变色道："杨教授，不管你要干什么，今天何苦还要把我们拖进来？"

杨展朝他笑了笑："这件事情我一个人总是没办法做下来的，总得有人打打下手帮帮忙，比如反锁个门之类的，对不对？"

络腮胡脸色极苦。

"你别慌。"杨展说着，把枪口顶在刘书记的腮帮子上，深深陷进去直撞到槽牙，又左右转了转。

"要我再说一遍吗，脱了裤子站到外面去。要不要我再说一遍？"他的声音并不响亮，状甚温和地问正捂着手的胖书记，刚才的那声枪响犹在我耳边回荡，让我都没听清楚他说的每一个字。但刘书记仿如受惊的兔子，飞快地脱了内裤，急步冲去露台。在我身前经过的时候，我清楚地听见他牙齿打战的"咯咯"声。

"站在我看得见的地方，刘书记，你比我要聪明，所以别做傻事。"

"放心，放心。"刘书记寻了个离窗近的地方，身子不停地抖着，却还是尽量站得笔直，任血从指尖沿着大腿流下去。

"你别慌，"杨展再次把头转向络腮胡，"我也不为难你们，你们就在旁边看着，帮我把门看好。"

他说着把枪晃了晃："看不好，就会死人，叫来警察，也会死人。如果你们照我说的安安静静，那么就没人再会受伤。所以不要去叫警察，你们是共犯，如果弄死了人，你们的罪就重了，再有什么立功行为都抵不过。安心等一会儿，嗯哼？"

"你不会再开枪了吧？如果你真打死了人，我们不一样跟着重罪？"

杨展转头问他的客人们："你们希望我开枪吗？"

一起摇头。

"你看，"杨展耸了耸肩，"他们也不希望我开枪。所以他们会配合我的。"

"那多记者，请你过来。我手里有枪，而且我的精神状态不是很稳定，所以请把你的攻击倾向收起来。"

我走过去，他很聪明地让我站在他的侧前方，然后帮我介绍今天的来客。

因为一些众所周知的原因，我不方便把他们的身份说得太清楚。手掌中枪的那位是一家前沿物理研究院的书记，杨展曾经是该院的副院长。

其他的宾客中，有两对夫妇，都是丈夫与杨展相识。一位姓李，是杨展现在所在大学的副校长；一位姓冯，是杨展大学时代的室友；最后那位女士与杨展同姓，是他的堂姐。

"既然来了，就是缘分。"杨展这样和那两位不相识的夫人打招呼，然后让她们和其丈夫一起，脱光了衣服站在刘书记旁边。

刘书记手上血犹淋漓，杨展又是这样不紧不慢不慌不忙的语气，格外让人感觉到他的残酷和歇斯底里，所以竟没人敢挣扎抵抗。甚至连破口大骂都没有，凡是低声咕哝的，被他饶有兴致的眼神看过去，立刻噤若寒蝉。

也就最后轮到他堂姐时，问了一句"我也要脱？"

杨展一言不发，把枪抬起来，对着她的脑袋。她便也恨恨地脱了。

杨展把我喊上露台，将三个演戏的扔在餐厅里不管，刚才那一番话讲过之后，他似乎就不怎么担心那三人会想法子把警察叫来救人。

杨展请我落座，倒上红酒，又拿来台笔记本电脑放在我面前，说："我特意查过，你是个很不错的记者。今天你的任务，就是写新闻稿，写好了，发到你们报纸的电子版上去。不要推托，我知道你有网络发稿的权限。"

我看着电脑在面前启动，问："可是写什么，外滩五号的七楼露台上有六位天体爱好者？"

"哦不，那只是让他们坦露心声的一个外在步骤，这样他们能够更好地忏悔。先扒了外衣，再扒道德的外衣时，他们就会习惯一点。"

"忏悔什么？忏悔我小时候抢你的烟花爆竹，嘲笑你长得矮，像女人，在你十三岁的时候带同学回家，把你绑在板凳上脱裤子，还是其他什么无聊的

事情？"堂姐冷冷地问。

"是不是其他人也和你一样，觉得我不敢开第二枪。是呀，这里枪声可以传得很远，楼底下的行人都可能会注意到哟，这样就有人来救你们了。"杨展说着，把枪抬起来，眯起一只眼，煞有介事地瞄准堂姐。然后他摇摇头，走上去，用枪顶着堂姐的肩窝，扣响了扳机。

"砰！"

"你看，我还是开了嘛。现在，你们是不是觉得，我是个疯子？"

堂姐倒在地上，尖叫了半声，嘴就被枪塞住。

然后他把枪管慢慢抽出来，堂姐怕得流泪，嘴唇哆嗦，一个字也不敢说。

"站起来，站好。"

"现在，我来回答问题。我并不是要你们忏悔对我做过些什么，但是我一直很好奇，像你们这样的人，究竟做过多少肮脏的事情。到今天，到此时此刻，我已经不打算压抑自己的好奇心。"

杨展的语调抑扬顿挫，挥舞着手臂，晚风吹乱他的头发，他用空着的手整了整发型，仿佛在做一场演讲。

"我只是想让那些被蒙蔽的人们知道，有些人可以下作到什么程度。当然，让你们一一忏悔做过的每一件恶事，不太现实。多半你们才讲了十分之一，警察就赶来把我枪毙了。"他摊摊手，好像觉得自己说了个好笑的笑话，当然没有人笑。

"你们只需要说一件，最恶劣、最下流、最卑鄙、最肮脏、最不道德的事情，不用多，一件就好。我绝对相信，相比你们对我所做的，肯定还有些更糟糕的事情。如果我觉得像是编造的，我会开枪；如果我觉得说出来的事情不痛不痒，我也会开枪。所以你们在开口之前，最好想想清楚。"

他说到这里，冲我笑了笑："那多记者，我知道你在想什么，你肯定在想，我这不是逼良为娼吗。但是，我对他们有信心。哦对了，这里有两位不怎么走运的家属。既然你们也一样脱光了站在这里，那么也不妨一并诚实一次。人嘛，总做过昧着良心的事情，我还不至于走运到遇见一位圣人。当然，我对你们会适当放宽尺度的，但最好别有侥幸心理哦，我已经开了两枪，所以什么时候开了第三枪，想必你们也不会太奇怪吧。"

"那么谁先开始，刘书记，就你吧。"

　　刘书记站在排头，堂姐站在排尾，六个人就这么依次说了下来。他们所说的事情，其实和这个故事并没有太多关系，我本不该在这上面多花笔墨。但当时我真的被吓了一跳，因为这几个人，居然都如杨展所说，有极卑劣的一面。

　　刘书记第一个挨枪，早已经吓得魂不附体，先是痛哭流涕地反省自己当年排挤杨展使暗招耍绊子有多不应该，又说自己猥亵女实习生多次。杨展却还不满意，说要不是他已经挨了一枪，现在就得再给他一下。

　　有了刘书记的榜样效应，后面的人就再无顾忌。其中最让我瞠目结舌的，莫过于李校长的坦白。他说自己有强烈的性虐待倾向，在家里没法对老婆这样，却跑出去花钱找小姐。有一次搞得太厉害了，小姐吓得把自己反锁在酒店卫生间里，从窗户爬出去要逃走，却跌了下去，摔成植物人。事发在一个二线城市，李校长找了很硬的关系，花了不少钱，居然硬是把事情压了下去，躲过一劫。这个故事一说，在他身边的老婆对他侧目而视，好像不认识这个人了一般。杨展却是连连点头，听得津津有味。

　　至于杨展的堂姐，则是从心底里异常仇视长相漂亮的小男孩。曾经有一次，路上见一个混血小男孩母亲走到一边打电话，竟用一根棒棒糖将小男孩诱走，骗到三条街外后将其扔下扬长而去。

　　毫无疑问，这些人都曾经做过让杨展耿耿于怀的事情，今天杨展此举，无非报复。然而这些人质看起来衣冠楚楚，各有身份，竟然有这样龌龊的一面。究竟是杨展的确知道他们的为人，又或是每个人的心里都有如此阴暗的一面。我忍不住问自己，如果我被逼到这步田地，会说些什么。

　　我在电脑前速记，在杨展不露声色的催促下迅速成文。说实话，我还真有把这些事情公诸于众的冲动，让民众瞧瞧这些学界名流都是怎样的货色。但我的理智告诉我，如果没有外力阻止，杨展还不知会做出些什么耸人听闻的事情来。我看他的神经绝对有问题，要是我把文章写好了发到网上，他真的会放我们走，等警察来将他逮捕？不可能。

　　时间过得很漫长，这一整层都被杨展包下来，非但餐厅大门被反锁，连七楼电梯口都竖了块不营业的牌子。先前的两声枪响，就这么被夜风吹散，并无追根究底的人冲上来查看。那三个演员则完全被杨展吓到了，竟真的没有做任何联络警方的努力。

直到对面外滩的游客发现了这六个站成一排的裸男裸女，然后大批的看客迅速聚集起来，其中不乏有拿望远镜的。警察随之被惊动，冲上来解救了人质。而杨展，则做了看似他一早就打算好的事情，从露台上一跃而下，触地身亡。

接下来我被带到警局做了长时间的笔录，我在电脑上的速记也作为重要证据被警方接收。李校长当年瞒下来的案子，也因此重启调查，过了一段时间，我就听说他被免职的消息。至于受到了怎样的刑罚，我就没有再关心了。

我也把心中的疑惑和猜测对警方说了，但没有下文。以我对警方行事方式的了解，也知道就凭借这些只言片语，没有其他的证据支撑，的确是不会有什么下文的。然而我心里就是放不下。

"况且，她欠我的账，我已经讨回来了。我们扯平了。"

杨展这话，分明是说，阳传良的死，和他有关系。

莫不成，阳传良真不是自杀的？

一个事业正盛的考古学者突然死去，所有的迹象都表明他是自杀，但是没有一点理由。如果他的死和另一个人有关，那么，这一切是怎么办到的呢？

而另一个极有前途的物理学者，突然对曾伤害过他的人们进行了一场歇斯底里的报复，却又无意将这场报复完美收尾，决然自露台上跳下。他的自杀，同样没有任何理由。

这两场莫名其妙的自杀，背后究竟隐藏了怎样的秘密。

我数夜难眠，终于意识到，如果不做些什么，难得心安。

第三章

变化的历史
Chapter 3

"对你丈夫的过世，我感到很遗憾。"我说，"不过，你是否知道，你前夫也已经去世了。"

"我听说了。"

"有一点你可能不知道，杨展是在我面前跳楼的。"

电话那头没了声音。

"我想拜访您。杨展死前对我说了一些话，让我对你先生的自杀产生了怀疑。"

"对不起。"她迟疑了一下，然后说，"您是？"

我自然是先报过家门，但她显然对我已全无印象，压根儿没听进去，这时略有些狼狈："我是《晨星报》记者那多，跑文化口的，去年的时候还来您家喝过次茶……"

"您是记者？"她确认般再问了一次，然后同意与我碰面。

四小时后，还是在当年的那个客厅里，还是在当年的那张茶几边。没有中规中矩的茶具，只有两杯袋泡茶。热气袅袅间，我与未亡人谈论起她死去的丈夫，小小的空间里，有孤寂弥散。

这时的她，望之即是四十许的妇人了。

"应该从我收到请柬说起。在那之前，我只见过杨展两次。第二次，还是在您先生的葬礼上。"

我把那天晚上发生的一切，娓娓道来。舒星好听得很认真，也许她已经从别的什么渠道了解到一些，但又怎么比得上我这个亲历者说起来清楚。

当我说到杨展毫不犹豫地开枪，并且让那些人脱光了站到露台上时，舒星好蹙眉摇头。

"怎么？"我问。

"哦，没什么，您请继续说，我只是有些意外。"

"意外？我多问一句，在你印象里，杨展是个什么样的人呢？"

"尽管我们早已离婚了，但还是很难想象他会做出这样的事情。并不是说他是怎样的好人，而是，他从来不和人正面起冲突，如果要报复，那也是背后放箭，使阴谋诡计。他和传良是完全不一样的两种人，传良是那种气上了头会挥拳头的男人，杨展其实……"

"很阴？"

舒星好点头："对的，恨极了，他也就是在肚子里诅咒，他请去的这几个人，其实我是知道的，杨展对他们背地里咬牙切齿，那是宿怨了，可是当面碰到，还不是笑呵呵装得没事人一样。"

"但现在谁都这样，如果不是准备破釜沉舟，谁会当面让人下不来台呢？杨展也是因为要自杀了，在死之前发泄一下。"我说。

"自杀……"舒星好双手放在膝上，微微低下额，半合起眼，凝望茶几上那未喝过一口的茶。她当然不是在看茶，眼神落到的，是不知多久之前的往事，和心中翻滚起来的复杂情绪。

"以您对他过去的了解，他有自杀倾向吗？"

"一般来说，他可是个惜命的人呢。"舒星好轻轻摇头。

但这"一般来说"，又是从何而来，像是有未言尽之意啊。

"那天晚上，后来发生了什么，您在电话里说，他……他承认了？"

"倒也不是那么直接地承认。"我便又接着前话往下说，直说到我为了拖延时间等警察来，主动提起了她的名字，不料却换来了杨展的一句"她欠我的账，我已经讨回来了。我们扯平了"。

舒星好听见这句话，嘴里一阵戚戚挫挫，竟是恨得咬牙切齿了。

直到我把当晚的经历全部说完，她沉默许久，忽然站起身来，向我欠身鞠了一躬。

我来不及躲，又不方便伸手扶上去，她重新坐下，说："真的是太感谢了，这样的事情，根本没硬的证据，警察是不可能再查下去，更何况杨展现在也已经死了。但我先生这样死得不明不白，我心里……"

她哽咽起来，缓了一缓，又说："在这样的时候，您愿意这么来查真相，实在是……"

我见她又开始流泪，连忙说了些安慰话，心里却觉得，舒星好这番做派，未免没有故意的嫌疑。我刚才作为她亡夫的朋友，说了些杨展自杀前的言行，并没有直言要就此查下去。她这么一讲，就算是先谢过了我还未做的事情，这是急着钉钉子呢。

但反过来一想，坚信阳传良之死别有猫腻的她，除了我，可能也没有其他人可以拜托了吧。这样的小手段，合情合理。

"我对你们三个人的过去，听过些传言，也不知有几分真假。"我问起了三个人之间的情感纠葛。面前的未亡人，先嫁杨展，后嫁阳传良，若阳传良之死与杨展有关，那么原因多半就在此了。

舒星好应了，用平淡的口气慢慢道来。

舒星好嫁给杨展，是在差不多二十年前。那时杨展还在读博，发表在学术期刊上的几篇论文，刚刚受到一些关注，和后来的声望相比，还只崭露头角。

至于两人是如何相识相恋的，舒星好没有细说，因其既与主题无关，时至今日，又尽是些不堪回忆的旧事。

和所有夫妻一样，杨展和舒星好也从初恋时的天雷地火，渐趋婚后的平淡。

由爱情而变亲情，平淡后有相濡以沫的温馨，两个人关系的根基，却反而要比热恋时牢靠得多，这才是一辈子的夫妻。但杨展和舒星好平淡是平淡了，却变得开始疏离，其中原因，一个是两人没能有个孩子，再就是杨展的性格。

杨展性格孤僻，且是个典型的书房式学者，整日里埋头课题研究，和老婆的话很少。有时候待在实验室里，也会长时间不回家。交流少了，感情自然难以维系。舒星好其实知道，杨展心中还是爱她的，但这样的信息，缺乏合适的手段传递出来还是白搭。很多时候，形式是极重要的。

八年之前，杨展去美国当访问学者，后因参与一个高端实验室的项目，又在美国多停留了三年。就在他因对该项目的贡献博得声名，准备回国的时候，舒星好和他离婚了。这么长时间的实际分居状态，法院可以直接硬判，由不得他不同意了。

和杨展离婚之后，舒星好就和阳传良结婚至今。阳、杨二人本是同学，

关系还颇不错。这么多年因为这层关系，舒和阳遇见过许多次。在舒还未离婚时，两个人私下里有过多少接触，舒星好当然不会说，但这样的事情，想也能想个大概出来。

所以事情发生之后，杨展感觉就像被人从背后刺了一刀，恨阳传良入骨。

阳传良的性格和杨展完全不同。一个是成天去田野考察，皮肤都晒得乌黑，开朗外向；一个整天在书斋实验室，肤色苍白弱不禁风。但阳传良这个整天必须往外跑的人，却愿意抽出所有可能的时间陪舒星好，和杨展对比明显。

当然，一段婚姻破裂，多数双方都有问题。我在这里听舒星好述说前事，难免带了倾向性。如果是杨展来说，必然是另一种角度。

"那你和传良兄婚后，和杨展还有接触吗？"我问。

"这就是我坚持认为传良的死和他有关的原因。我们离婚时，他痛哭流涕，求我回心转意。如果他早能这样，也许我们还有余地，到了那个时候，当然什么都晚了。他一直希望可以追我回来，哪怕我和传良结婚了，他都不放我，比起我们婚后他对我的不闻不问，简直一个天一个地。"

我叹了口气，人都是这样的，失去了才想起来珍惜。

"传良因为常常要去外地考古，一去就是数周乃至数月，他以为自己有可乘之机，不停地来烦我。为此我还换过两次手机号码，根本没用。有几次我早晨开门取牛奶的时候，就见他站在门口等着，那情形其实很吓人。偏偏传良觉得和杨展是老同学，他娶了我，心里头总觉得有对不起杨展的地方，对他的这种行为，只要不过分逾矩，就睁一只眼闭一只眼包容着。"

这话说得就很明白了，舒和阳的关系，必然是在舒、杨还没有离婚时就开始了。有悖道德，却也是人之常情。

"他能包容，我不行啊。有的时候，并不是行为不逾矩就能包容的，杨展的这些行为，在我看来就是骚扰，而且是让我不堪忍受的骚扰，长年累月下来，谁都受不了。到了去年，我已经忍无可忍，特意把他约出来，明明白白地对他讲清楚，我对他已经没有一点感情，绝不可能再回到一起了。但是他置若罔闻，只当没听见。就在传良死前三个月，我报了警。然后我找了个律师给他发函，再有一次，就向法院起诉，也不求让他赔精神损失，只为让他名誉扫地。他这个人，最好面子了。"

　　我心里却想，也许杨展在和舒星好的婚姻里有诸多做得不够的地方，但是离婚后连着好几年都这样纠缠不休，反过来想，却也是痴心一片。换来一纸律师函，怕是得心如刀割吧。

　　"那之后呢？"我问。

　　"他未再在我面前出现过，却打电话给传良，污言秽语，歇斯底里地发作了一通，还在电话里说，除了他，没人配和我在一起，让传良小心点。"

　　"这是威胁了，你们报警了吗？"

　　舒星好摇头说："当时只以为是他的气话，根本没想到他真的会做什么。"

　　"那么传良兄过世以后，你把杨展说过的话告诉警方了吗？"

　　舒星好露出一丝苦笑："也怪我，气急攻心，恨极了杨展，总是在各种场合，说传良的死和他有关系。所以我对警方说的话，可能他们也未必全当真吧。再者，据警方说，从现场的情况看，确实是自杀，和杨展没有任何关系。"

　　"关于警方调查的结果，你能不能说得详细些？"我问。

　　"好的，我和他失去联系，是在 12 月 18 日。"

　　那正是原定曹操墓考古安阳新闻发布会的前一天，我还记得那天下午，我和小侯聊到去阳传良家做客喝茶的往事，期待着次日发布会上有猛料可写呢。

　　"那时他去安阳考古，已经有一个多月没有回南京，原本说好了这次回来，好好度一次假。他说要和我一起找一个有海的地方，舒舒服服玩一个星期，让我先打听着有什么好玩的行程呢。白天，我还在网上看马尔代夫的自由行，想着晚上和他沟通一下，就要订票了。"舒星好停了下来，这样的回忆，很难不牵扯感情。

　　她稍停继续，说："他不在家的时候，我们每天晚上都会通电话的。那个晚上我一直没有等到他的电话，打过去也是关机。我本来还想，是不是在开会，关了手机忘记开，但是十点多的时候，我接到了他同事的电话，问我知不知道传良去了哪里。"

　　18 日一大早，就有人看见阳传良离开了考古队入住的宾馆，然后他就再未回来。根据警方事后的调查，阳传良搭一班当日傍晚的飞机回了南京，没有和任何人联系，也没有回酒店取行李，只带了随身的小包。坐在同一航班相邻座位的乘客也被找到，确认了阳传良是独自上的飞机，没有受人挟持。

她对阳传良的印象比较淡，因为"不是在发呆，就是在睡觉"，没有存在感。

阳传良当晚回到南京后，很幸运的是连他在机场坐的出租车司机都被找到了。和飞机上的乘客对阳传良的印象恰恰相反，司机对这位乘客可是印象深刻得很。

据司机回忆，阳传良上车后，告诉司机去城里，进了城司机再问目的地，得到的回答却是随便开。

这当然是司机最爱从乘客嘴里听到的了，加油门上高架路，漫无目的地开起来。一路上阳传良只是望着窗外发呆，司机和他搭话，也都爱搭不理，显得心事重重。开了一个多小时，司机又问"还这么绕吗"，阳传良依然给了确认的答复。这时候已经接近午夜，司机渐渐觉得有些不对味，更让他吓到的是，发现阳传良忽然开始咬自己的手，咬得鲜血淋漓。关于这点后来在尸检上得到证实，那是深达手骨的伤口，显见当时阳传良对自己的手下嘴时，用了牙齿咬合的全力。

当时司机见到阳传良满手是血，被吓得不轻，问你这是干什么。阳传良答，只是试试痛不痛。司机问那痛不痛，阳传良说痛。

"废话，咬成那样，能不痛吗？"司机这样对来调查的警察说，"但当时我真的怀疑他不痛，因为他的表情，就好像咬在别人手上一样。但又不是喝醉的，我担保，一丁点儿酒味都没有。"

这样一来，司机也不敢再挣阳传良的钱，说你还是讲一个目的地，我送你过去，别再这样转了。阳传良说，那你就把我在这儿放下吧。说这话的时候，车还在高架路上，司机当然不能停车，说你别这样，好好说个地方，我不收你钱了。阳传良想了想，就让司机把车开到紫金山下。下车的时候，他从皮夹里随手扯了近十张大钞扔给司机，独自郁郁行去。

阳传良接下来的行踪，极可能就在夜里直接上了紫金山。一对爬紫金山看日出的情侣，在次日五时许爬到紫金山顶时，愕然发现已经有人先他们而在了。这人临崖而坐，两只脚荡在空中，一副正发呆的痴子模样。这对情侣本想好好过两人世界，多了这么个不声不响的人出来，怎么都不得劲，于是在太阳升起后不久就离开了。他们是最后见过阳传良的人。

因为尸体卡在峰下一处隐蔽山缝里，所以直到四天后才被发现。

通常一个人自杀前，往往会写下遗书，安排好身后事。至少也会给最亲的人（比如妻子）留言交代。但阳传良这些全都没有。对这样特异的案例，要不是警方通过调查勾勒出一条阳传良的路线图，证实其独自行动并且精神状态有明显的问题，恐怕舒星好第一个就会被列为调查对象。

现在，在所有的调查结果中，都没有发现外力介入阳传良的死亡，包括对死后随身物品的检查，也没有发现任何可能的第三方。所以，尽管阳传良平时表现得完全不似一个会自杀的人，却还是只能以自杀作盖棺论定。而对于杨展仇杀的推测，难怪要被警方视为无稽之谈了。

根据这个结果来推论，应该是阳传良受了巨大的心理刺激，一时想不开所致。然而这也得不到一点事实支撑，别说舒星好完全没头绪，整日工作在一起的同事，也都说直到17日，都没有发现阳传良和平日里有任何不同。

那就只能说，阳传良可能有心理隐疾，突然发作而自杀了。这个解释虽然牵强，但除此之外，竟找不出更合理的解释了。

我在听完了舒星好转述的警方调查结果后，心里转瞬间，却想到了一个关键之处。

"传良从上飞机开始，之后的行踪，都被警方调查出来了。那么他上飞机之前呢，从当天早晨开始，到下午的这一长段时间里，他都去了哪里？"

"暂时还没有线索，这是缺失的半天。都说如果能把他在这半天里做了什么查出来，也许自杀之谜就破解了。"

我皱着眉想了半天，又问："在之前每天的电话里，您真的没有发现一点点异样？他有没有说过什么古怪的话，做过什么古怪的事？哪怕再小也行。"

舒星好苦笑着摇头，显然这个问题她自己也想过很多遍了。

"那么，不是近期呢，您是最了解他的，就他这个人来说，性格也好，习惯也好，有什么特异的地方吗？"其实我问这话，已经在考虑，有没有可能真如警方所说，阳传良原本就有隐性的心理问题。

"要说奇怪的话，我也就是觉得他有些想法挺奇怪的，他特别爱研究历史里面一些难解释的事情，简直入了迷，逢着投缘的人，就聊这些。他还有本小簿子，哦您稍等。"她转进里屋，不一会儿拿了本记事簿出来。

"这本子，他一直随身带着，死的时候，就搁在小包里，警察看过了，对解释他为什么自杀没帮助，就还给我了。"

我接过本子，翻了几页，说："能不能借我回去仔细翻翻，琢磨琢磨。"

舒星好点头。

聊到这里，我感觉该问的都问了，打算起身告辞，回去研究一下这本本子，看能不能有什么发现。另外，也要去了解一下杨展自杀前几天都干了什么。我直觉杨展必然和阳传良的自杀有关系，或许他用了某种方式诱导阳传良自杀，两人相识那么多年，或者有什么只属于两个人的秘密。然而他自己为什么要自杀呢？要查阳传良的自杀，就不能把杨展的自杀轻易放过，两宗死亡之间，极可能是有关联的。

却不料舒星好并没有配合作出送客的姿态，说："其实还有件事情，我感觉着，也许应该告诉你。先前你问过我，杨展有没有自杀倾向。他的确是个很怕死的人，可是我刚和他认识的时候，好像他正打算要自杀。"

我吃了一惊，但怎么叫好像要自杀呢？

杨展的老家在武夷山下，舒星好和杨展初次相逢，就是在武夷山大王峰上。

"我记得很清楚，当时我爬上大王峰顶，山风烈烈，心旷神怡，正四下里眺望风景的时候，就看到有一个人站在崖边。真的是崖边，他站在一块凸出的石头上，那石头有一小半是伸在崖外的，他就站在那一小半上。吓得我当时都不敢大声地说话，怕惊到他就摔下去了。我就对他讲，快站回来一点，那样子我看着心慌。他回过头看过，脸色白得没有一丁点儿血色。但是却冲我笑了笑，问我，是不是以为他要跳下去。我不敢说是，也不敢说不是，只好一个劲对他傻笑。后来他说，他就是被我的笑容征服的。"

"他见我笑，很突兀地说，请我喝茶。我本来对喝茶不太有兴趣，但我实在怕他跳下去，就答应了。然后他就一点一点地缩回来，脚下还滑了一下，如果不是我及时拉住他，没准儿就真摔死了。我们在半山腰找了个地方喝茶，我问他刚才不会是真的想自杀吧，他也不正面回答。那时他正在写博士论文，该准备的资料和实验数据都齐了，特意回老家待一段时间，想在这里把论文最后完成。杨展的长相，是我年轻的时候会喜欢的那种，他又很努力地追我，就好了。起初我觉得，在大王峰上，肯定是我误会他了，他不是想着要自杀，可能是想他的博士论文入了神。但是在交往的起初一段时间里，我还是觉得他有点不正常。"

"难道他真的有自杀倾向？"我问。

舒星好点头："哪怕是在和我约会的时候，他也时常长时间地走神发呆。

说老实话，那时我对自己还挺自信的，他这个样子，让我有点挫折。有时候，他会有异常的举动。比如在过马路的时候，他会突然冲出去，有一次车就急刹在他跟前，我都吓死了，他却像没事人一样。我和他一起坐火车回上海，在站台上等车时，我就瞧着他紧贴着铁轨，眼睛总往下看，像是随时都要跳下去。总之那样的情形还有很多，感觉他一点都不把自己的命当回事。但是渐渐地就好了，只是我和他刚认识时那十天左右特别厉害，后来就再没有这种情况了。"

"我总是觉得，他肯定是有什么事情。试探着问过几次，他却讳莫如深，我也就算了，两个人之间，总要留些余地的。他再也没有出现过当年的情况，相反地，倒变得非常重视身体保养，很惜命。大概结婚后五年多，有一次他喝醉酒回来，说如果不是遇到我，就没有今天的他了，谢谢我帮他挣脱出来。我要再详细问，他却睡过去了，只断断续续梦话一样说了些很含糊的词，我能听清的，就是精神病院。好像是件和精神病院有关系的事情。第二天他醒过来，就绝口不提了。"

"难道他住过精神病院？"

舒星好摇摇头说："不知道，我也没有再私底下做过什么调查，我想着，有些事情过去也就过去了，只要不影响现在的生活，不必深究。"

精神病院？我念了几遍，问："是哪家精神病院他说了吗？"

"应该是当地的吧，武夷山市的。具体哪家我不清楚。"

我记在心里，然后正式告辞。离开时我告诉舒星好，我会尽力去查，但到底谜团能不能解开，我也不能保证。她说当然。

回上海的火车上，我拿出那本记事簿。阳传良曾经和我提过他有这么个小本子，里面记录的，果然就是那些历史上难解的谜团，记载了与考古发现中的自相矛盾之处。其中大多他都和我提过，但是本子上记得更详细，出自何处，又有哪些其他史籍的记载可供佐证，等等。但是和他的自杀，看起来并无关系。

我一页页向后翻，看了过半的时候，却见到有一页下沿上写了两行小字，似是阳传良在写的时候突发奇想，随手记下的。却又用笔划掉了，划得并不彻底，仍能看清写的是什么内容。

一看清楚，我的心里就"突"地一跳。

凡此种种，忍不住有异想冒出来，难不成"过去"也和"未来"一样，并非固定不变，而是在不断地变化中，有许多的"过去"？唯有这样，才能解释为何对于历史，有着多种不同的记载。

历史不是固定的，过去在不停地变化中！

不仅是心脏猛跳，这两句话像是有种奇异的魔力，让我整个人的神智都像被冲城撞木迎面撞上，摇来晃去，许久才镇定下来。

但是怎么可能，这是不可能的呀。过去怎么能变呢，简直荒谬，不合常理，不合逻辑，不合……

我在心里念叨了一番，明知道这只是阳传良毫无根据地突发怪想，连他自己都觉得太过荒谬而划掉了。但这两行字仍在心里，迟迟萦绕不去。

只是发这奇想的人已经死去，无从和他探讨起。而且这个奇想，也看不出任何和他的自杀有关的地方，所以被我强压在心里，不再去理会。

回到上海的当晚，我把阳传良自杀的所有信息都梳理了一遍。不告而别、缺失的半天、满腹心事到最后跳崖身亡，蹊跷的地方是明摆着的，但线头却藏得很深，现在还拎不出来。我又换了个角度，假设自己是杨展，想要害阳传良，该从什么方面下手。

会不会是催眠呢，深度催眠能不能达到这样的效果？难，如果下达的指令会危及生命，通常被催眠的人潜意识里会抵抗的。能催眠催到让人去死的，我知道有，但杨展能请得动？而且杨展要付出什么样的代价，才能请催眠师对人下达自杀指令？哪个催眠大师犯得着做这种事情？

药物作用呢？有些精神类药物服用过量，可以导致人郁郁寡欢，甚至有自杀倾向。但是法医尸检并没有这方面的发现，而且就算吃了药想自杀，也会留下遗书之类，至少会给妻子或其他的密友一个电话吧。

要么……哪种超自然力量？

我连忙让自己打住，这太没谱儿了。

现在掌握的有效信息太少了，在这样的情况下进行推断，基本都是无效的。

必须要多些线索。阳传良这头，已经没多少可查的了。但假定两宗自杀之间有关联，那我就不妨从调查杨展的自杀入手。他可不像阳传良一样，自杀前失踪数天，自杀当时无人看见。他为什么要自杀，总有人知道吧。

我错了。我托了关系，找到负责杨展自杀案的刑警，这才知道，杨展的自杀原因，依然没有头绪。而且杨展无妻无子，母亲得了老年痴呆住在养老院里，没人盯着警方找自杀原因。这宗案子，警方的精力是放在杨展持枪劫持人质上，而不是之后杨展的自杀。比如花了工夫去查枪的来源，结果端掉了福建一个以造黑枪为生的村子。而这个案子，本来该是个大花边，媒体追炒的热点，太劲爆了。其实却没翻起多少浪花，因为当日的受害者都是有头有脸的人物，竭力地把事情压了下去，比如李校长，虽然因此而入狱，但背后的大学依然做了许多工作来消除影响，否则会对该大学的声誉造成极大的负面打击。

"我觉得，杨展是心里对这些人的恨积累到了无法再忍的程度，一下子爆发出来，做出这样耸人听闻的事情，然后又不愿接受法律制裁而自杀的。"查案的刑警这样对我说。

但我不相信这么简单。作为经历了那晚事情的人，我感觉杨展的肚子里，藏了很多东西。

通过那位刑警，我找到了"络腮胡"，就是被杨展蒙骗，帮他演了一场劫匪戏的演员。他们也是被杨展蒙蔽的，不能算是同伙，所以接受了一段时间的拘留调查，最后还是放了出来。

这人叫黄良，是个野路子的表演艺校毕业生。十多年前，演艺明星产业渐成气候时，一窝蜂有许多的表演艺校涌出来。读几年出来，基本是没有文凭的，说到教学质量，用良莠不齐来形容还是轻的。从那里出来的人每年一大批一大批，可哪有那么多的正式上镜机会，别说他们，连正规中戏、上戏、北电的学生，也有接不到活转行的。用行话说，就是想被潜规则，也得有机会站到导演制片跟前不是。所以这些小艺校表演班的，出来能进草台班子走走穴算是不错的了，更多的是在夜总会里兼着一份小姐的差等机会，等着等着，也就彻底沉沦下去了。

相比有姿色的女生，男生的机会就更少了，多数只能候在电影厂门口等群众演员的机会。黄良就这么度过了十年，后来觉得年纪开始大了，再等下去实在是没有出路，就和几个同病相怜的，一起组了个表演工作室，教人表

演。收费不高，倒也有点生意，至少比等在电影厂门口强些。

那位刑警很够意思，怕我约不出黄良，帮我打了个电话给他。所以黄良见到我的时候神色不宁，问一句答一句，非常配合。

去了络腮胡，他看起来比那晚年轻许多，也就和我相仿的年纪。浓眉高鼻，算是长相英俊的了。

"这件事情，我完完全全是个被扯进来的局外人。我怎么知道他会干出这样的事情，他设计好剧本，我们照着演就是。我只当是他又要搞个恶作剧，哪里想得到他来真的。"黄良一个劲地帮自己辩白，生怕我是来采访的，把他在报道里写得很负面。哦对了，我的确是以采访的名义来找他的。

"又要搞恶作剧？你是说，他从前搞过？"

黄良一愣，连忙摇头："没有没有，我是说，我们之前也接过类似的业务，设计场景来作弄别人。"

我深望他一眼，他咧嘴冲我笑。

我不信他是口误，但黄良一口咬定他和杨展就过这么一次合作，是杨展看到他们的招生广告，主动找上门来的。

"就是这样了，我已经把事情经过全都讲了，剩下的，当晚你也在现场，也该都瞧见了。我对警察也是这么说的，没什么好隐瞒的，我也是上了当，也是受害人啊。说好了五十万，先付了十万定金，回头再付四十万。我是看在钱的份儿上才答应做的，现在倒好，我到哪里去收尾款，还惹了一身的腥，差点吃官司。早知道这样，说什么也不会来蹚这浑水。"

黄良翻来覆去吐苦水，把自己和杨展撇得一干二净。我觉得再问不出什么，只好结束谈话。起身离开的瞬间，我发现他的瞳孔忽然放大，这是绷紧的神经一下子放松的表现。

他果然有什么瞒着没说。

如果他和杨展还有过交集，是为了什么呢？

"对了，你见过阳传良吗？"

他低下头看表，然后才抬起头问："啊，什么，谁？"

"没什么。"我耸耸肩，"也许还会找你了解情况，到时候再通过赵警官找你吧。"

"哦,你直接找我就行,知无不言,知无不言。"他伸出手来,和我一握。手心微汗。

黄良之后,我接下来的访问对象是杨展的同事。杨展独自居住,最熟悉他的,就是同系的教授和实验室里的同事及助手了。我绝不相信一个人会毫无端倪地自杀,就算是精神问题,也必然会有先兆,区别只在于身边的人有没有注意到罢了。

如果我能了解杨展自杀的原因,也许就能抓住阳传良自杀的隐藏线头。

其实我本也没有抱太大的期望。因为杨展和其同事之间的关系,要比阳传良和同事间的关系淡,这是两人不同的性格决定的。既然阳传良的同事没有觉察出先兆,多半杨展的同事也不会。

结果让我惊喜。

在杨展自杀前,发生了两件重要的事情,或者可以说是同一件。

其一是我在访问所有的人时都提到的。3月22日下午,我收到请柬的四天前,杨展在为大一新生讲述量子物理的基础课时,上到一半,突然离开。没有人找也不是接了电话,而是讲着讲着,一下子停住,呆站了半分钟,然后发出怪异的大笑,扭头离开了教室。此后直到他自杀当天,凡是他的课全都请假,再没上过一堂。

其二是杨展的助教,他带的博士生张芳告诉我的。22日上午,她从物理楼一楼的收信处帮杨展拿了一封信。她和杨展的关系算是很熟的了,在把信递给杨展的时候,就半开玩笑地说了句:"杨老师,这儿有封从精神病院来的信呢。"

之所以这么说,是因为张芳瞥了眼信封,这是单位统一印制的信封,所以在信封的右下角有单位名称,是一家精神病院。

没想到杨展听了这话,眼瞧着信封,脸色就不对起来。

张芳知道自己肯定是说错了话,也不敢再问为什么。杨展对着信封发了会儿呆,撕开信封,里面是封长信,先前张芳把信封拿上来的时候,就觉得里面鼓鼓囊囊的。杨展看着信,表情更加古怪,眉毛越挑越高,仿佛信里写着让他非常惊讶的内容。

张芳觉得自己不合适再待下去,就悄悄地出了办公室。一整个上午,杨

展就再没有出过办公室，中午张芳经过的时候，从半掩的门往里看了眼，见杨展依然在捏着信纸发呆。然后到了下午，就出了杨展课上到一半戛然而止这件事。

"你记得那是个什么精神病院吗？"我提拎着一颗心问。

"武夷山市精神病院。"张芳很肯定地说，"我都不知道，还有个武夷山市呢。"

四个半小时后，我坐上了开往武夷山的火车。

第四章

一个人的精神病院

Chapter 4

清晨五时五十三分，我浑身酸痛地从充满了隔夜味道的火车车厢里钻出来，站台上空气湿润，有泥土味，肯定还混着其他什么味道，但闻着就是比车里干净。

雾气蒙蒙，水泥地湿漉漉的，不知是露水还是半小时前下过细雨，更有许多地方泛着油光。相比上海南站的窗明几净，这里更让我有真实感。

几十名头戴同款遮阳帽的旅客从我两侧走过，没入前方的地道里。我跟着他们，走出火车站。

游客们很快被举着旗子的导游接走，只剩下包括我在内寥寥几个散客。武夷山市到武夷山景区还有十多公里，热情的黑车司机挨个儿贴上来问去不去武夷山。我打发了几拨，走去广场对面的肯德基吃早餐。

来之前我在网上查过武夷山市精神病院，没有信息，想必是太小了。在餐厅里坐定，拿了手机拨打当地的114，问精神病院的电话。

"对不起，电话没有登记。"接线小姐回答。

我把汉堡吃完，从背包里把阳传良的小本子拿出来细细翻看。不是为了想在里面找什么线索，纯粹打发时间。那里面记的东西很有意思，边看边琢磨，海阔天空地瞎想，时间很快就过去了。八点钟的时候，我走出肯德基，在门口招了辆出租车，让他带我去最近的邮局。

司机开了几米停下来，挠挠脑袋，说："算了，我也不黑，看见没有，就在对面。"

三十米外，就是火车站邮局。

"谢谢啦，像你这样的司机，现在可不多啦。"我说。

"哪里的话，我们这儿的都这样，不黑人，不像大城市里的，只奔着钱去。"

他刚才的犹豫我看在眼里，嘿然一乐下了车。

进了邮局，我走到卖邮票信封的柜台，问有没有武夷山市黄页。电信公司和邮局都该有黄页供市民查阅。

"只有南平市黄页，八十八元一本。"长着青春痘挂着实习标牌的女孩回答。

南平市是武夷山市的上级市，南平的黄页，当然也能查到武夷山市精神病院。

"我就是查一个地址电话，武夷山市精神病院的。没有免费查阅吗？"

"武夷山市精神病院？有这个精神病院？"女孩自言自语地嘀咕了一句，说，"那边有一本免费的，但是很旧了，电话都不全，你不一定找得到。要不你先找找看，我这里不方便拿出来让你查，要么就得买。"

我自然是先去翻旧的，真的买一本黄页，砖头一样厚，查完精神病院就没用了，最后还不是得当废纸处理。

免费的黄页果然旧得厉害，三百多页的一本，已经毛得仿佛有六百页厚。看看封面，竟然是 1993 年版，整整十七年前的书，绝对的老古董了。怪不得女孩说有许多信息都不对，那还是说得轻了。

只是精神病院这种地方，多半几十年前就设立了，等闲也不会搬，没准儿这本黄页就够使。

翻开这本古董，处处污渍残破，找到"卫生机构、医院等"的分类，果然在其中找到了武夷山市精神病院的地址和电话。

我把信息输入手机里，向实习女孩笑笑，走出邮局。

记下电话号码只是备着，我想问的事情，电话里根本说不清楚，所以直接去了。

精神病院总是个生僻的地方，没人没事往那儿跑。我搭乘的出租车司机并不知道精神病院在哪里，好在我有具体的路名地址，就照着开去。精神病院不在市区，当然这是我看到窗外的景色逐渐偏僻才意识到的。

车在一条小路旁停下，路的一边是鱼塘，一边是田地。

"就是这条路了，窄得很，开进去也掉不了头，我就不开进去了，你在这儿下自己走进去吧。"

我心里有点嘀咕，好在没重行李，就一个双肩背包，便不和他争，付了钱下车。

小路弯弯曲曲，站在路口望不到有近似精神病院的建筑，应在深处。

车在身后开走，时间过了早晨九点，居然四下里没有一个人，问都没处问。再瞧瞧路牌，"赵村路"，没错，就顺着往里走。

走了一阵，渐渐看见前面远处不是田了，而是一幢楼房，再走得近些，看清楚是两幢，都是四层高，方头方脑，灰扑扑的没有一点生气。

走到大门口，我吃了一惊。

竟没有门，空空荡荡，敞开着让人进去。门口的一方空地上，满是枯叶和从水泥地缝的浮土厚灰里长出来的杂草。我用脚拨了拨，看见一株杂草是从一个小洞里长出的，这洞本该是插地门销的。再往两边的院墙看，有几块嵌在墙上的长方形铁制页片，页片的一端通常是钉在门上的。

精神病院，当然是该有大门的。可是现在门去了哪里？

我又确认了一遍，没错，门口那块木牌子上，的确写着"武夷山市精神病院"。只是这名牌，破败的程度和邮局里的黄页有的一拼。

传达室关着门，两扇大窗框一扇没有玻璃，一扇边角上还残留少许，像是被人砸过，而且应该是很久远之前的事了，碎玻璃上蒙了层灰色。里面没有桌子，没有椅子，更没有人。

四周极安静，安静得连鸟鸣声都听不见。远处似有几声啾啾，但被隔绝在一个遥远的地方，这方天地，仿佛自成一个冷寂的世界。

门口既破败如此，这儿还有人住着吗？

一股风打着旋儿从里面刮出来，地上的枯叶扭动起来，在它们停下来的时候，我忽然听见些响动，扭头看去，却什么都没有，只有田间的长草晃动。

许是听错了，是风吹的吧。

楼是灰的，地上的草叶是枯黄的，但我总觉得眼前的一切是苍白的，有一股诡异凝结不散。

走近了才看清楚，院墙曾经刷了层淡蓝色的油漆，两幢楼也是一样。大约是因为蓝色有利于平复心情的缘故。但时日已久，旧时的蔚蓝已被雨打风吹去，剩了一层牢牢附着的尘灰。院墙之上，还有一米多高的铁丝网，除了有几段可能因为遭了台风垮下来，其他都还森严耸立，无言地喻示着墙内墙外，是两个天地。

墙上犹立铁网，当年院口处更是铁板钉钉地绝对有两扇常年紧闭的大铁门。

　　进门的右手边是个砖垒的大花坛，里面有几株松树，依然茂盛。松下围了一圈俗称"珊瑚"的常绿灌木，但久不修剪，已经一团团的不成造型，旁边的杂草肆意生长，有些已长得比灌木还高。

　　门的左手边是个蓝球场，却没有蓝球架，只剩下了几厘米高的铁杆子还撅在水泥地里。看到这里我就明白了大门的去向，一定是和这球架一样，被盗卖了。如果不是院墙有4米高，怕是连铁丝网也一起扯走了。

　　早就没有人啦，不知荒了多少年，尽是那本1993年版的黄页惹的祸。奇怪的是，两幢四层楼的建筑看起来结构没有问题，作为市卫生局的产业，为什么精神病院搬走之后，这里就闲置了呢？

　　我从蓝球场一侧，绕过四层楼，走到精神病院的后面。那儿有一大片杂草地，这草却和其他的杂草不太一样，秆子更高更粗。我认不出是什么植物，猜想也许这原本是片自留地，种种蔬菜什么的。

　　我沿着杂草地往另一头走，心里总觉得这儿的荒凉显得异乎寻常，或许应该进这两幢楼里瞧瞧。正想着，一步踩下去觉得脚底发软，下意识往旁边跨了一步。不料这片草地看起来杂草丛生，仿佛泥土就在草下，但真的踩下去，竟是空的。

　　我往下掉了一米多，才踩到东西。但那还不是底，是淤泥。我这才明白，这里原本哪里是什么田地，分明是个水塘，天长日久，水被晒干了，草从塘底的淤泥上长起来，不知道的人，就以为是片草地。

　　这时候我只剩个脖子露在"杂草地"外，下面的淤泥已经没过小腿，还在迅速下陷。这样的沼泽地非常危险，尤其是我在荒郊野外，叫天不应叫地不灵，万一这下面有个几米深，陷进去就是死路一条。

　　我拼命挣扎，却下陷得更快，转眼大腿就没了一半，这才想起来陷入沼泽动得越快沉得越快的常识。人一紧张，常识也会扔到脑后的。我脚下不敢再动，双手抓住旁边长在塘壁上的杂草。草缘锋利，手掌上立刻就割出血痕，但此时哪顾得上这些，草一把把被扯断，有的连根拔起来。草根都扎得很深，拔出来以后就留下土洞，我把手指伸进洞里，死死扒住，这才停止了下沉。

　　我喘息着，额头上汗止不住地流下来。歇了片刻，把手指死命往土里钻进去，然后开始往上挣。

　　我已经几乎陷到了屁股，那淤泥里仿佛有千百只手在抓着我的双腿，不让我逃出去。但人在这种时候，可以爆发出超越上限的力量，我硬是纯靠手指的抓力，把自己一点一点拉起来。等到双手终于可以抓到岸边的土地，我心气一松，手里一软，差点又掉下去。连忙再稳住，蓄了会儿力气，闭着嘴咬着牙，发出黄牛犁地般的哞叫声，拼命发力，总算爬了出来。

我毫无形象地趴在地上，胳膊酸痛得直抖，显见是肌肉拉伤了。我趴了几分钟，然后把双肩背包甩在一边，翻过来仰天又歇了十几分钟才爬起来。这时候我的模样简直是不能看了，上半身的碎草泥痕就不谈了，下半身刚从淤泥里捞出来，要多恶心有多恶心。然后我才发现，鞋子只剩下一只，还有一只丢在淤泥里。我往下一看，没错，就在深坑里躺着呢。

没鞋子不行，我跑到前面花坛里，弄了根一米多长的树枝，想把鞋子挑上来。拨拨弄弄了几分钟，树枝前端终于勾进鞋里，小心翼翼慢慢往上挑的时候，往下面瞟了一眼，就在先前鞋底盖着的地方，有东西从泥里伸了一截出来，阳光下泛着森白的暗光。我手一抖，鞋子又掉了下去。

我呆呆看着重新掉下去的鞋子，心想许是看错了，又伸树枝下去，这次容易了许多。把鞋子挑上来扔在一边，我根本无心理会，再一次把树枝伸下去，来回地拨弄出来，想要看个清楚。

白森森的一截，再把旁边的土拨开，是第二截、第三截……那是人的手。

不是手套，而是手。确切地说，我最初看见的是一截指骨，现在用树枝拨了一阵，一个完整的手掌骨骼出现在我眼前。手很小，应该属于孩童，看不见脑袋及身体其他的部位，想必是埋在了更深处。

在这样一处荒凉无人的精神病院里，久旱成泽的水塘中，出现了一具白骨。

阳光照在我的皮肤上，被从骨子里泛出的森寒冲走，没有一点暖意。

在这座精神病院里到底发生过什么。眼前的这具尸骨，会不会和我的来意有什么关系。

我摸出手机要报警，却又放了回去。把鞋子里的泥舀干净穿上，又找了些草叶子把鞋面和裤子尽量擦干净。身上少了几斤泥，其实看起来并没有好多少，还是从泥里捞出来的模样。

尸骨已经不知在泥里陷了多少年，警察早一刻来晚一刻，并无多少关系。但警察来了，恐怕我就不方便继续在这家精神病院里四下行走。掉进水

塘之前，我本没想着进两幢楼瞧瞧，打算逛一圈就离开，去找武夷山市精神病院搬迁后的新址。但现在我改主意了，这家人去楼空的精神病院里，还藏着不少秘密。甚至也许并没有什么"新址"呢，到底这家精神病院是搬迁了还是废弃了，真说不准。现在想来，如果搬迁，打114的问询电话，该有结果才对。

两幢相对而立的楼，格局是一样的。一楼都有个大厅，我猜西楼里是病人的接诊或会客活动的大厅，东楼里的是食堂。我先进了西楼。

和先前的传达室里一样，空空荡荡，什么都没有。门开着，锁坏了。门上有些杂乱的脚印，像是被踹坏的。脚印不大，不似成年人。我不禁又想起了那具尸骨。

二楼开始，就是一间间狭小独立的房间，无疑这是病人住的。几乎所有的门上都有踹痕，约有半数的门被踹开了。在这些房间的墙上，有大片大片的留痕，其中只有少数是可辨认的字迹，大多数是无意义的线条和复杂的几何图案，还有一间房间，四壁都画满了画，各种色块拼在一起，十分绚烂，如印象派画家的作品，只是在这间房里待着，各种色块扑面而来，其中饱含的怪异情绪，让观者晕眩，十分不适。

房间里都没有任何东西，徒留四壁。玻璃窗很多是碎了的，屋里还可以见到些石头，应该就是把玻璃砸烂的凶器。风从各种形态不一的碎洞里吹进来，发出"呜呜"的低啸声。今天的风还不算大，如果到了大风天，这一整幢楼里，就是四处的鬼啸声了。

这些砸碎玻璃的石头，实在太像顽童的杰作。这片荒芜的精神病院，恐怕变成了附近孩童的冒险乐园。踹门砸玻璃，都是男孩子爱干的勾当。那么水泽里的尸体呢？

在至少两个房间里，我发现了残留在地上和墙上的血渍。其中一处血渍呈放射状四处飞溅，这惨烈的情状，让我几乎可以嗅到当日血还未凝时，那满屋的血腥气。应该是割破了主动脉，比如脖子，鲜血才会这样喷涌出来。

这意味着什么，我现在还不知道。我不熟悉精神病院，说不定每家精神病院里，都有一些用激烈手段自刭的病人呢。

每一间病房里都有故事，这些故事笼罩在阴冷的迷雾中，看不见轮廓，只能听见若有若无的细细喘息。我走在长长的走廊，仿佛在故事间穿行，那些由一颗颗怪异脑袋织就的气场至今仍在苍白的楼道里盘桓不去，让我心头发紧。走出西楼时，我竟松了口气，阳光依然不暖，但四周的气息总算正常了。

然后我又进了东楼。

东楼的气息，却略有些不同。一楼是食堂和厨房，我直接上了二楼。这层的格局就和对楼不同，每间房间要宽敞许多，墙上也没有涂鸦，看起来，应该是医生办公室。

当然，这里的每一间房间里，都空空如也，没有椅子，没有办公桌。然而我仿佛有种错觉，面前的空间里，有虚影晃动。大楼里逐渐响起声音，期期艾艾的哭声、尖锐的笑声、神经质的说话声，护士穿行在各个病房里，医生和看似正常的人们谈话，有些人咆哮着被扑倒，注射镇定剂，慌乱的脚步声，许多人在跑动……

我使劲晃了晃脑袋，把这些臆想驱逐出去。

在二楼的另一间房里，我又发现了血渍。许多年过去，血渍已经变成深褐色，但还是和其他的污渍截然不同，触目惊心。我心里却更发寒，之前在西楼看见的血迹，说起来是在病房里，病人的脑子有问题，做了什么样的可怕事情都有可能。但是，在东楼的医生办公室里，怎么也有血迹？

而且，房间里染了大面积的血渍，当然得快点找泥水匠来重新粉刷一遍，既然没有粉刷，说明染血的时间，就在搬离之前。因为就要搬了，所以就不麻烦粉刷了。

可是，同时三处血迹……三个死者？整个医院的搬迁，是否正与此有关呢？

无人能回答我心头的疑问。我走到三楼，这层有一半是病区，估计四楼应该全都是病区了。

在三楼的另一头，终于看见了一间不一样的房间。

这间房不是空的。

房间有四五十平方米大小，一地凌乱。我往地上细细瞅了几眼，那是一只只的纸蛙和纸鸟，数量怕是有一两百只，随意地扔在房间的各个角落。靠墙放着两排紧挨着的铁柜子，原本都该是锁着的，但现在外面那排有两个铁柜子被撬开了，里面曾经放着文件，但如今……这就是地上那些折纸的来源吧。

我蹲在地上，拿起一只纸青蛙，把它拆开，还原成一张纸。

刘春城，47岁，入院时间：1988年3月23日，重度精神分裂。

徐卫国，38岁，入院时间：1990年10月7日，中度躁狂症。

刘月娥，33岁，入院时间：1991年5月5日，焦虑性神经症。

……

这似乎是一份病人名录的部分。我看了一遍，没有我熟悉的名字。

是的，我的确在怀疑，当年杨展会不会在这座医院里住过一段时间。

我又拆开另一只青蛙。依然是名录，没有杨展的名字。

我拆了十几个折纸，少部分是名录，大部分是病人的诊疗档案，比如用了什么药，效果怎样，定期的谈话摘要，等等。

我摇了摇头，这些对解答我的疑惑没有任何价值。但原本我就觉得自己的猜想恐怕得不到印证，因为按照舒星好的说法，杨展是为了安心完成博士论文才回到老家的，这样的话，他就没有被收容进武夷山市精神病院的时间。而舒星好所言是否确实，我可以在回上海之后，找到杨展当年的博士生导师印证一下。

拆到一只纸鸟的时候，出现了新的信息。这是一份评估报告的第一页，评估的内容是武夷山市精神病院所有医生护士的精神状态。受托评估方是南平市精神卫生中心。

然而任何此类报告的第一页，都没有多少有效信息，基本上就是个封面。上述的这些，就差不多是这第一页上全部的有效信息了，哦，还有一点，评估的时间是1992年9月。

这份报告极其古怪。我们总有这么一个认知，就是整天和精神病人打交道的人，自己恐怕也不太正常。事实上呢，大概也的确如此，尽管都是受过训练的专业人士，但在这样一个氛围里整天和那些疯脑袋打交道，心理上总是会受到影响。这些影响倒不一定以精神病的方式体现出来，比如说形成一些怪癖来发泄压力，等等。但事实归事实，有上级部门专门来评估，就是另一回事了。这简直就是对武夷山市精神病院医护人员专业上的不信任，这是打脸呀。在中国人的人情世故里，在面子文化深植的中国社会中，这种事情几乎是不会发生的。

但它既然发生了，就说明在这所医院里，发生了让上级部门无法忽视的事情。

当年这里的医护人员，心理上到底出了点什么问题？

我继续拆纸鸟和纸蛙，希望能找到报告中后面的部分。

这一地的折纸，显然是到这里玩耍的孩童所做。想必除了这一地的成果之外，还有许多被他们拿走别用了，要指望找全所有想要的资料，还真得凭运气。我的运气不好不坏，虽然没有找到报告的其他页，但却找到了另一份报告。

严格地说，这是一份报告的备份，时间是1992年7月，由武夷山市精神病院打给武夷山市卫生局的。整份报告就只有一页纸，所以我也不必费心去找其他的部分。

报告的内容是对自1992年1月以来的四起自杀事件进行剖析解释。

四名死者中，两名是病人，两名是医护人员。

病人分别名叫黄秀英和郭峰，一人跳楼当场身亡，另一人割喉送至医院后不治。跳楼的黄秀英有严重抑郁症，有幻听和幻视。而郭峰则是躁狂症患者，平日里常有自伤的举动。这两起自杀后，院方已经加强用药，加强监护，杜绝此类事件再发生。

而两名医护人员，一名叫王剑，是个药剂师，是因为感情问题才跳楼自杀，和工作无关。另一名是护士，叫施翠萍，晚上睡觉煤气中毒而死，到底是自杀还是意外，没有定论。

报告以套话结束，说院方会加强对病人的监管，加强员工的心理建设，请上级放心云云。

整份报告，把责任推得一干二净，而且四人死亡，不管什么原因，总共只写了一千多字，一页纸，简单得可以说是轻忽了。况且这样一份报告，不可能是院方主动写的，必然是卫生局问起了，这才写了一份报告说明情况。这样马虎交差，上级能满意才怪，恐怕两个月后的那次调查评估，就是因此而来的。

这份报告是写给武夷山市卫生局的，而两个月后的评估是由南平市精神卫生中心进行的，也就是说由南平市卫生局授意批准。这就是上级的上级了，

看来当年这所精神病院里出的事情，惹的风波不小。

我把这份报告放下，开始继续打开纸蛙纸鸟，看看还能有什么发现。拆了几个，我忽然想起，先前在两幢楼里，我共看见三处血迹，而报告里的四宗死亡中，可能在室内产生血迹的只有郭峰。况且郭峰死在 1992 年 7 月之前，即便两个月后，南平市精神卫生中心作出了很糟糕的评估，使得这所精神病院迁移甚至关闭，在两个月间也不可能不粉刷墙壁。

这意味着至少有七例自杀事件。

我打了个冷战，七例啊，这所医院总共才多少人。

在这个时候，尽管没有任何依据，我却越来越觉得，杨展当年表现出的自杀倾向，和这所医院一连串的自杀事件，是有关联的。

我甚至觉得，杨展和阳传良的自杀，和这两幢楼里的那几滩血迹，尽管相隔十几年，却有着隐秘的联系。

这种联系到底是什么，正是我要查出来的。

到现在，我对自己在这间房里的收获，其实已经相当满意了。但我总得要把所有的都看过一遍才罢休，说不定还能有什么发现呢。

大概又过了二十分钟，我已经拆了近百个折纸，随手拿起一个纸蛙时，手里的触觉告诉我，这张纸的质地，和之前那些都不同。这是个用铜版纸折成的纸蛙，表面光滑，质地比之前的那些都硬朗挺括许多。

既然是铜版纸，那就是印刷品，不过印了黑白的。这有点奇怪，既然印黑白的，又何必用昂贵的铜版纸呢?

纸蛙的蛙头上有一只眼睛，我把纸蛙拆开，还原成一张纸，一只眼睛变成了一双，在纸上看着我。

这是一双瞳孔大、眼白少的眼睛，像是男人的，却有长长的睫毛。这张纸的上三分之一，是漆黑的底色，中间嵌了这样一双眼睛，像是在黑夜中，有个疯子盯着你看一样。我背上的汗毛一下子炸起来了，这眼睛里有一种难以言传的惊悚，我敢打赌，主人就是这精神病院里的一个疯子，没准儿就是那个割了自己脖子的郭峰。

这一张铜版纸印刷品，却是一份无对象的邀请函。在眼睛的下方，写着这样的字。

古往今来，天才与疯子只有一线之隔。甚至很多时候，天才就是疯子。谁也不知道，疯子眼中的世界到底是什么样的，也许正是因为看清了世界的真相，才让他们发疯。欢迎前来参观武夷山市精神病院，如果你足够睿智，会从疯子的奇思妙想中获得真正的灵感。

看起来，像是精神病院面对社会的一次开放参观，还特意用铜版纸印制了宣传单。但这样色调的传单，又印上了这样一双眼睛，怪吓人的。

而且精神病院又不是旅游景点，很少有这样邀请人来参观的，也不知道这些宣传单发给哪些人，如果就在街头散发，就太奇怪了。

再细细推敲下去，不对劲的地方更多。像精神病院这样的地方，如果不是在治疗和管理方面有非常的自信，怎么敢这样大肆让人来参观呢？而这样一座自杀案层出不穷的精神病院，不管为自杀找出什么理由，都离能让人来参观差得很远。莫非这张宣传单，印制的时间要比那两份报告早得多？

然而我心里隐约却觉得不是，或许正是这张宣传单，把杨展和这所精神病院联系在了一起。一个正在写博士论文的天才物理学者，正是会对宣传单上那些文字感兴趣的人。任何一个领域的尖端人物，都必须有足够疯狂的想象力，才能更进一步。疯子那些毫无顾忌，不被任何条条框框束缚的奇思妙想，说不定真的会对天才的思考有所帮助。也许杨展在困顿于某个学科难题之际，看到了这张宣传单，决定来这家精神病院参观，之后发生了些影响他一生的事情。

但如果我的设想为真，这家精神病院却怎么敢在出了这么多自杀事件之后，还邀请外人参观呢？

我捏着这张铜版纸，一个个疑问从心里冒出来，一时间想得入了神，坐在地上愣了很久。

越来越响的噼噼啪啪声终于把我惊醒，这才感觉侧脸火烫，有热浪袭来。我扭头一看，门口竟不知何时堆了大量的枯枝枯叶，这些被晒干了水分的枝叶最是易燃，更不用提其中还有一部分来自院门口那些松树，饱含了油脂。这时火已经烧起来有一会儿，光焰熊熊，火舌乱舞，一股风来，火焰往

我这里一卷，直逼眉尖。我连忙往旁边滚开，顺势一骨碌站起来，大声喝问："谁！"

　　回想起来，先前翻找资料时，也不是没听见响动，但那时我全副心神都在别处，那些轻微的异响被下意识地忽略了。

　　无人应答，火焰一吞一卷，势头越来越烈，眼前的十几只纸鸟纸蛙，开始发黑变形，然后烧起来，燃为灰烬。

第五章

武夷山市精神病院连续自杀事件
Chapter 5

火势大，烟更猛。火灾里许多人不是被火烧死的，而是被烟呛死的。我捂着口鼻，眼睛已经酸胀得开始流泪，退到窗前，眯眼往下一看，离地约六七米的高度，往下跳的话，应该不会死，但难保不骨折。

我心里闪过一丝疑虑，眼前的火看起来可怕，但这楼是砖混结构的烧不起来，又是在三楼，绝不至于把我逼到绝境。难道说在这楼下，还有什么后手等着我？

把头探出窗户四下里张望，一时间没看见人影，那放火之人不知躲在什么地方。

我正待咬咬牙，先跳下去再随机应变，回头再看了眼火势，心里一动，暗骂自己笨蛋。

这火看起来大，但烧的是枯枝枯叶。我先前固然全神贯注于那些折纸，但放火的人，也绝不可能在我没有察觉的情况下搬来巨量的枝叶，把外面的走廊全都堵住。换而言之，外面燃火的枝叶应该就只有门口的一堆，不可能无穷无尽地烧下去，而这幢楼里能搬的家具都早被搬走，没有太多可以被火烧掉的东西。可能过个十几二十分钟，火势就会逐渐减弱。

我当然没疯到要在火场里等十几分钟，但如果就是门口这一团火，意味着我往看似危险的火门里冲出去，也许并不会受多少伤，反而要比从窗户跳下危险性小些。

主意打定，我卸下背包，把上衣脱下绕在右臂，再重新把包背好。然后我打量了一下门的大小，奋力把旁边的铁柜子倒倒一个。这铁柜是空的，百十斤重，轰然倒地，吹飞了许多纸蛙纸鸟。我弯腰把铁柜子推移到门的正前方，感觉前头的火舌都快把我的眉毛烧卷了。

我深吸一口气，使出吃奶的力气，把铁柜往前奋力一推。准头不错，铁柜子直直滑出去，没有被门框挡住，轰地碰在走廊的墙上停下来。门口的那些枝叶被铁柜子撞得四散，火星飞舞，火势却瞬间小了下去。

我解下臂上的衣服，挥舞着从门口冲出去。烟火逼眼，那几秒钟里我什么都瞧不见，索性闭了眼睛屏住呼吸，随意往一方冲去。没冲几步，就感觉离开了火场，顺势往地上一滚，翻了七八圈以后站起来，双手往头发上一阵拍，勉强睁开眼睛，先往四周打量，没瞧见放火的家伙，这才放心再看自己身上的情况。

我之前从沼泽里逃出来，身上都是泥，简单处理了一下，也没处清洗，到现在有些地方还没有干透，反成了一层薄薄的防火盔甲。那火堆被铁柜子砸散，剩下的火焰只有一米高，气息越来越微弱，这一下猛冲出来，居然没给我造成一点伤害。至于形象，我原本就已经够糟糕的了，再坏也坏不到哪里去了。

我提着一颗心跑下楼，始终没见到放火贼，却发现另一处起火，是那片成了沼泽的水塘。

我心里越发不解起来，放火贼的意图到底是什么？先是在三楼放了把明显不能把我烧死的火，看起来也没留后手；再是放火烧沼泽，目标当然是那具白骨，可这火再怎么烧，也没法达到能把骨头烧成灰的高温呀，更何况那具骸骨基本上是埋在淤泥里的。这放火贼有常识没有？

只是沼泽这把火烧起来，可不像三楼那样容易灭，不多时就会蔓延到前院来，可能还会烧到外面的庄稼地里去。我退出院门，摸出手机报了警。

下午四时许，我穿着新买的衣裤鞋子，站在沼泽边，踩在还蒸腾着热气的草木灰烬上，向警察指出那具白骨的大概位置。几块大面积的木板被扔在已经没有草的沼泽淤泥上，两个拿着铲子的警察跳在木板上，开始往下挖。不多时，就挖到了白骨。

附近有许多庄稼汉都在围观，见到真挖出了死人骨头，一片哗然。

有一些孩童也围着看热闹，这个时候好些父母都捂住了他们的眼睛，呵斥他们回家去，自己却不舍得走开，还想留着再多看几眼。

我往那些孩子身上扫了一眼，瞧见有两个站在一起的十一二岁光景男孩子，脸色有些紧张。紧张和恐惧是两种不同的情绪，其他孩子的表情就是标准的恐惧，他们是被白骨吓到了，都扭头不敢再看，有胆小的还哭起来。但这两个孩子，却偷偷往白骨瞥一眼，又瞥一眼，一副想看又怕被人注意的模样，十分鬼祟。

我不禁多看了他们几眼，发现其中一人的头发间有几根枯草，再看他们的鞋子，在前帮上也有几根枯草茎。联想起那些门上的小小脚印，外加上两次目的性不明的放火，我心里就有了数，向身边的警察耳语了几句。

这些动作并没有多做隐瞒，两个小孩子眼神本就在白骨和警察间飘来飘去，见我和警察说话，眼睛往他们那里瞧，撒腿就跑。

这哪里能跑掉，两个警察追上去，后脖领一抓，他们就不敢再动。一个稍矮的哭起来，另一个壮实点的嘴里嚷嚷："干什么抓我，你们干什么抓我。"

先前在起火的那幢楼里，警察已经采到了些脚印。那楼十几年空着无人打扫，走廊里有风灰还少些，相对封闭的楼道里，每级楼梯上都是很厚的一层灰，脚印清清楚楚，除了我的之外，还有两个人留下的小脚印。这下和两个男孩的鞋底纹路一对应，完全吻合。

当警察给这两个还在上小学的男孩上了手铐，准备带走的时候，人群里一个女人突然哭倒在地。她并不是两个孩子的父母，此时放声大哭，边哭边往沼泽边爬，旁边人拉都拉不住。

她爬到沼泽边，半个身子探出去，后面两个乡亲抓着她的脚，她双手扑打着，嘴里喊："丫头啊，丫头，我的女儿啊！"

下面的尸骨已经被警察挖出了一半，可以见到她死时的姿态，一只手向上奋力升着，头努力抬起来，另一只手横摆着，非常痛苦。

这妇人被抱住她腿的两人合力拉了回去，跌跌撞撞站起来，冲到两个男孩面前，一边撕心裂肺地哭骂着，一边打。两个男孩中有一人的父亲在，连忙冲上来护住自己的孩子，却不敢还手，另一人被警察挡住。

旁边的人就议论开了，这一个村子的乡里乡亲，谁家出了什么事情都知道。妇女这么哭闹起来，顿时就让别人猜到了事情的原委。

原来这妇人的女儿小英，和两个男孩是玩伴。这座空着的精神病院，本就是附近男孩子的游乐场，小英因为和男孩玩在一起，也时常到这里来玩。两年前的一天，三个孩子出去玩耍，只有两个回来。大人问是怎么回事，两

个男孩一口咬定说小英到田里去小解，就再也没回来。他们说的地点离精神病院很远，小英父母根本就没想到，自己的女儿居然是死在这儿的水塘里，一直以为女儿被拐走了。伤心之下，还存了点念想，盼着像有些故事里一样，过个十几二十年，长大的女儿能再找回来团聚。

现在这具小孩的白骨出现，两个男孩又是这般反应，大家都明白了是怎么回事。两年前这三个孩子来精神病院玩，小英不慎跌入沼泽，没被救上来淹死了。两个玩伴怕担责任，竟谎称小英走失。

早晨我在院门口听见的动静，应该就是这两个孩子躲在田里偷看我。估计这件事情已经成了他们的心结，日日夜夜担心被揭穿，常常徘徊在精神病院附近，守护着他们的秘密。我掉进沼泽后发现了白骨，这两个小孩惊恐之下，竟要把我烧死灭口。小小年纪就这样歹毒，固然是长期被这个秘密压抑的缘故，但也让人心寒。

我中午的时候已经在警局做过笔录，不过现在真挖出了尸骸，两个小纵火犯又被擒获，我免不了要再次去警局。

这次却换了一个上了年纪的刑警给我做笔录，他拿着中午的笔录对照，看有什么已经问过的就不重复了。

"你一个人为什么会跑到那儿去？"他问。

"哦，这个前一次已经回答过了呀。"

"小年轻的字写得飞起来，看不明白。"他说。

于是我就只好再回答一遍。我并不准备说谎，原本我一个外乡人，跑到武夷山不游山玩水，反而直奔一个破落无人的精神病院，就是件极古怪的事情，如果说不出个道道来，根本过不了警察这一关。

当然，即便我照实说，听起来也挺离奇，所以我略略简化了一番，压根儿没提阳传良的事情，只说作为杨展自杀时的在场者，想要追踪他自杀的真正原因。从他的前妻那儿得知，十多年前杨展曾经有过强烈的自杀倾向，而这种倾向，可能和武夷山市精神病院有关。

我这么一简化，固然是能说得过去，但中午记录的那个年轻警察，看我的眼神就很奇怪。在他看来，我大概是个不务正业，好管闲事并且听风就是雨的无聊记者吧。

"杨展？"

老刑警没有接着问我下一个问题，而是重复了一遍这个名字。

"是的，你知道他？"

他没有回答，慢慢眯起眼睛，额上的皱纹聚拢到一起，像《星球大战》里的尤达大师。

"最后一个也死啦。"他低声说。

我把这句话听得分明，后脖子的毛"唰"一下子站起来了。什么叫最后一个也死了，究竟死了多少人，究竟当年发生了什么事情。

等我意识到的时候，自己已经从椅子上站了起来，向前走了两步。我看着这个刑警，问："你能不能告诉我，当年在杨展身上，在那个精神病院里，究竟发生过什么事情？"

老刑警却低下眼去，不和我对视。他把面前的本子和笔收起来，拢在手里在桌上顿了一下，站起来说："就问到这里吧，你可以走了。"

他转身先行离去。我不甘心就这么放跑一条大线索，在后面大声问道："您就给我一句话点个醒，不然我找到这家病院，大不了多费点工夫，也能查出来当年发生过什么事情的！"

老刑警停下来，回头看看我，说："你找不到的，因为现在已经没有武夷山市精神病院了。"然后他走出了笔录间。

这个老刑警姓姜，叫姜明泉，离异独居，儿子在北京读大学，今年六十岁，再过两个月，就退休了。他爱抽云烟，但云烟贵，常抽的是红塔山。爱酒，钟情于泸州老窖，有了好酒，就买点小菜，可以回家自己慢慢喝上两三个小时。

今天姜明泉和往常一样，六点半才离开警局。他推着自行车从后门口出去，刚要骑上去，就瞧见了在电线杆子下等着的我。

我拎了个塑料袋，里面有一瓶酒，一条烟，还有两个熟食。

"猪耳朵好下酒，还有点花生。"我说。

他看着我手里的东西，又拿眼瞅瞅我。

"你倒有心，是个做记者的料子。"然后他眉毛一竖，问，"不过，是哪个王八犊子告诉你这些事情的？这嘴还带不带把门的了？"

我忙解释："我托了上海公安的朋友，找到他在福州市局的同学，再转托到南平市刑侦队的陈连发。"

"这老家伙。"姜明泉咕哝了一声。

"要不，咱们找个地方坐坐？"

姜明泉摇摇头，也不说答不答应，伸手去衣服里摸烟。

"我这儿有，我这儿有。"我飞快地把那一条烟拆了一包，递过去。

他接在手里，抽出一支摸出打火机点上，把烟揣进衣服口袋里，吞吐了一口云气，说："别在这儿傻站着了，边走边说。"

"我就是想问问武夷山市精神病院的事情。"

"已经没有啦，1992 年 11 月，所有病人都并到了南平市精神病院。从那时起，就再没有武夷山市精神病院了。"

1992 年 11 月？当年的 9 月，南平市精神卫生中心刚刚对精神病院做过评估，两个月后，精神病院就不复存在了？

"是为什么会被并掉的，在那之前发生过什么事情吧。我了解到在 1992 年至少在精神病院里出过七……哦六宗自杀案呢。"我想起有一个人是在家里煤气中毒死的，不算死在医院里。

"六宗自杀案？"姜明泉嘿嘿笑了几声，说，"老陈的面子，我也不好完全驳了。当年精神病院的案子，就是我查的。说点给你听，也不是不可以。"

我心里一阵激动，等着他说下去，没想到他却沉默了许久，只顾抽烟。

这个时候我当然也没法催，只好等着他自己开口。

抽了半根烟，姜明泉忽地长长叹了口气，说："我本来不想提这件事的，非但不想提，连回想都觉得……"他没把最后的词说出来，大约是觉得有点掉份儿。

然后他自嘲地笑笑，说："这一行干得久了，总会碰到破不掉的案子。破不掉的案子碰得多了，总会有那么一两件，让人打心眼里觉得古怪。我干这行快四十年了，算起来，当年查精神病院那一摊子事情，最让人心里发毛。"

说到这里，他往我脸上瞧了一眼，大约是看我眼睛发亮，一副洗耳恭听惊天大隐秘的模样，说："你也别指望听见什么精彩故事，当年的事情说穿了一句话，有人自杀而已。"

我心里纳闷，问："就是有人自杀？您开玩笑了吧，光是几个人自杀，能让您这个老刑警心里发毛？"

"嘿，当年我可还没这么老。再说，有人自杀，那得看是多少人自杀了。"

"啊，多少人？"我立刻意识到，当年死在精神病院里的人，必然不止六七个。

"多少人啊，嘿嘿。"姜明泉只是使劲吸着烟，并不答话，似是在回想往事，又似在吊我的胃口。如果是后者，那他很成功，我心里就像有十七八只爪子在挠一样，盼着他下一秒钟就说出答案。但另一方面，又有些畏惧，仿佛当年发生过的那些可怖事件，在姜明泉还没说出口的时候，就已经开始散发恐惧的气息了。

我和他默默走着，拐过街角的时候，他已经把烟抽完，将烟头扔在一棵行道树下。我以为他终于要开口，却不料他又点上了一支。

有本事你把我送你的一条烟都抽完也不开口，我在心里想。

然后他开口了。

"这精神病院啊，'文革'的时候就有了。那一阵子，被逼疯的人不少啊，我二舅就是被送在里面，也是自杀死的。这不稀奇，精神病院嘛，当然自杀率高啰。到了一九八几年的时候，隔一两年，那儿就会有病人自杀，最高的一年，1989 年还是 1990 年，一年里自杀了两个病人。这还是死成的，没死成被抢救回来的，那就多了。这都正常，精神病院都这样。"

他说到这里，停下来走进路边的熟食店，又买了一份猪肚子。

"1991 年的时候，精神病院的老院长退休了，调了个年轻的新院长过去，三十多岁，叫金斌。这个人啊，是我们武夷山市本地人，大学考出去以后，毕业就在福州当精神科医生，被市卫生局当人才引进回来了。我们武夷山市虽然小，但是能当精神病院院长，管着几十号人，还是很不错的待遇。他过来以后，有一些新的措施，其中一条，就是让医护人员，得走近病人，努力听听病人的那些个疯言疯语，不要不耐烦，说是这样有利于治疗。他还发明了个称呼，叫什么体验式疗法，嘿，合着他是拿一整个医院来做他的医学实验了。1991 年精神病院没死人，1992 年就不对了，头七个月里死了四个，两个是病人，还有一个医生一个护士。"

"这我知道。"我说，"南平市精神卫生中心还专门派人来评估过医院工作人员的精神状态是吧。"

"你知道的倒不少。那种评估能有什么结果，吃顿饭喝顿酒，还不是一切正常。那两个评估的人也没落好，后来背了处分。哎扯远了，那个金院长啊，

胆子不小，或者说他是在改革创新之路上越走越远，刚刚通过了评估，马上搞了个开放参观。"

我立刻想到了那张印着一双眼睛的宣传单。

"他们印发了宣传单，请市民来参观精神病院，你说这不是发神经吗，疯子有什么好看的。他们单独搞了个参观病区，里面是一些，嘿……"姜明泉顿了顿，像是在斟酌用词，"说是些病情比较轻、没有攻击性的病人，参观者可以在医护人员的陪同引导下，和他们近距离接触。幸好啊，幸好去的人少，他们从当年的 10 月 1 日国庆节开始开放，到 11 月 9 日，一共就只有十七名参观者。"

"幸好是什么意思，这些参观的人出了什么事情？"我心里隐约已经有了答案，但还是情不自禁地问了出来。

姜明泉却没有直接回答："我们局里，是从 10 月 5 日介入的。我们这座小城，别看平均收入不高，但大家各有各的活法，日子都过得挺瓷实的，不提精神病院，几年都见不着一个自杀的。每次要是出了件自杀案，嘿，那背后准有什么小道消息，传得满城飞啊，得念叨好久呢。所以，那年 10 月份一下子出了这么多的自杀案，谁都觉得不正常啊。本来那么明确的自杀案件，我们是不会查的，但这么密集，也太幺蛾子了。案子是派给我的，我就一家一家的摸情况，起先压根儿就没往这上面想，问的都是收入啊感情啊，一般自杀不都是因为这个吗。但大多数自杀的，都没这种问题。然后再想起来问自杀前去过什么地方，这一问啊，嘿，武夷山市精神病院！"

这是个已经被我猜到的答案，但此刻后脊梁还是"唰"地掠过一片阴寒。

"每个自杀的人都去过，有的是前一天去的，有的是当天去的。都是这样，也就是说，只要参观过，要么当天要么第二天，都自杀了。而且那个决绝哟，有三个被救过来了，你猜怎么着，接着死！我就没见过这样的，一般来说，自杀的人死过一次，被救醒了，尝过那种滋味，都不会想着要再去死。等我确认事情和精神病院有关系，已经到了 9 日，又死了两个。"

"你是说，所有参观过精神病院的人，都自杀了？"

"差不多吧，当年还剩下一个，不过现在嘛，一个都不剩啦。"

他说的，当然就是杨展。

"这么说，这一系列的自杀案，和那个金院长有关系啰。"

我这么问，想来姜明泉应该毫不犹豫地点头称是，没想到他迟疑了一下，才说："应该是和他有关系，但到底有什么关系，这些参观的人好端端为什么一个接一个地自杀，还是说不清楚啊。"

我奇怪了，问："可你们难道没有审那个金院长吗？"

"审？那些人是明明白白自杀的，没有人把他们推下楼，也没有人按着他们的脖子往刀上撞，我们凭什么就把姓金的抓起来审？当时我第一步，先让他们把参观停了，打算接着再多了解了解情况。谁想，11 月 10 日，金斌也自杀了。"

"啊！"

"非但是金斌，整个负责操办参观活动、管理特殊病区的医生护士，其他病区的医生护士，甚至门诊挂号的，一整个医院的员工，共二十六人，全都在第二天自杀了。"

姜明泉说着直摇头："你能想得到吗？能想得到吗？当时我都傻啦，所有听到的人都吓傻啦。一整个医院，全都空了，全都死了！"

我一句话都说不出来，完全被震慑了，毛骨悚然。想象当年笼罩着武夷山市精神病院的气氛，真是恐怖诡异到了极点，两个病人、两个医护的自杀才刚刚是个开始，再是十六个在医院短暂停留的参观者回家后迅速自杀，最后包括院长在内的二十六个医生护士于同一天自杀。想想那些尸体被发现时的情形，死法各有不同，却全都是自杀，一精神病院的尸体。而所有的自杀，都是突兀的，找不出任何理由。

就和杨展及阳传良的自杀一样，毫无理由，毫无端倪。

怎么可能会有这种事情，仿佛受了集体催眠一样。

姜明泉长吁了口气，看得出来，直到今天，这件百思不得其解的奇案还压在他的心头。

"这二十六个人一死，线索就断了，但上面反而更加催逼我要找出原因。到了那个时候，要说这一堆自杀案没有一根线连着，谁也不相信啊。那几天真是一片混乱，所有医护人员都死了，病人怎么办啊，从其他地方再调人也不行，调几个人根本撑不起这个医院，也不敢撑这个医院，最后南平市卫生局拍板，紧急把病人都转移到了南平市精神卫生中心去，算是合并了。在那之后，就再也没有武夷山市精神病院啦。这事情安定了，我们再和市卫生局

联合起来，想找出这一连串自杀的真相。"

"看来是没找出来了。"我说。

"也不能这么说。"

我倒吃了一惊，我还以为这件事情到现在，依然是个不解之谜呢。

"当时最后我们是有一个结论的。但是这个结论呢，不太可信，至少我是不相信的，没有那么简单啊。"

我等着姜明泉说下去，没想到他却不说了，我只好问："那当时的调查结论是什么呢？"

"不能说。当年我们和卫生局有约定，这件事情就到此为止，调查内容不对外公布。如果不是老陈的关系，我连刚才那些都不会讲。不过想想，那些事情你自己花点力气去查也能查到，就帮你省点工夫了。要是再说，嘿，就不地道了，不能再往下说啦。"

我愕然。

"这事情你又不能写在报纸上，要知道得这么清楚干什么呢。再说了，那个调查结论，我都觉得荒唐，觉得不靠谱，知不知道一个样。"

"这话不能这么说呀，您看您都把我吊到这儿了，现在这上不下不的。"

"反正我是不能往下说了，答应过的事情，不能当放屁。卫生局啊，也觉着要是宣扬了出去，太不是个事儿。但你要是真熬不住那份好奇……"

"哎您就说吧。"

"我是不能说的，话不能从我嘴里出去，这是我的原则。你不是记者吗，你不是挺能寻根挖底的吗，你自己采访去呀。"

我苦笑道："你自己先前也说了，最后一个都死了，我去采访谁呀。"

"那当年我们不是一样，我们怎么查的呀？好吧给你提个醒，精神病院里的医生护士是都死光了，不过呢，在精神病院里，除了病人和医生护士，还是有其他人的。行了，就到这儿吧。"

说着，他跨上车，扬长而去。

"哎，给您的烟酒还有猪耳朵！"我喊道。

他拍拍衣服口袋："一包烟，足够了。"

我拎着本打算给他的东西，看着他迅速远去的背影，原来他一开始就没准备要我的东西，所以才给自己另买了猪肚子呢。告诉我这些事情，拿一包烟，这还真是个有意思的人。

这个挺有意思的人，说的事情可和有意思差了十万八千里。当年武夷山市精神病院一共死了多少人哪，四个加十六个加二十六个，一共四十六个自杀者。

如果再加上杨展，就是四十七个人。

这一刻，我忽然一闪念。人的闪念常常是毫无逻辑毫无理由的，所以我不是在想这四十七个人为什么自杀，也不是在想一所医院里除了病人和医护人员还会有谁，而是想到了阳传良写在小本子一角的那两行字。如果历史是不确定的，如果历史是在不断变化的，难道说，曾经自杀的人，未必是四十七个，可能是四十八个，也可能是二十八个吗？

"荒谬。"我在心里说。

第六章

紫色的梦境

Chapter 6

我在武夷山市找了家经济型酒店住了一晚。我仿佛想了一整晚，又或者是在梦里想，一个精神病院，除了医生护士和病人，还会有谁呢？

还会有谁呢？我刷牙漱口的时候继续想。想不出。

没人了呀，医院里可不就这么两种人——医生，病人。更何况精神病院是个封闭的空间，也没别人会往那里跑。

家属？我早就想过，也早就排除了。精神病院不像其他医院的住院部，探病的家属少，偶尔有来看看的，也待不了多久就走，不可能知道内幕。

九点刚过，门铃就响了，是客房服务，来收拾房间的。我开门让他们进来，我还没想好要不要续住，因为我还没有破解姜明泉的谜题。

酒店小，服务员态度倒还不错，手脚也麻利，只是越做越心慌，最后小姑娘还打碎了个杯子，手忙脚乱地收拾好退出去，临出门狠狠瞪了我一眼。

这不怪她，哪个女服务员被客人直愣愣地盯几分钟，都受不了。

服务员把门关好，我一拍大腿，猜出来了！

就是服务员啊。或者说，是服务人员，比如看门的呀、打扫的呀、做饭的呀，这些工作，不可能由医护人员兼任。而这些人员，长时间在精神病院里，要说没自杀的人里有谁了解内情，就只有他们了。

我出门打了辆出租车，还是去赵村路。因为据我的经验，像这种远离城区的机构，多半会就近找服务人员。

也许这座城市的大多数人，都已经淡忘了十多年前，在城郊有这么一座精神病院。毕竟当年的连续自杀案件，为避免造成恐慌，被有关部门强力压下来，知道的人局限在一个小圈子里。可是武夷山市精神病院所在的赵村，却没有人会忘记曾在这所医院里发生过的恐怖事件，村里的许多人，甚至在那一天亲眼目睹了吊死在窗户外的三个白大褂，也都看着警察是怎么从楼里抬出一具具尸体的，那一天的尸体啊，仿佛永远都抬不完。

所以我很容易地就验证了我的想法，精神病院的看门人、清洁工和厨师，的确是外请的，而且请的就是村子里的人，还是一家人。老公当大厨，老婆搞清洁，老头儿看门。

赵村人当然都姓赵，我依着指点，顺着赵村路往里走，走过空无一人的精神病院，再往里，有一圈农家小楼，从两层到四层楼不等。这一家是幢三层的房子，中等富裕程度。

差不多每家每户都养猪，猪圈就在楼前。我掩着鼻子走过去，院门开着，房子的正门也开着，正对着个大客厅。

我一眼望进去没瞧见人，敲了敲门，无人应。然后我才发现有个门铃，按下去，一串"铃儿响叮当"的乐曲响起，只是音色单调音量过大，听起来有些刺耳。

还是没有动静，但就这样闯进去，明显不妥。我站在门槛前，半个身子探进去，想把里面看看清楚，然后听见楼梯上有人的脚步声，连忙规矩站好。

一个干干瘦瘦的老头儿走下来，神色抑郁，语气不善。

"你找谁？"

"这儿是赵权富家里吗？"

"你是谁？"

"你好，我是上海《晨星报》的记者，我想……"我话才说了一半，老头儿就飞快地把门关上了。

我愣在那儿，想不通这老头儿为什么对我这样抵触，连我的来意都不听，就把门关了。我搓了搓手，又轻轻敲门。

"走，没啥好问的，不接受采访。"老头儿的声音隔着扇门依然火爆，如果门开着，肯定得把唾沫星子吹到我脸上。

要不还是先走访一下赵权富的左邻右里，问问赵家如今是什么情况，为什么这么抵触记者。

主意打定，我返身往邻家的楼房走去，再次掩鼻走过猪圈的时候，和一个胖胖的中年妇女擦肩而过。她的目光在我脸上逗留了一会儿，而我似也觉得她有些面熟。又走了几步，我想起这条路是只通向赵权富家楼前的，回头

一看，她果然停在了门口，正掏钥匙呢。

我连忙快步回去，招呼她说："等等，请问这是赵权富家吧。"

她回头，又一次很仔细地打量我，脸上露出奇怪的表情，让我把后面的话卡到了嗓子眼儿说不出来。

怎么是一副心虚的表情，还有些畏惧？

"您，您是？"

她用了"您"这个字，她肯定很少用这样正式的敬称，以至于听起来十分别扭，造作得很。

不知道她为何这般情态，我把怀疑揣在心里，回答道："我是上海《晨星报》的记者，我叫那多。"

还没等我往下说，她就惊呼了一声："啊，您，您是记者？"

这时候老头儿听见动静，来开了门，见到我还在，把眼一瞪，似是要赶我。不想女人却堆起一脸的笑，把我往里面迎。

"哎，您进来坐，进来坐。这真是，这真是，太对不起了。哎哟，您还是记者啊。这真是……"

我心里越来越纳闷，至于这么手足无措吗，像是做过什么对不起我的事似的。

"您稍坐，我给您倒茶去。"

老头儿碰了碰女人，压低声音说："他是记者啊。"

"爸！"女人白了她爸一眼，老头儿还是没明白怎么回事，叹了口气，说："那我去倒茶吧。"

女人走回来，却不坐下，站在我面前期期艾艾的，半天支吾出一句："您没被烧着吧，看起来没事哦，那真是万幸啊，万幸。"

我听了这话，又仔细瞧这女人的脸和身型，忽然想起，先前在警局时，见过她一眼。但她那时一把鼻涕一把眼泪，脸看上去和现在有些不同。她就是那两个被铐走少年其中一个的母亲，好像那个高大些的孩子是她的儿子。怪不得见到我这么心虚呢，她是把我认出来了，以为我兴师问罪来了。

一瞬间，我有些明白了事情的源头。这一家当年经历了精神病院的巨变，那几十宗无法解释的自杀案，很难不有些怪力乱神的想法，肯定视其为禁地，严禁自家儿子上那里去玩。但男孩子嘛，家长越是禁止，冒险的兴致就越是浓厚，反而往禁地跑得更起劲。最后出了这么档子事情，也与此不无关系吧。

这些念头在我心里一转而过，表面上不露声色，说："倒是没有什么严重的烧伤，但是差一点啊。一念之差，我要是从窗户跳下来逃跑，至少是个骨折，现在就是在医院里啦。哎哟，你们家这孩子，年纪这么小，怎么这心思……他这是要烧死我灭口啊。"

老头儿端了茶杯正走过来，听见我这么说，手一抖杯子掉在地上砸得粉碎，滚水四溅。他这才明白，我这个记者，不是来采访他孙子纵火烧人的记者，而是被他孙子纵火烧人的记者，是苦主啊。

老头儿三两步走到我面前，扑通就给我跪下了，老泪纵横。

"咱娃儿对不起你啊，我给你跪下了，他年纪还小，你给他一条路吧，让他好好改造。"

我连忙站起来，还没等我去扶他，旁边的孩子妈也跪下了。

原本呢，我这个受害人的想法和要求，对他们家孙子受怎样程度的处理，是有挺大关系的。他们两个这通跪，一来是心里歉疚，二来也是希望能大事化小，我不要多作追究。

他们是把我当成上门兴师问罪的了，可其实我是才知道，这么巧居然两件事碰上了。那两个小孩虽然心思歹毒，但毕竟年纪还小，今后的路还长，压根儿就没想着要追究。在警局里我就对警方说了，我不恨这两个小孩子，所以该怎么处理依法办，包括赔偿什么的，我都没有要求。

但现在这样，倒正好方便我问当年精神病院的事情。他们欠着我的，还能不问一句答一句？

我把两个人扶起来，好声安慰，说自己并不是来要说法的，孩子小着呢，谁心里能不有点私心杂念啊。

两个人心里稍定，老头儿把地上的碎杯子收拾了，急着去重新泡一杯茶。孩子妈屁股沾了一半椅子，小心翼翼地坐着，满口地称颂我宽宏大量，大城市出来的眼界宽，等确认了我来自上海之后，又说上海好，上海货好，上海人好。老天，我多少年在外面没听人夸过上海人好了……

她是在等我开口呢。我这苦主上门，口口声声不计较她们娃儿干的歹毒事情，不就是为了求点什么来的吗，否则我来干吗？她不能先提啊，先提就弱了，被我狮子大开口，怎么受得起，所以在这儿先用好言好语来堵我的嘴呢。

我笑笑，我却不是为了这种事情来的，有什么开不了口的。

"其实，我今天来，是为了另一件事情。"

"啊？"妇人松了口气，却又有些诧异。

"1992年，精神病院关掉之前，你是不是在里面搞清洁卫生？"

"是啊，你……你要问的是这精神病院的事？"她又换了一种不安的神情。这种不安不是因为心里藏着什么怕被发现的秘密，而是对某种恐怖事物的畏惧。

老头儿把茶端到我面前，她用略低的声音说："爸，记者……是来问医院的事儿的。"

老头儿原本脸上堆着笑，一下子僵住了。

"那个鬼地方？太邪了，那可真是个鬼地方啊。"他喃喃道。

"我知道，十几年前，那儿死了四十多个人，都是自杀的。你们一家人，当时都在里面工作吧。"

"是啊，我，我男人，还有爸，都在里面做活。"女人说，"那个时候都想，一医院的人都死光了，我们能活下来，真真是运气。没想到落到我儿子头上，他肯定是中了邪呀，否则怎么又能干得出这种事情。"

"是挺邪的，"我顺着她的话说，"你们当时在医院里面，应该对那些医生护士和病人，比较熟悉了解的吧。"

"我是没有多少接触，我就是看个门。我儿子也是，只管烧菜做饭。倒是娟子，打扫卫生要楼上楼下地跑，和那些人总得有些来往。"老头儿说。

娟子——我这么称呼她就有点奇怪了，但姑且这么指代吧，她点头说："两幢楼呢，还有那么大的院子，我一个人哪里顾得过来，几个护士轮着班和我搭，这才能勉强把活干完。有时候，一时人手不够，我也得上去搭把手按住些个发狂的病人，让护士好给他打针。我其实差不多就能算半个编外护士呢。日子长了，对医院的情况啊，也知道一些。"

我心里说了一声果然，当年姜明泉和卫生局的合作调查组，肯定就是在她这里打开缺口的。按理我只要问她，当年警察都问了她些什么，她又是怎样回答的就行。但我又担心警方是否向她下过"封口令"，我这一提醒，她万一反倒不说了，岂不糟糕。反正既然姜明泉能问出个究竟来，我一样也行。当了这么多年记者，采访过形形色色的人，这点信心总是有的。

"我们报社呢，要做一期特刊，回顾二十年来，中国发生过的最最不可思议的谜团。"我瞎话张口就来，欺负面前的两人不熟悉国家的新闻出版政策。《晨星报》尽管不算个大报，但也绝不可能做这种哗众取宠，甚至有点怪力乱神的专题报道。

老头儿和娟子在我说话的时候，都很认真地听着，边听边点头。

"来之前呢，我已经做过些调查了。我想，那些自杀的参观者，你们应该是不熟悉的，但是医院里的医生护士，平时总有些交往，能不能说说，在自杀前他们有什么特异的表现吗？"

老头儿咳嗽了一声，说："警察吧，都说他们是自杀死的，我这心里头，总觉着瘆得慌。哪有扎堆这么自杀的，你是没看见，那天医院里那些死人的模样啊，飘飘荡荡就挂在楼外面了。最先发现的赵大麻子家的闺女，愣是吓尿了裤子，在床上歇了半个多月才好哩。邻村的王大仙来看过，说有不干净的东西，但是他道行浅，驱不走。"

娟子赶紧推推他，不好意思地冲我笑笑："我爸年纪大了，总爱信那些个啥，这您可不用往报上写。"

"当然当然，我知道的。"

"金院长他们自杀的前一天，有好几个警察来了医院，然后院长就通知我们，这两天不用来医院上班了。没想到，转眼第二天他们就都死了。要说有什么不正常的表现，嗯，说有也有，说没有也没有。"娟子说。

"这怎么讲？"我问。

"说没有吧，他们自杀前的这些日子，我觉得和平时也没什么不一样。说有吧，我觉得他们平时一贯，就有些特殊。"

我来了精神，说："特殊在哪里，你给我说说吧。"

"嗯，这也是打金院长来了之后才开始的。这精神病人吧，我觉得真是不能多处，处得多了，自己也要变疯子。"

"你是说，金院长推行体验式疗法以后，你就觉得那些医生护士变得奇怪了？"

娟子点头，说："对的，体验式疗法，是这个叫法。你说正常人去体验一个疯子的想法，那不得把自己也搞得不正常嘛。就这么过了小半年，我发现他们总是集合在一起开会。"

"业务会？"

"我看不像。他们也不特别避着我，有几回我听见几句，像是说梦什么的。"

"什么？"我没听清楚。

娟子有点犹豫，我微微皱了皱眉，老头儿眼神很好使，对儿媳说："说吧，那记者这么跑一次，说险死还生有点重了，那也得算虚惊一场，总得让人家带点什么回去不是。那么些年过去了，谁还会……"

他这话没有说完，但意思到了。

娟子听了这话，冲我笑笑，说："说老实话，当年呀，警察也来问过我们这事情，完了还叮嘱我们把嘴守严实了，别再说出去。您这回去一写稿子……"

"你们放心，我肯定不会对人透露消息的来源。"我保证道。

"行，咱们都是实在人，信你。金院长他们开会的时候，像是在讨论做梦。医院里的病人各种各样，有一些人说着说着就会打人，打别人也打自己，暴躁得很。金院长搞体验式治疗，但也不能让自己挨打是吧，所以他们总找些病情比较轻的人聊天谈心。在这里面，就有好几个疯子，他们觉得自己是生活在梦里的，咱们这些人对他们来说呀，都是梦里的人物。"

"这不是跟庄周梦蝶一样了嘛。"我说。但也不奇怪，正常人在某些时候，都会发出"如在梦中"的感叹。那些神智不清的疯子，分不出现实与梦境的区别，并不是什么稀罕事。

"是呀，不过他们是真疯的，和庄子可不一样。"娟子也知道这个典故，同意地说，"金院长他们开会，说做梦的事情。最先我还以为，他们在讨论病人的病情，讨论怎么才能把他们医好呢。可是后来我发现，他们……他们……他们好像和那些疯子一样，也觉得自己是在一个梦里。"

说到这里，娟子情不自禁地打了个寒战。

"一开始我以为自己听错了，因为他们平时还挺正常的，没有一点病人的疯劲。可是后来我又听见几次，他们一本正经地在说这个事儿，不像是在开玩笑。再后来有一回，我瞧见金院长和王医生在楼道的拐角那儿吵架。吵架的内容奇怪极了，我打旁边过，听见这么一句，金院长很不高兴地对王医生说'那在你看来，我也是假的啰，我也是虚构的，是不存在的啰'。然后，王医生居然很坚决地说'是的'。过了两天，王医生就跳楼自杀了。"

"这个王医生，是不是叫王剑？"我想起在那份被折成纸蛙的报告中，曾经看到过对他自杀的解释，好像是说他原本就有感情问题，想不开才自杀的。

"是的。"娟子确认了我的猜测。

"所以你觉得，王医生的死和那次争吵有关？甚至他因为觉得这个世界是个梦，想要从梦里醒来才自杀的？"

"我拿不准，搞不清楚。我不知道他们为什么要吵架，明明金院长之前几次开会的时候，也像是中了邪一样，觉得自己生活在梦里，那为什么还要和王医生吵架呢？他们可是中的一个邪呀。"

我拿大拇指揉着太阳穴，娟子说的这些话，荒唐得有点超出我的想象了。自金院长以下，都觉得自己生活在梦中？然后金院长还和王医生因为"理念不合"吵架，之后王剑就自杀了？

然而我忽然之间，想到了一些细节。

杨展自杀之前，说"一切都是虚妄"，并且重复了三遍。而阳传良死前，在出租车上的时候突然自残，只为想试试"痛不痛"。这都和梦有几分联系，他们会不会都觉得，自己也是生活在梦里？

"王医生自杀的当天，金院长就组织所有医护人员又开了个会。我不方便听具体的开会内容，但是开会的时候，金院长在会议室前的黑板上写了几个字，我瞧见了，写的是'让更多的人看清这个世界的真相'。"

"他们开会都说了些什么？"

娟子摇了摇头，说："我没细听，绕开了。老实讲啊，自打我觉得他们开始变得不正常以后，就不敢往他们那儿凑了，别什么时候搞得自己也疯了，谁知道他们中的是哪门子邪呀。知道他们开会，每个人一杯茶倒好，我就躲得远远的。"

我觉得有点可惜，不过这一连串自杀案的确透着邪门儿，娟子的独善其身也是人之常情。

"这会开了不多久，金院长就筹备起开放参观的事儿了。你猜怎么着，他们划出来的参观病区呀，里面那些个病人，全都是以为自己在梦里的病人。"

"整个参观病区的所有病人都是？一共有多少病人，你先前不是说，只有几个病人有这毛病吗？"

"大概有那么九个、十个人。金院长刚来那会儿，好像是就五六个这样的

病人，这疯病哪，也传染。"

"那后来真有人参观时，你在不在，这个参观具体是什么样的？"

"我只知道个流程，他们先把参观病区的墙啊、窗帘的颜色都换了，换成了紫色，可让人不舒服了，在里面待多了，就有点晕。"

"等等，我怎么没看见被刷成紫色的房间……哦，难道在东边那幢的四楼？"我也就那一层没上去过，因为刚到三层，就被她家的孩子放火堵屋里了。

"是呀，就在四楼，那儿的半层都是参观病区。"娟子说。

紫色向来是代表神秘的颜色，任何一种颜色，都会对人的心理产生微妙的影响，比如红色让人兴奋，蓝色让人放松，灰色让人消沉，而紫色则有一种迷幻的作用，身处紫色的世界里，也容易让人放松，但这种放松和蓝色不同，更近乎精神的涣散，仿佛所有的能量都被紫色的神秘力量吸引到某个未知的地方去了。

"等到有人来参观的时候，就被带到四楼的参观病区。先是和一个病人谈一会儿，然后去旁边的房间看投影片，之后金院长介绍情况，再由金院长或别的医护带去特殊病区的其他房间参观，和里面的病人谈话交流。"

"那是个什么内容的投影片？"

娟子摇头，说："我不知道，我就有一次瞧见过开头，一堆颜色转来转去，转得我发晕，就不看了。但是之前我看见金院长拿着个小摄像机在医院里四处拍，主要拍病人，就是那些病人，做梦的病人。让他们在镜头前念叨来念叨去。所以我想，这片子应该就是这点内容吧。"

不用问，这些病人念叨的话，就是他们平日一贯说的疯言疯语：他们在梦里，所有的人都是虚幻的。

先和病人交流，再看介绍片，听院长介绍，又和病人交流。这样的四个环节，有点奇怪。因为多了一环。正常情况下，不应该有第一环，从第二环开始才对，本来最后就有和病人的交流环节，重复了呀。但娟子并不知道更多的内情，所以我无从推测第一个环节存在的意义。

"每次来人参观，花上三四个钟头不稀奇，最长的一个，早上七点多进楼，到下午一点才出来。一个个都失魂落魄的，一副自杀相。"娟子说。

"啊，你那时候就看出他们会自杀？"我惊讶地问。

"哪儿啊，我哪有这样的本事。但他们每个人离开的时候，都心不在焉的，我就看见两个人，还没走出精神病院大门，就绊了一跤。"

娟子所知道的事情，就止于此了，老头儿也没有更多的补充。想必当年的姜明泉，也就只问出了这点吧。此刻我完全明白了他的心情，说起来，这一连串的自杀案都有了答案，但这答案也太……

根据娟子所述，我在心里总结了一下。最初武夷山市精神病院中有几个觉得自己生活在一场梦里的精神病患者，自从医院换了新的院长，开始体验式治疗后，医护人员和这些病人近距离接触，没有治好病人，反被病人影响，也觉得这个世界是一场梦。随后，他们希望更多的人能明白这个"真相"，广邀市民来医院参观。于是，参观的人也被他们影响，以为自己身在梦中。最后，这些人为了从梦中醒来，纷纷自杀。

这就是答案，一个没有说服力的答案。

我能理解有精神病人觉得生活是一场梦，我甚至可以试着理解医护人员和病人过多接触之后，天长日久，被病人影响，也觉得自己身在梦中。但是，参观者在短短三四个小时的参观后，也会相信这样荒唐的事情，就超出我理解的极限了。而且不是一个参观者，是整整十七个人，全都是这样！从杨展当年的反应来看，如果不是遇上了舒星好，他也早就自杀了。

这简直像有一个魔咒在起着作用。被下了咒的人，就会把生活看作一场梦，然后自杀。

所以，姜明泉才说，虽然调查有了结果，但他却没办法相信，以至于十多年后都对此事耿耿于怀。

但让我觉得纳闷的是，当年的许多事情，用"为了梦醒所以自杀"来解释，竟真的能解释通。比如杨展为什么没有死，就是因为碰上了舒星好，并且很顺利地建立了恋爱关系。正如人在做梦时，碰上了噩梦，当然希望快快醒来，但做了美梦，却希望永远也不要醒。当时杨展虽然因为参观精神病院，以为自己身在梦中，但这是个美梦，于是他自杀的欲望就没那么强烈了。等到日子一天天过去，他在精神病院里受到的影响也一天天减弱，最终完全消失，后怕之后，对生命格外珍视。当然，他最后还是自杀了，这里面应该另有原因。

再比如王剑为什么要先自杀，他和院长的分歧在哪里，我也大概猜到了。

王剑认为，除了自己之外，其他人全都是梦里的虚幻人物，包括金院长，所以他自杀起来，毫无顾忌。而金院长及其他大多数人，却认为所有的人都是真实的，就像电影《骇客帝国》里一样，人的意识是独立的是真实的，但整个世界都是虚幻的。所以金院长搞了个参观，想在自杀之前，让更多的人能明白"世界真相"，从梦中醒来。当参观被强令阻止，他们在这个梦里再没有什么"牵挂"，于是就都自杀了。

在离开娟子家的时候，我忽然记起一事，问他们有谁曾经给杨展写过信，都说没有，连杨展是谁都不知道。武夷山市精神病院的信封倒是还有一些，当年医院统一印制了许多，大家随便拿的。我顺嘴问了娟子老公的情况，原来去了福州打工，在一个小饭馆里掌勺儿。连娟子都没听过杨展的名字，她的老公当年只管做饭，和医生病人接触得比娟子少得多，更不可能会给杨展写信了。

可是当年，所有的医生护士都齐刷刷跳楼死了个干干净净，除了娟子一家，还有谁会有这种信封呢？难道是搬医院的时候，信封流落出去了？

第七章

死亡恶作剧

Chapter 7

天气预报说，北方有强冷空气南下，江南大部将受影响。我从福建回到上海，正迎头撞上。霏雨裹在绵软阴冷的风里，从袖口和领子里钻进来，和武夷山仿佛两个季节。我想起了 3 月 29 日那晚露台上的寒风，今天却似要更冷些。

又是火车回的上海，又是火车上过了一夜。说不清楚到底有没有睡着，介于梦与非梦之间，车轮压过钢轨的"喀嚓"声一直在耳边徘徊，意识却像是游离在这个世界之外。走出站台的时候，踩着的地面好似海绵伪装的，起起伏伏，有种不真实感。

这是参观武夷山市精神病院归来的后遗症吗？

进报社的时候，正好七点整，连前台都没上班，新闻大厅的鸽子笼里空空荡荡，竟一个人都没有。值夜的编辑在旁边的会议室里打地铺，听见动静，撑起脑袋隔着玻璃看了一眼，又继续睡觉去了。

我整理了一下堆在桌上的信和快递件，没什么急需采访的。上网收了几封通讯员的稿件，润色后丢在部门的公共稿库里。记者这份活儿，想偷懒可以很轻松，想认真可以很辛苦。呃，好吧，其实我在大多数时候还是挺认真的。

之后……我被桌上的分机铃声吵醒，然后才意识到已经趴在台子上睡了很久。耳中传来各种声响，这才是新闻大厅的正常声音，想必过十一点了。

挣扎起来的时候，电话已经不响了。我看了看表，十二点十七分。呆呆坐了几分钟定神，感觉自己一点点和周围的世界连接起来。这几小时的睡眠，比昨晚火车上要深沉得多。

于是我意识到，应该再找一次黄良。

奇怪的是，理由是在答案冒出来以后浮现的，就好像我先抓起了线头，再顺着线头看见那根连到我另一只手里的线。

黄良上一次说谎了。

我当时就觉得，他和杨展之间，不像他说的，就只有那么一次接触。

对十八年前那场声势浩大的"自杀活动"的解释，并不能让人信服。但以现在掌握的情况看，也只有暂且接受这样的解释。那么，当杨展险死还生，从自杀的梦魇里逃脱出来之后，这段记忆必然成为其心中永远抹不去的伤痕。在多年之后，在他无比痛恨另一个人，并且希望他消失在人世间的时候，会怎么做呢？

他一定会想，如果这个人如自己当年一样，自寻短见，该有多好。这就会是个无人能破的完美谋杀，哦不，是自杀。

杨展与武夷山市精神病院的关联，只有那一次参观，短短三五个小时。他起自杀的念头，也必然是因为这三五个小时里的所见所闻所遇，如果阳传良去了参观，也是十七人中的一个，那么他没可能例外，一定也会有非常强烈的自杀冲动。然而十八年过去，如今武夷山市精神病院已经成为一个无人知晓的历史名词，杨展怎么可能让阳传良穿越时空，去参观武夷山市精神病院呢？

只是，真的没有可能吗？

我和黄良还是约在上次见面的地方，我先到的。约定时间过了二十分钟，他到了，笑嘻嘻的一脸轻松。

"刚给帮小姑娘上完课，急着赶过来。有什么事得当面说呀？"

"我今天来，是受了舒星好女士的全权委托。"我随手扯了张虎皮作大旗。

"舒星好？谁啊，我不认识啊。"

"阳传良是她的亡夫。"

黄良的表情微微一僵，说："阳传良？我也不认识啊。"

"去年12月18日，有人在安阳看见你了。"我说完这句话，死死盯着黄良的脸。

"怎么可能，肯定是看错了，那天我在上海呢。"他耸耸肩说，表情自如。

"你那天在上海？"

"对啊，你不相信？我从早到晚打牌输了两千多，要不要我把牌友找来让你问？"

我摇摇头，叹了口气，起身就走。

我这么拔腿就走，黄良却有些慌了，在后面叫道："你去哪儿？"

我停下脚步，回头瞥了他一眼，说："其实你那天在不在上海，查起来是很方便的。不过我也没那么多工夫去查你，既然你不配合，那么我就把我掌握的东西都交给冯警官好了。"

冯警官就是负责杨展自杀案件的刑警，我和黄良的第一次见面，就是他帮着约的。

黄良几步蹿过来拦住我，满脸堆笑："那老师，哎，我也是有苦衷的，来来，我们慢慢谈嘛。什么事情都好谈的嘛。"

"你不是那天在上海吗，那还有什么好谈的，可能是我的线人看错了。"

黄良额头冒汗，说："哎呀，明人不说暗话，瞒不过您，来来，我们坐下谈，我都告诉您。我也是受害人啊，我怎么就摊上了这档子事啊。"

他哭丧着脸哀叹，我明知他是作戏，但他这么诚心诚意地给了台阶，我也就顺着下了。

"我知道你那天在安阳，我还知道你那天演了一场戏给阳传良看，对你们这些人来说，演精神病人大概是最没难度的事了吧。"我不想他再要什么花样，索性把我有把握的一些猜测都点明。

"得，你都知道这么多，刚才和我直说得了，这不是明着让我出丑吗？"黄良这会儿姿态放得极低，语气很软。

"有些我知道，有些我不知道。你要是光捡我知道的说，我就去找冯警官了。"

碰到这种不识相的老油子，得赤裸裸放话过去才行。

黄良赔笑说："我哪知道什么您知道、什么您不知道啊，我原原本本说给您听，要有一个字不是真的，我是他妈狗养的。"

我点点头，心里却越发地厌恶他的人品。

"我没做什么犯法的事儿，这都是杨展那家伙哄骗的，现在他也死了，您可别告诉冯警官啊。去年12月头上，杨展找到我……"

黄良办表演培训班，印制了许多小广告，雇人往附近小区的信箱里塞，

杨展就是这样找上他们的。

"我一开始还以为他是帮小孩来咨询的,问许多关于表演的问题,想知道我的团队能力怎么样。那老师你也是见识过的,我还有那几个朋友,演起戏来那是一流的。而且客户问上来,当然就是怎么好怎么说了。结果问好了,他说要请我们演一场戏,说是要弄个恶作剧来捉弄一个朋友。"

黄良挠挠脑袋,笑了笑说:"办班是挣钱,陪他演场戏也是挣钱,而且他出的钱可还不少呢。我想又不违法乱纪,就答应了。"

杨展的所谓恶作剧,果然就是找人假扮一家精神病院!

据黄良说,杨展自己已经写好了非常详细的剧本,绝大多数的台词都已经准备好了,他还要求先拍一段短片,短片的本子也是他自己写的。

我有理由相信,台词也好剧本也好,并不是杨展乱编的,而是早就存在于他最深处的回忆里,是他十多年前的亲身经历。

"他写了厚厚的一本,老实说,写得还真不错,省了我们不少力气。"黄良说,"我们排了有一个多星期,碰到什么问题该怎么回答怎么配合,有哪些话是必须说的,有哪些话是不能说的,等等。他这个导演严得很,特别是对台词,有一点点不合他心,都要指出来。看在钱的份儿上,我们就陪着他折腾。"

"你们一共几个人演?"

"我演精神病院的院长,还有一个医生、一个护士、五个病人,总共八个人。"

"你们这八个人……还好吗?"

"什么?"黄良没明白我的意思。

"呃,我是说,你们演精神病人,会不会太入戏出不来?"

黄良大摇其头,说:"怎么会,我们都是专业的,能进能出,进出自如。"

这么说,演戏的这些人都没有受到自杀意识的侵袭,那阳传良怎么就……

他们在安阳租了个场地,做了块"安阳市精神病院"的木牌,然后又印了张宣传单,找到阳传良的酒店房间,从门缝里塞进去。

黄良向我大致形容了一下宣传单,听上去,几乎和十八年前的一模一样。阳传良的梦想就是厘清历史的真相,那几天又为曹操墓里的许多疑点迷惑着,宣传单上说疯子的思想可以让正常人触类旁通,他一下就听进去了,真就按照宣传单上的时间和地址,找到了"安阳市精神病院"。说到底,杨展和阳传良都是一类人，在自己的领域有自己的执着，所以杨展是很确信，阳传良看到这张宣传单会上钩。

黄良和他的团队此前已经排了一个多星期，在真正开始之后，完美地按照剧本，上演了一出"访客参观精神病院"的戏，阳传良自始至终，都没有怀疑。

"那阳传良结束这通'参观'以后，精神状态是什么样的？"我问。

"他好像有些困惑。整出戏，我们都在不停地告诉他，这个世界是场梦是场梦是场梦，结果他仿佛真的开始想这个问题了。可是我万万没有想到，他会自杀。我是在杨展第二次找我的时候，生了个心眼儿，上网查了查这个阳传良，这才知道就在恶作剧之后一天，他也自杀了。"

"你知道前一次帮杨展演戏已经死了一个人，怎么第二次还接他的活？"

黄良苦笑："那不是他给的钱多嘛，有钱能使鬼推磨，何况是我呢。"

他把话说得这么直截了当，明明白白一个真小人，我反倒没法再说什么，就又问："你觉得你们演的那一场戏，能让一个正常人自杀吗？"

黄良立刻摇头："哪能啊，正常人怎么能这样死心眼。所以我后来也奇怪，那天这阳传良被我们一通骗，结束的时候，虽然好像心事重重，但也不像是要去寻死的样子啊。多半是他自己后来钻进牛角尖了吧，要么就是他有什么其他的事情。我们要有这么大的威力，拿奥斯卡还不跟玩儿似的。"

我不知道这是不是黄良为了推卸责任才这么说的，但他说的也确实在情理上。如果人本身的精神状态没问题，谁会想到一个人被这样捉弄一下，就会去自杀呢？

"你还记不记得，那出戏具体是怎么个演法的？"

"记得，当然记得。先是在门口安排一个等着的护士，'碰巧'遇上他这个参观者之后，就把他带进来。阿奎，哦就是那天晚上在 M on the Bund 假装被我刺伤的，他演一个病情比较轻的病人，用茶道招待阳传良，一边喝茶，一边对他说，其实一切都是不存在的，茶也不存在，水也不存在，他阳传良也不存在，这一切都只是个梦。茶喝完，护士带阳传良到旁边的房间去看拍的片子。"

"片子的内容是什么？"

"片子开头的部分是杨展自己拍的。几个我也搞不清是真是假的科学家，

在那里说人类对这个世界的认知，都是通过自己的感观，哪怕是再怎样严格的科学实验，其实验结果要被人接受，也必须通过人的感观这一媒介。所以从这个意义上说，我们永远也无法知道，身处的世界到底是什么样的，甚至我们无法肯定，这个世界到底存不存在，还是一切只是我们的感观传递的伪装信号。还有一个科学家说什么，现在在量子物理层面，已经证明人的意识可以影响物质世界，比如日本有科学家把爱心倾注到杯中的水里，拍出的水分子图片也非常美丽，和平时不同。而意识可以影响物质，恰恰说明我们身处的世界并没有看起来这么结构牢固，甚至在这个世界的构成中，精神力量、人的意识可能扮演着非常重要的角色。片子的后面部分，就是很多精神病人——当然是我们演的，在对着镜头说他们觉得这个世界就是一场梦，为什么是一场梦等等，从各种奇奇怪怪的角度翻来覆去地说梦梦梦。"

"有说服力吗？"我问。

黄良奇怪地看了我一眼，说："还……好吧，反正我们在排的时候，觉得杨展想捉弄的这个人，除非脑子本来就有毛病，才会相信。这个世界是场梦，亏他想得出来。"

"那么，这个片子放完以后呢？"

"放完了就轮到我出场。我演的是精神病院的院长，说为什么开放参观，因为觉得许多天才也有疯的一面，同时疯子也有天才的一面，所以疯子的想法，有许多是值得参考的，因为他们够极端，能够想到普通人不敢想到的极端答案。而有的时候，这种极端答案，是很有参考价值的。比如说这个世界是场梦，有许多古代的大智慧者都谈到过这个问题，但我们常常是从哲学层面看这个问题，可当代物理学的发展，让我们有了从另一个角度看这个问题的可能。世界的本质是什么，梦的本质是什么，两者之间，究竟有没有相似的地方，甚至有没有共通的可能。希望参观的人在近距离接触精神病人的时候，可以静下心来多听听，一定会有所收获。我还说，在参观病区里的所有精神病人，都没有攻击倾向，参观时尽可以放心。"

"你说完这些，就再让他去参观精神病人？"

"是的。"

和当年武夷山市精神病院的参观流程一模一样，四个环节，先和一个病人交流，再看片子，听院长讲话，再次和多个病人交流。

奇怪的流程。

"之后的参观，具体又是怎么样的，那些精神病人又说了哪些台词？"

"不是我的台词就记得不是很清楚了，不过我回头可以把剧本给你拿来。反正就是说世界是场梦，生活是场梦，一切是场梦呗，然后陪着的医生护士还有我，有时候就插一两句，觉得疯子们说得有道理呗。"

"好，但别回头了，我现在就和你去拿。"

在去黄良住处的一路上，我又问了些问题，尽可能地想要还原出那场"恶作剧"的本来面目，找出阳传良自杀的原因。许多细节丰富起来，比如他们租借了场地后，又粉刷了墙壁，刷成了紫色。这更让我确信，杨展就是按照当年武夷山市精神病院的参观病区来打造这个骗局的。他力图让一切都接近十八年前，尽管我依然不明白，在这一系列近乎仪式的程序中，蕴藏了怎样的邪恶魔力。我这样的调查者感觉不出，黄良这样的执行者感觉不出，偏偏阳传良就因为这场"表演"，真的跳崖自杀，遂了杨展的心意。

我再问到阳传良当时和"精神病人"及"医护"的互动，在这样一场"参观"中，他都说了些什么问了些什么，以期摸清他的心理变化。黄良说阳传良当时听得多问得少，看表情，一开始他还没把病人说的话当真，后来越听眉头皱得越紧，有时点头，有时发愣，有时摇头。在黄良的印象里，阳传良总共就问了两个问题。

阳传良可能会问什么问题，事先杨展都做过预案，而实际上他问出的问题，的确在预案中早有准备。

第一个问题，是问一名"精神病人"的。这名"病人"当时正在对阳传良滔滔不绝地说，他觉得这个世界是多么多么的虚幻。

"可是你看，你能感觉到热，能感觉到冷，咬一下舌头还会痛，这么真实的世界，你怎么会觉得是梦呢？"

我听说阳传良问出这样的问题，就觉得他当时已经有点走火入魔了。因为他这个问题是问一个精神病人的，说明他把自己和病人放在了一个可以相互对话的平台上了。而通常，人们是不愿意搭理神经病的。

然后，这个"疯子"就用一种看疯子的眼神盯着阳传良，不说话。

旁边的托——黄良开口了："其实，我们晚上做梦的时候，不管醒来后觉

得梦境有多荒诞，但是做着梦的时候，还是觉得很真实，觉得都有道理。所以，他是觉得你的境界，还没到理解他的程度呢。呵呵。"

"你如果真心相信，这是一个梦，那么这个世界在你的眼里，就会破绽百出。"在阳传良被带去和下一个"病人"聊天的时候，刚才的这个"病人"突然开口这样说，然后转头去看窗外的风景。黄良找的人，演技的确都不错。

在那之后，阳传良就只听不说，一直到参观结束的时候，他问黄良这个院长，说："看起来，你们这些医生，也有点相信这个世界是个梦？你相信这些精神病人说的话？"

按照预案，黄良碰到这类的问题，当然要点头肯定。

既然是个梦，你为什么不想醒过来？阳传良又问。

黄良笑而不答，一脸神秘。

有时候，不说话是最好的回答，因为提问者会在心里自行演绎出他们想要的答案。

黄良拿给我的本子，是本人造革封面的棕色记录本，封皮上印着 XXX 大学 XXX 学院，是他所在大学印发的赠品。

翻开，里面几乎是全满的，只留了不到百分之二十的空白页面。此外，还有一张 DVD，里面有一段不到半小时的影片，就是放给阳传良看的那一部。

拿到本子和 DVD 我就走了，和黄良说，如果有什么问题，还会来找他。黄良满口答应，只要我不告诉警察给他惹麻烦，怎么都行。

这一夜，直到凌晨三点我还没有睡。杨展的"剧本"，我已经来回看了五遍。这个剧本写得非常详细，详细到各个精神病人应该是什么样的形象，都一一说明，好像这些精神病人真的存在一样。好吧，他们的确真的存在。

但我却还是一无所获。片子也是一样，我翻来覆去看了三遍。不仅如此，我对照着剧本和片子，躲在床上闭着眼睛，努力想象自己在一个紫色的房间里，听着一些疯子说着剧本上的话，看着片子里的内容。老实说，在这样把自己代入进去想象之前，我心底里还是有那么点犹豫的。做了这么些年记者，见识过的东西多了，知道这个世界上，的的确确存在着一些难以用常理解释的事情。会不会我这么一设身处地，也去自杀了呢？

犹豫归犹豫，我还是这么做了。结果呢，我认为自己的想象力够强的了，一遍遍地试、一遍遍地重复，连一点儿自杀的感觉都找不到。我想要是我被这样"恶作剧"，只会感到好笑，我会觉得连精神病院的医生也一起疯了，居然会和病人一起觉得自己生活在梦里。

可怎么我觉得好笑的事，阳传良就自杀了呢？

最后一次，我努力虚拟自己在精神病院中，先听一个病人白话几句，然后看片子，之后精神病院院长说了些什么，再后来……我就睡着了。

第二天，我打了个电话给舒星好，告诉她我去过了武夷山市，当年有那样一个精神病院，有那么多的不明原因自杀者。她明显是被吓到了，在电话那头半天说不出话来。然后我又告诉她，在阳传良死前，杨展曾经设了那样一个局。她的愤怒把她从恐惧中解脱出来，开始诅咒杨展并抽泣起来。

"杨展也已经死了，而且我觉得，这里面还有很重要的东西没搞清楚。传良兄可不是想不开的人，怎么会参观了一次精神病院，就去自杀呢。"

"但你刚才说的，十八年前，有那么多人都死了，还不都是去参观了一次。这里面肯定有……有……"舒星好并不是个迷信的女人，平时一贯不相信这些，所以话到临头，竟不知该怎么表述这种诡异的事件。

"就算武夷山市精神病院有什么妖异的地方，但传良兄去的可是个冒牌的，是杨展找人扮的，怎么也能让传良兄起了自杀的念头，哎，我觉得杨展的自杀和整件事情是连在一起的。传良兄自杀，是遂了杨展的心愿，他绝没有任何理由去自杀。当然，那么多的死者谁都没理由自杀。现在唯一能抓到的节点，就是杨展收到的那封信，如果没有那封信，估计现在杨展可能还活得好好的，正想尽办法重新追求你呢。关键就在那封信，如果能知道他死前收到的那封信是什么内容，谁寄来的，不但能解开杨展自杀之谜，我有种预感，连传良兄的死，包括十八年前那么多人的自杀，都将真相大白。"

"要么……我和杨展虽然离婚了，但和他的二老，有时还通通电话，关系还保持着。要不我给他父母去个电话，问问他们在整理遗物的时候，有没有看到这封信。"

调查就此卡壳。

杨展的父母并没有见过这封信。或许是杨展随手毁去，或许是在舒星好致电之前，就当成废纸清理掉了。

不甘心的我甚至通过公安系统的朋友，通过暂住证记录，找到了在福州打工的娟子老公赵继祖。为此我欠下了老大一个人情，单在福州，就七个赵继祖，人家帮我一个个筛选了一遍。赵继祖说他不认识杨展，更不用说写信给他。我不觉得他在说谎。

两个多星期之后，春日正暖的一天，我已经不再对解开一系列自杀之谜抱多大的期望，却接到了姜明泉的一个电话。

"有人在打听十多年前那档子事情，我想着你既然在追查，没准儿是条有用的线索。"

姜明泉十八年前，曾经和当地卫生局合作，一起查精神病院自杀案。当时卫生局和他配合的是机关的一个科长，后来调到南平市精神卫生中心，在副院长的任上退休。姜明泉就算是和他认识了，之后时有联系，也不怎么紧密。就在他打电话给我的前一天，又和这人碰见，说到了当年的事情。

我接了这个电话，算是明白，我为什么怎么想，都猜不出那个写信给杨展的人的身份了。我以为当年亲历参观事件的人，都已经死得干干净净，杨展是最后一个。既然没有了活着的人，那么这封信就变得极其诡异了。

其实，我是进入了一个误区。

有人还活着，而且不止一个。

那就是病人！

武夷山市精神病院的病人，后来全数转到了南平市精神卫生中心。在这些病人中间，就有当年参观病区的病人，也就是那些真心认为自己生活在一场梦里的精神病患者。因为他们都是脑子不正常的病人，所以我在潜意识里把他们排除了，压根儿就没想到这些人身上。

事实上，精神病是可以被治好的。

向退休的副院长打听当年事情的，就是这样一个被治好的病人。他名叫陈发根，正是参观病区的病人之一，打听的事情，就是那些参观者的下落。他从副院长那儿得知，当年有一个名叫杨展的参观者，是唯一没有自杀，幸存下来的人。

这事情已经有一阵了，他找副院长了解当年的情况，是在去年11月。杨展收到信，是在今年3月。这四个月的时间差很好解释，副院长只知道当年

有一个叫杨展的人没有死，他并不知道这个叫杨展的人如今是什么身份，更不会知道杨展的联络方式。而陈发根用了四个月的时间，确认了杨展的身份，这才给他写了封信。

没错了，这封信，一定就是陈发根写的。

我毫不犹豫地扔下手里的采访，在部主任充满怨念的眼神中请了假，再次坐上了开向南平的夜火车。

第八章

梦 力

Chapter 8

我等了很久。前面的那个人，本来写好了一组数字，却又临时变卦，挑来拣去，嘴唇无声地翻动着，不知在念叨什么。像这种人，一看就是生活的弱者，就算真中了大奖，也未见是什么幸运。

老板看上去有六十多岁，戴了副老花眼镜，乐呵呵地很有耐心，前面那人花的时间有点长，他还冲我抱歉地笑笑。

这是个彩票铺子，兼卖些书报杂志。反过来说也无不可。我随手翻了几页摆在最外面的杂志，等那个纠结的彩民终于决定下来，揣着彩票离开，对老板说："您就是陈发根吧。"

他愣了一下，点点头说："你是？"

"我是上海《晨星报》的记者，我叫那多。"

"《晨星报》？"他的表情看起来像是没听说过这张报纸。

"您给杨展写过一封信吧？"

"哦……那个……是啊。"面对这个问题他很意外，支支吾吾有些不知所措，但还是承认了。

我长出了一口气："可算是找到你了。"

"我……我只是，我那个时候……"陈发根十分紧张，这让我更好奇，他给杨展的那封信里写了些什么。

"你知道杨展已经死了吗？"

他张嘴倒抽一口气，就愣在了那里。这样的惊讶，不，惊恐的表情，没有一点做作的痕迹。

"他已经死了，就在收到你的信几天后。"

"怎么死的？难道是……自杀？"最后这两个字，是他从牙缝里挤出来的。

"是自杀死的，他从七层楼上跳下来。他死时我就在场，他的妻子拜托我调查他自杀的原因。"我也没吹牛，只是把前妻的前字去掉了。

"他收到你信的时候，表现得非常异常，许多同事都看见了。信是你写给他的，我想和你好好聊一下信里的内容。"

"死了，死了，死了，死了。"从听见杨展的死讯开始，陈发根的脸色就变得惨白。这时更是嘴里低声喃喃自语。本来我初见他时，一点都看不出他曾经患有精神病，但现在，在杨展死讯的冲击下，他一副马上又要犯病的模样。

我拍了拍他的肩膀，叫了声："陈老伯！"

他身子一震，总算不再说死了死了，额角渗着细汗，已不像先前神完气足的模样，显得十分虚弱。他点着头，开始收拾摊子。他的手都是抖着的，拿上小包，把小亭子锁好，又从包里摸出粒药片，哆嗦着吞咽下去。我猜是镇定类的精神药物吧。

走过两条街，就到了他家。在一幢六楼公房的顶层，走进去是一间约十平方米的小厅，摆了张小方桌，两张普普通通的折叠椅，靠窗户的地方放了张躺椅，旁边的书报杂志从地上堆到了茶几高，对着的电视机柜上是台十八寸的旧电视，还不是纯平的。没看见空调，躺椅上方装了吊扇，现在还没到夏天，吊扇的三个翅膀被拆了下来，只剩下个圆轴辘。

我打量着屋里的陈设，看起来他是一个人住的。陈发根还是默默地不说话，先前一路上他就没再讲过一句话，现在还是一言不发，自顾自开门进来，往小方桌前一坐，直愣愣地不知看着什么东西发呆。

通常两个人在一起，长时间的沉默会令彼此都不舒服，哪怕是没话找话，也想要发点声音好填了"缺"。可是陈发根好像一点都不觉得尴尬，反倒是等着他开口的我，越来越不自在起来。我忽地有些心寒，想起面前这人，可是有精神病史的，别看他刚吞了粒药，要是突然间精神病发作……

就在我熬不住想要挑起话头儿的时候，陈发根忽然抬头看我。

"我过去是个精神病人。"他说，"你来找我，肯定也知道我得过病。别担心，现在基本上是好了，就是情绪波动大的时候，记得吃粒药，没大事。我是没想到，杨展也自杀了。真是没想到，怎么会呢？完全没有道理呀？难道是我的一封信，你应该也看过了，只是我自己的忏悔，怎么能让他自杀了呢？"

我瞧陈发根的样子，不像是会瞒事情的人，就坦率地告诉他，我并没有

看过信，不知他信里写的是什么。

"原来你不知道啊，这事情，说起来就话长了。"

陈发根便从他还在武夷山市精神病院讲起，这其中的大部分，我已经知道，但我并没有打断他，听他把自己的故事慢慢道来。

这陈发根自打 1988 年起，就进了武夷山市精神病院，对于自己因何发病、发病时的状态，他自然不愿意多提，只说自己发病的时候，分不清楚现实和梦境的区别，常常觉得自己身在梦中。所以到了 1992 年，特殊病区成立的时候，他就是特殊病区中的一员。

等到武夷山市精神病院里的医护人员齐齐自杀，医院并入南平市精神卫生中心，他也和其他病人一样，转到了南平。又过了些年，医院给他换了一种新药，居然颇见疗效，慢慢地好起来，到 2000 年，他出院了。出院时还不算是完全康复，但已可在家里治疗，又用了几年药，且药量逐年递减，非但别人看不出他曾是个精神病人，而且可以出去和人打交道，挣钱谋生了。

当年他得病的时候，觉得自己所作所为，都是天经地义，都是真理。等到毛病一点点好了，病时的记忆都还在，回想起来，就明白了自己那时的荒诞可笑。而他在武夷山市精神病院最后待的那段时间，尤其是身在参观病区的那一个月，越琢磨越觉得不对劲。

病好之后，他一边做着卖书刊杂志彩票的小买卖，一边打听武夷山市精神病院的事情，连已经荒弃的医院，都重新回去过几回。他一个亲历者，这么去打听，很容易就知道了大概，当听说金院长等医护人员，都自杀死了，又听说许多参观者也自杀了，心中震撼之巨，难以言表。

于是，陈发根开始担心自己在这一系列自杀事件中所扮演的角色，越发努力地打听当年的事件。最后，就打听到了已经退休的副院长头上。他找上门去，这位副院长倒也没有推托，因为当年的这档子事情，始终在心上难以忘却。姜明泉觉得最终的解释难以让人信服，这位副院长也不是傻子，心里一样有疑惑。

这一番恳谈，并没有得出什么足以解开当年谜团的解论，却让陈发根知道了，当年他接待过的十七个参观者中，有十六个都自杀了，仅余一个名叫杨展的人。当时杨展在武夷山市的这段时间，住在亲戚家里。姜明泉查到这家亲戚，电话联系到已回到上海的杨展，得知他曾有过自杀倾向，但安然度过了那段危险时期，于是在详细记录了杨展在参观时的所见所闻之后，就没有再和他有过联系。

陈发根觉得，这么多人自杀，肯定和金院长搞的这个参观有关系，而他呢，相当于帮凶。虽然当时自己精神不正常，但死了那么多人，歉疚感甚至罪恶感，山一样压在心里。于是他就生出了一个想法，要把当年唯一的幸存者找到，向他道歉。

他没有求助姜明泉，一来，姜明泉也只是知道杨展十八年前的电话，现如今早就不对了；二来，也是最重要的，他心里有个秘密，让他面对警察的时候，心中惴惴不安。他可以把这个秘密告诉杨展以求心安，但不想先对副院长说，更不愿直接告诉警察。

陈发根花了半年的时间，先是自己想各种法子查，后来索性花了几千块钱，找了个私家侦探，终于基本确定了杨展这位上海某大学物理博导，应该就是当年的那个小伙子。于是，就给他写了封信。

信的内容陈发根也告诉了我，其中有两个关键之处，是我原本不知道的。

其一，任何人在参观精神病院时，都会经历四个环节，其中让我觉得多余的第一环节的主角，就是陈发根。

其二，是陈发根一直深埋心底里的秘密。同时也让我明白了，这第一环节为什么会存在，那么多人为什么会自杀！

第一个环节中，陈发根会请参观者喝茶。虽然当时他精神病未康复，还觉得自己在梦里，但他本就很爱喝茶，所以做自己喜欢的事情，倒没出过什么乱子。而在进入这个环节之前，领参观者进来的医生或者护士，都会叮嘱参观者，虽然将要见到的病人病情都很轻，但保险起见，对病人的一些要求，尽量满足，比如他会请你喝茶，你就算不爱喝，也最好喝几口，让病人觉得有面子受重视，有利于他的情绪稳定。

于是每一个参观者，都喝了茶。

茶是上好的武夷岩茶，可这茶里，是下了药的。因为陈发根是精神病人，所以金院长在往水里放药的时候，并没有特别提防他，被他瞧见了两次。浓茶本就苦，这点药味，很难发觉，顶多觉得这茶不怎么地道。

这药陈发根自己也和参观者一起，和着茶吃下去了。然后和参观者聊天，聊着聊着，他就觉得有点恍惚，有点迷幻，觉得自己又做起了梦。常常对面

的参观者被护士请走，他还浑然不觉。

至今陈发根也不知道，这是什么药。但是他猜想，这药物肯定对人的精神有麻痹迷幻的作用，精神病院要搞到这种药太简单了，事实上许多的治疗药物，就有这样的副作用。

吃了这样的药，然后在几小时里，不断地被人灌输说这个世界是场梦，形成了强烈的催眠效果。难怪每一个参观者在参观后，都如此坚定地相信自己身在梦中。让姜明泉困惑不解的参观者自杀之谜，居然就这样破解了。

到此，当年的群体自杀事件，尽管离奇，但总也有了个能让人信服的解释。一群医护人员在长期和精神病人的深度接触后，发生了群体性精神问题，相信自己生活在梦中。为了让更多的人"幡然悔悟"，他们设立了参观病区，并且生怕力度不够，使用了某种精神类药物，促使参观者放下心防，从而在接下来的环节中被催眠，对病人和医护所言的"生活是场梦"深信不移。于是他们为了从梦里醒来，纷纷自杀。

告别陈发根，我返回上海，一路上我都在发呆。

当年的群体自杀有了解释，可是杨展和阳传良的死呢，怎么解释？

我现在明白了，那一天，杨展接到这封信后，为什么会长时间地发呆。因为他想不通，阳传良为什么会自杀。

原本，他以为自己当年之所以会有如此强烈的自杀欲望，都是受了那一次参观的影响。于是他把参观的所有程序，都原原本本地再次在阳传良的面前演了一遍，果然，阳传良自杀了。在他的心目中，也许这套程序里隐藏了某种深度暗示，足以让经历的人自杀。

但收到陈发根的信之后，他愕然发觉，原来自己漏了最关键的一道程序——下药。

这才是一切的核心。当年自己之所以会打心眼里认同一切是场梦，会想自杀，不是因为紫色的环境，不是因为看的投影片，不是因为医生护士有意无意的明示暗示，不是因为那些神经病翻来覆去地说一切是场梦……或者说，这些都只是辅助的，如果他没有在和陈发根谈话的时候喝下过药的茶，根本就不会相信什么关于梦的鬼话！

但是他没有给阳传良下药。他也让人演了第一个环节，甚至也喝了茶，喝的也是武夷岩茶，但是茶是干净的，茶里没有药。

照理说，阳传良应该完全不被影响才对。

杨展了解阳传良，他知道阳传良不是个容易被别人左右自己想法的人，就和他自己一样。而且阳传良的性格，又比他要开朗得多。

这样一个人，为什么会在经历了这样一个缺失关键核心的"恶作剧"之后，自杀呢？

杨展想不通，我更想不通。

而且杨展还紧接着自杀了。

难道说，杨展是想通了阳传良自杀的理由，所以也跟着自杀了？

有什么能比看似一步一步走到了最后，却依然找不出答案更憋屈的呢？我已经把所有的线索都厘清，破解了十八年前的秘密，找到了写信的人，却还是猜不到阳传良和杨展为什么要自杀。

也许他们突然之间一起发了神经。有一次我在心里这样恨恨地骂。

总有些秘密你永远无法知道，日子还是照样一天天过去。转眼间近了年末，再有一个月就是 2011 年，离传说中的 2012 世界末日就剩一年了。哈哈。

午后有阳光，冬日里的阳光，最暖和不过。

我和梁应物在陕西北路上的一家星巴克喝咖啡，他是我多年老友，有一阵没见了。

大号的马克杯里装满了榛果拿铁，很多糖浆，很厚的奶油。喝一小口，嘴唇周围就沾满了白色的奶油，要用舌头舔一下。奶油在舌面上化开，甜香沁入腹中，一下子吸进的空气都变得舒缓恬淡了，配着这样的时节这样的阳光，再妥帖不过。

"最近有什么有趣的故事？"梁应物斜靠在小沙发上问我。

这个问题让我一瞬间有些恍惚。曾经我们经常这样互问，那时我们对这个世界还充满了好奇，任何新的发现、新的事件，无论是有解还是无解，都能让我们津津有味地分析半天。

然而他供职的那个机密部门，虽然可以接触到全国范围的特殊事件，但限于内部纪律，无法向外透露，往往他把关键部分说得含混不清，让我极不过瘾，但又没有办法，因为我知道，他说到这样的程度，已经越界了。

由于我总是不停地遇见这样或那样的怪事，所以逐渐地变成我说得多，

他说得少。随着他在机构中的地位一点点提高，更多的时候，我是碰到问题去向他求助。

再后来，我也不总把遇见的事情告诉他了。因为我觉得，他调研这样或那样的特殊事件，兴许早已经焦头烂额，当兴趣变成了工作，事情就会变得越来越无聊。所以也许他并不是那么耐烦来听我的故事呢？

十年前有一天，我说，看看，两个古怪的少年，在讨论古怪的事情。他笑，说你就装嫩吧，有二十出头的少年吗？其实那个时候我们两个常常被误认作高中生。现在嘛，下巴都被刮青了。

我们已经很久没有在这样的气息下，放松地聊天了。转瞬间，旧日的时光浮现在眼前，许许多多的记忆飞舞起来，像是阳光下的灰尘。也像是梦，一梦，十年就过去了。

所以听见他这么问，我很高兴。原来我们的好奇心都还在啊。于是我就喝着咖啡，对梁应物说起这一年间，我遇见过的古怪事情。

一个多小时后，我停下来，咖啡已经见底了。

"都说完了，就这些？"他说。

"对啊，我嗓子都说干了。"

"可是，三四月份的时候，你发了个微博，我还记得那句话'历史和未来一样，有着无限的可能性'。我觉得有意思，特地打电话问你。当时你说，是一个自杀的考古学家随手记在本子上的想法。你还说那本本子上的东西很有意思，等有空了，拿给我看看。这个事情，你怎么没提？"

我拍了拍额头："啊，我居然把这桩事情忘记讲给你听了。嘿，这件事情的古怪程度，可是更超越了我刚才说的那两件事呢。"

于是，我就从阳传良缺席新闻发布会说起，说到在下一个新闻发布会上得知他的死讯，赶去参加追悼会看见的波折，3 月 29 日那晚 M on the Bund 餐厅里的故事和露台上的纵身一跳，未亡人舒星好的请托，信的出现和杨展的失常，及至围绕着武夷山市精神病院的四十七宗自杀事件，和陈发根的忏悔。

"你说这事奇不奇怪，杨展分明没有下药，但是阳传良却也自杀了。而杨展知道了自己没有下药之后，自己又自杀了。"最后我感叹道。

梁应物却没有搭话，而是用一种很奇怪的眼神看着我。

"怎么了？"我问。

"我脑子有点乱，让我缓一缓。"他收回目光，望向窗外来来往往的路人。那儿太阳把过往的行人都晒得懒洋洋的，走路的时候，都是慢腾腾地踱步。

我心里一动。乱？有什么可乱的，我把事情的经过都说得清楚明白，这种时候说脑子乱，需要一点时间来整理，难道他竟然想到了杨展和阳传良是为什么自杀的吗？

怎么可能，我就这么说一遍他就能猜出来的话，那我算什么，我一向觉得自己的智力、想象力还蛮赞的呢。虽然我也常常觉得，梁应物思路清楚头脑敏捷，但也没夸张到这种程度呀。

我心痒难熬，既不愿意相信梁应物真有所得，又很想要知道，他到底琢磨出点什么。就这么过了几分钟，终于忍不住问："看完风景了没，你到底想到什么了？"

他转回脸，似是还有几分感慨未散去，却反问我说："你先前，为什么会把这桩事情忘记说呢？"

"忘了就是忘了，有什么道理好讲的。"

"可是，这件事情离奇诡异的程度，的确胜过了你说的其他事情。而且，这件事情还没有答案，一般来说，花了很大的力气却依然没有结果，会记得更牢才对，为什么你偏偏忘记了呢？"

被他这么一说，我也觉得奇怪起来，刚才竟没有第一时间记起这件事。但嘴里却还硬着，说："总之就是忘记了，这有什么好多说的。"

梁应物轻轻摇头，说："其实，你在潜意识里，已经知道答案了。或者说，你至少已经意识到正确的方向。但是那条路通向的是个你不喜欢的地方，所以，你下意识地自我屏蔽了。"

"胡说八道，我怎么可能已经知道答案呢？"

"因为你刚才所说的事情，按照你得到的线索，是可以逻辑推断出进一步的结果的。我不相信你想不到。只是这个结果……"

"逻辑推断出进一步的结果？你是说，杨展和阳传良为什么自杀，能推断出来？"

梁应物点头："阳传良死前曾经咬自己的手，很显然他这时搞不清自己在不在梦里。"

"但是他咬痛了，还不醒悟？"

　　"此梦非彼梦，我们只是在夜晚真的做梦时才没有痛觉，如果他认为这人世就是一场梦，会痛不能说明任何问题。所以他的咬手除了证明他仍被'梦'困扰外，什么都说明不了。而杨展死前也是一样，他最后反复说一切都是虚妄。你想他费尽心思布了这样一个局，却对是否要等到最后的结果毫不在意。说明他在行将抛弃生命之时，也只要出口气就行，并不求完美。这几乎难以理解，除非他觉得现实的一切是虚妄，没有意义，所以只要自己心里舒服了就行。他也是觉得自己在梦里啊。"

　　"但是……但是……"我想要反驳，却说不下去，因为我已经知道，梁应物的意思是什么。这的确是逻辑推断就能简单推到的东西。

　　梁应物接着说："阳传良没有吃药，却还是认为这个世界是场梦，自杀了。他不是一个容易被影响的人，那么他会自杀的原因就只有一个——有其他的证据让他相信，他真的在梦中。也就是说，一个错误的引导，让他找到了正确的方向。正如宣传单上说的，疯子的想法，有时是天才的想法。杨展在看到信时，就意识到了这一点。"

　　"然后杨展也找到了这个世界的确是一场梦的证据，所以他也自杀了？"我喃喃道。

　　"只有这个答案，这是唯一符合逻辑的答案。但是这个答案太难以让人接受了，接受这个答案，等于接受有两个智力超群的学者，在正常的思维状态下，判断出他们所处的世界——也就是我们所处的世界，其实是一场梦境，然后为了脱离梦境，毅然自杀；也等于接受我们的这个世界，这间星巴克咖啡馆、外面的行人、天上的阳光、你我度过的几十年光阴，都是一场梦。你潜意识里已经意识到了这个答案，但是你把它抛弃了，并且很快不再想这件事，试着将它忘记。这就是为什么你刚才在说到今年碰到的事情时，会把它自动过滤。说到底，这就是人心理系统的一种自我保护。"

　　"自我保护？为了不识破一切是场梦吗？这算什么，真实版的《骇客帝国》吗？"

　　"但也许他们是错的呢，他们想错了呢？"梁应物笑笑，只是笑容里，少了几分平日里的镇定。

　　"但既然已经谈开了，不妨让我们猜一下，让他们确认一切是场梦的证据是什么吧。"他说。

被梁应物点破了迷津，我的头脑立刻清楚了很多。也许正如他所说的，这一切在我不知不觉中，在我的潜意识里，早已经想过一遍了。

"阳传良显然是在参观的时候，就想到了什么。那就必然是平时念兹在兹的事情，只有这种始终在脑海里盘旋的问题，才会在这么短的时间内和'一切是场梦'的假设起反应。而阳传良一直惦记的事情，就是那本小本子上的事。"

"是什么，我可没看过那本小本子。"梁应物问。

"就是过去的无限可能，不确定的过去。他在典籍记载中和考古发现中，发觉历史中有许多自相矛盾的地方。这种矛盾，非常难解释。"

我举了几个例子给他听，听得梁应物的眉头立刻就皱了起来。

"所以，阳传良才会突发奇想，说如果历史本身就有许多分支，有多种可能性，和未来一样是变化的不可确定的，那才能解释这一切。但是他也就是那么随手一写，因为已经发生过的事情，怎么可能有变化呢？"

说到这里，我深深吸了口气。

"但是，如果一切是场梦，就不一样了啊。"

"是啊，是梦，那就不一样了。"梁应物叹息着说。

我们每一个人都做着梦，常常在梦中，我们也有着梦的记忆。如果说把我们晚上做的梦，看作一个世界，那我们在梦里的记忆，就是梦中世界的历史。但是梦是多变的，梦里的记忆，也是会变化的，常常这一刻觉得自己经历过这些事情，转到下一个梦中的场景，又觉得曾经经历过的事情变成了另一副模样。也就是说，梦中世界的历史，是变幻莫测的。

所以，如果现实世界是一个梦，那么历史中的诸多矛盾之处，就可以解释了。因为历史的确是在不停变化的，它可能是这样的，也可能是那样的。

可以说，这是阳传良所能找到的唯一解释。非此，不足以解开困扰他多年的那些谜团。

"只是，这也仅仅是一个假设，还是一个极违反常理的假设。他怎么能这样坚信不移，竟致自杀呢？"我说。

"那是因为，我们的立场和阳传良不同吧。对我们来说，这的确只是个假设，完全不能和生命的重量相提并论。但对阳传良来说，那么多年来，他每天都在思考这些问题，肯定设想过许许多多的可能性，但是没有一种能够完

美解答。他对这个谜团下的功夫，了解的程度，和我们是不能比的。所以当一个完美解答突然出现的时候，受到的震撼，也是我们比不了的。尽管这个解答太离奇，但对一个十几二十年来试过几十几百种解答未果的人来说，就是唯一的解答，甚至是正确的解答。要知道，学者钻起牛角尖来，可比普通人要犟多了。"

"屁正确的解答。"我说。

"而且，阳传良是苦思两天后才自杀的。如果仅仅是对历史多种可能性的解答，根本不用想这么久，这种他平日无时不忘的问题，只要点个醒，立刻就能想明白。或许，他是又找到了其他的证明，进一步确认过，才自杀的。"

"其他的证明？"

"嗯，至少我想，杨展找到的证明，肯定不是什么历史有多种可能。"

我想了想，立刻点头。杨展和阳传良曾经关系很好，阳传良又是个很愿意把他的难题拿出来和大家讨论的人，所以杨展应该知道关于那些历史谜团。但知道归知道，他不是研究历史的，就算猜出来，也不可能对他造成多大的震撼，最可能的态度是和我们一样，觉得是一个假设而已，至于那么确信，然后自杀吗？所以对杨展能有触动的发现，一定是在他本领域的。

也就是物理，负责解释这个世界的物理学。

或者更精确一点，量子物理。

"杨展收到信之后的当天下午，在上一堂量子物理的基础课时，中途突然停下，大笑离开，自此就再没有上过一堂课。如果他找到了什么证明，必然和他当时讲到的东西有关。"我说。

"他当时在讲什么？"梁应物着急地问。

我当即从电话里找出那个被我采访过的杨展同事，打过去。他说他也不知道，帮我问一下当时上课的同学。我说请快一点，我急等。

然后我又要了杯咖啡，就这么和梁应物两两相对而坐，一言不发。

半小时后，电话来了。

我放下电话，愣了会儿，在梁应物的催促下，才开口说："海森堡测不准原理，他在讲测不准。"

任何上过大学物理的人，都知道什么是测不准原理。简单地说，在微观粒子层面，你想要知道某个粒子的动量，就不可能知道它的位置，反之亦然。

对于确定粒子状态的这两个关键参数中，你对其中一个测量的精确度越高，对另一个测量的精确度就越低。也就是说，你无法看清楚粒子，在这一级上，世界对我们来说是混沌的。

"测不准？这能让他想到什么？"梁应物喃喃自语。

"你……在梦里，有没有曾经想要看清楚一件东西过？"

梁应物顿时就变了脸色，愣在那里。

在梦里，如果起意想要看清楚某样东西，那就只有一个结果，越想看清，就越看不清楚！

比如在梦里你和别人打牌，但自己手里抓着什么牌，是看不清楚的，即便睁大眼睛拼命地看，这一刻是红桃五，一恍神，就会变成黑桃八。梦里的世界，是经不起细琢磨的。因为梦毕竟是梦，不是实实在在的存在，而是随时会变化的，所以你不可能看清楚梦。

但现实世界，竟然也是如此。

你想要观察这个世界的基本构造时，在最微小的层面，居然也是看不清的。整个世界，是建立在一片模糊之上。

之前从没有人从这个角度去想，杨展是第一个。他自杀了。

我们对于量子物理，要比对历史问题了解得多，所以这个"测不准"对我们的震撼，也比"历史变化"强烈得多。

而且，我们竟然已经找到了两个证据。

而杨展和阳传良，在经历最初的震撼和顿悟之后，又找到了多少个其他的证据？

难道说，真如恶作剧里那个演员的台词所说，"你如果真心相信，这是一个梦，那么这个世界在你的眼里，就会破绽百出。"

"幸好我们不是学者。"许久之后，梁应物说。

"幸好不是，你就和我一样，把这事忘了吧。"我说。然后我站起来，出门，走进外面的冬日阳光里。

是啊，我们不是学者，不像学者那样容易钻牛角尖，也没有什么困扰多年的谜团。这两个证明，也只能让我们疑惑，我们还有能力压下疑惑，像之前一样生活，直至正常死去。

但如果我们像阳传良和杨展一样，努力地寻找这个世界的其他破绽，找

到了第三个、第四个、第五个……我们会不会自杀？

且住，且住，不如忘却。

独自走在长街上，不知哪里传来的电台歌声，隐隐约约若有若无，却是许多年前，老版电视剧《三国演义》的片尾曲，歌词正是罗贯中写在《三国演义》开篇的那首诗。

滚滚长江东逝水，浪花淘尽英雄。
是非成败转头空，青山依旧在，几度夕阳红。

白发渔樵江渚上，惯看秋月春风。
一壶浊酒喜相逢。古今多少事，都付笑谈中。

恍惚间，岁月流淌，由古至今，漫漫长河，万般故事过心头。
如在梦中。

那天下午，我在街上游荡了很久，路过一家小电影院，见到在放不知第几轮的《盗梦空间》，就买了张票进去看。这部片子曾经好评如潮，我却一直未得机会看。

影院里只有两三个人，几乎可以视作我的专场。两个多小时后影片看完，在下班的人群中独行，晚饭也没吃，回到家里倒头就睡。

这一觉睡到第三天上午，期间如梦如幻，也不知起来过否，也不知吃过饭否。两只脚踏在地上，真实感慢慢从脚掌爬上来，蔓延至全身，却单单绕过了心脏。

然后我去了南京，坐在舒星好对面，把一切告诉她。说着的时候，荒诞、可笑、恐惧、失落还有一些分辨不出的情绪倾泄而出，说完的时候，反倒轻松踏实了许多。

我以为舒星好会惊讶得大叫，甚至大哭大笑也不奇怪。然而她一直静静地听着，没有说一句话。她安静得过了头，一直到我说完，还是维持着原来的样子，微微低着头，似乎完全在放空。

我等了几分钟，实在难熬，就告辞。她这才看了我一眼，那眼睛果然空空洞洞的。

回到上海，过了一段日子，生活的点点滴滴才把我从梦境的不确定感里拯救出来。舒星好在十几天后出乎意料地与我联系，像个普通朋友那样，有时在线上说几句。她开始热衷于神秘主义，这对她来说是个巨大的转变，但也很自然。任何人在听了那个故事之后发生转变，都理所当然，更何况舒星好是这个故事的当事人。

一切神秘事件都是有可能的，舒星好有一次在屏幕上敲出这几行字：如

果这是场梦，那什么离奇的事情都会发生的。

我应和着她，心里却有些担心。她是在用这种方式确认梦境吗？

2011 年如期而至，1 月里的一天，我接到舒星好的电话，说她到了上海，参加一个有趣的聚会，问我有没有空一起聚聚。我就说好。

这个聚会，是舒星好加入的一个小社团的聚会。社团名叫"乱谈社"，专门研究神秘主义。其实无所谓研究，也就是搭个能交换奇怪传说的小平台而已。

聚会地址在胶州路上，靠近静安寺，在幢由老洋房改成的酒店一楼酒吧里。没有专用停车厂，车得停在旁边的厂里。我停了车下来，见到角落里堆着残肢断臂，在夜色里散发着荒凉的气息。这是个假肢厂。我心里突突跳了两下。

因为一些原因，我不想在这里说酒店的名字。这酒店有个小院子，有竹有树有灯光，装置得很有情调。如果是夏天，会有许多人愿意坐在院落里的椅子上喝酒聊天，但现在是寒冬，风呼呼地吹，再美的射灯照出的也尽是寂寥。

我沿着青砖路快步走进大堂，上百个老皮箱头朝里排成一整堵墙，设计感扑面而来。但说实话我并不太喜欢，这里面的时光，太颠沛流离，且有一股子阴郁徘徊不去。

一拐弯就是酒吧，舒星好和她的朋友们已经在等着我。舒星好站起来向我招手，她裹了条斑斓的大围巾，打扮得像个捧着水晶球的女巫，同印象中的恬淡差异很大，昏暗的灯光下，有别样的魅力。

在座的其他人看上去都比舒星好年轻些，她草草介绍，显然有几位她也不怎么熟悉。

聚会是有主题的，规则很简单，每人说一个故事。当然不是家长里短的故事，而是"那种"故事。

"我可不想听什么故事，我是说，别糊弄人啊，得是真事，自己碰到的，或者是朋友碰到的。"一个阴恻恻的声音从角落里传出来，那是个面容干瘪、身子瘦得像麻秆的女人，如果坐在外面院子里，怕是一阵寒风就吹走了。今天在座的，就只有舒星好和她两个女人。

在他旁边的男人笑笑，推了推鼻梁上的眼镜说："我先讲一个。"

桌上点着白蜡烛，后面墙上的装饰是几十个黑漆漆的锅，就是厨房里的炒锅，去掉了柄，固定在墙面上。我们坐得松散，没有谁和谁挨着，彼此都保留一段距离。事先已经请服务生调暗了这边的灯光，所以每个人都在阴影里，烛光在大家的衣服或脸上跳来跳去。

在这样的气氛下，眼镜男压低了嗓音，开始讲他的故事。

这是我的一个朋友亲口告诉我的故事。

故事发生的那个夜晚，天上的月亮很圆。你们知道，通常月亮最圆的时候并不是十五，而是十四或十六，那天，按照旧历算法，是五月十六。

我那位朋友，名叫林玫，是个挺漂亮的女孩子，身边从不缺追求者。不过呢，她倒是一点都不花心，始终就只有一个男朋友，从没换过，听说，那是她大学时候社团里的师兄。

因为已经是深夜了，两个人约会完，男友一如往常地把林玫送回家。那天他们去看了一个电影，爱情片，什么片名我忘记了，一部港片，两个人看完了，欢欢喜喜，甜甜蜜蜜，有说不完的话要讲。嘿。

眼镜男说得不慌不忙，甚至有点絮絮叨叨，但恐怖的气氛，就这样一点一点铺陈开。看得出，他已经把这个故事说过许多遍了。

林玫的家住在四楼，对于一幢六层的老式公房来说，四楼是一个相当好的位置，林玫刚搬过来不久，才三个月，连对门的邻居都未熟识。

通常男友并不会立刻就走，而是上去喝杯茶，歇一歇，或者再温存一番。哈哈，也许会到第二天早晨才走，看情况了，哈哈。那一次也不例外，看见林玫正在开信箱，男友便说："我先上去了。"

林玫随口答应了一声，她知道男友是有钥匙的，所以只管自己开信箱，拿出厚厚一叠报纸，耳朵里听见男友上楼的脚步声，"空、空、空"，在深夜的大楼里逐渐回荡远去。

很正常的声音，不是吗。但那一次，林玫突然就打了一个冷战。她关上信箱，锁好，莫名的，心中有一些发毛。

这幢大楼每一层都装着感应灯，只要声音足够大，灯就会亮起来，不过，四楼和五楼的灯由于年久失修，已经坏了，所以到了晚上，这两层楼梯总被黑暗笼罩着，就算三楼和六楼亮起灯光，能照到的地方也很有限，所幸也从未出过什么事，便就没有人想过要去修一修。

哦，那是个 80 年代造的老式新村，物业费交得便宜，相对地，服务也差许多。眼镜男补充说明道。

林玫的高跟凉鞋重重地踩在楼梯上，"咚"的一声，一楼和二楼的感应灯立刻就亮了。昏黄闪烁的灯光照在一楼半停放的一辆旧自行车和几个破纸箱上，给人以十分凌乱的感觉。

"见鬼，也没有人收拾一下。"林玫一边抱怨一边往上走。其实，这种景象林玫也不是第一次见，每天回家都会看到，只不过现在林玫心里有一丝不安，甚至有一点恐惧，她不知道这是为什么，觉得很无聊，很无稽，所以故意制造一点声响出来，调节一下自己的心理状态。

快到三楼的时候，灯光灭了，林玫又重重地踩了一下。

"咚。"

没反应，四周依然是黑乎乎的一片。

林玫用力再踩。

"咚、咚、咚。"

踩到第三下的时候，三楼的灯终于亮了起来。

"见鬼了。"林玫骂道。灯光是亮了，可她却没有松一口气的感觉，反而心中无名的不安感越发强烈起来。

我这个朋友，虽然不像我们这样，但也算不上是一个无神论者。对于鬼神之类的态度，她向来都敬而远之。但很多时候呢，你敬而远之，人家却也可以主动靠近呢。她想起了看过的一部电影，那里面说如果一个人感到无端端地毛骨悚然，一定是有鬼在身边。

林玫走着走着，觉得后脖子越来越痒，像是有人在后面轻轻吹气。她惦记着不能回头不能回头，却终于还是忍不住，猛地回头！

黄黄的灯光映在生锈的铁扶手和斑驳的墙壁上，再往下是灯光不及的黑暗，似乎什么都没有，又似乎鬼影幢幢。

在那一瞬间林玫很想把男友叫下来，让他陪自己走上去，这一冲动很快又打消了。她已经走到三楼，家就在四楼，还有一层就到了，男友一定在等着，或许还奇怪自己为什么这么慢。她可不想被男友笑话。

一层楼，转一个弯一共十六级水泥台阶。她深吸了口气，闷头"蹬蹬蹬蹬"往上冲，一转眼的功夫，就上到了四楼。

到了四楼，站在家门口，林玫先是松了口气，总算是到家了，安全了，今天不知怎么回事，上几层楼居然怕成这样，呵呵，或许她心里还这样嘲弄着自己吧。

可是她又觉得有哪里不对。松了口气，恐惧非但没有散去，反而突然膨胀开，把她包裹住。

漫长的莫名恐惧感持续了约一秒钟，然后她意识到了原因。

怎么没有人？

怎么会没有人？

往常，男友会把铁门和房门虚掩着开一条缝，如果不是太累的话，他会十分绅士地站在门口，等林玫上来。

但是现在，男友并不在门口。

暗红色的铁门，在黑暗中近似黑色，没有一点光泽与生气，这扇门，和林玫早上离开时一样，由外向内，锁着。

从靠着走道的厨房窗户向内看，屋子里面也乌黑一片。显然，没有人进去过。

男友并不是一个喜欢开玩笑的人，有时候兴致来了，要从背后吓她一跳，也会把脚步声放重，好让她有所准备，不会真的被吓到。

但是这一次，林玫想，也许他是想从四楼那一端的黑暗中冲出来，吓得她尖叫一声吧。

这个家伙，看我待会儿怎么教训你。

其实，从理论上讲，事情当然是有另一种可能的，那个离奇的想法在林玫的脑中一闪而过，就立即被剔除了。

"出来！"林玫低声喝道。

男友一脸无奈地从那一端的黑暗里走出来，讪笑着对林玫说："哎呀呀没吓到你，宝贝你真聪明，胆子真大……"

在林玫的想象中，事情应该是如上面般发生的。

可是，当她低低的、带着颤音的呵斥声最终被黑暗吞噬得无影无踪，周围重归死寂之时，什么都没有发生。

男友并没有从某一个角落里走出来，好像在整幢楼的楼道里，就只有林

玫一个人似的，一股死寒死寒的冰冷沿着她的脊梁骨蔓延开来，把她的心胆都要冻裂了。

理智一点，理智一点，林玫不停地对自己说，他一定是躲在哪一个地方不肯出来，他是不吓到我不肯罢休啊。

林玫深深地吸了一口气，双手紧紧地握着，长长的指甲几乎要嵌进肉里，清晰传来的痛感使她下定决心继续往楼上去一看究竟。也许他就躲在五楼看笑话呢，不是吗？

她故意把地踩得"咚咚"直响，宣告她的到来，宣告她已经看穿了他的小把戏。如果能把邻居打扰了，那也没什么，或者说，要是有个邻居会出来看看发生了什么事情，对现在的林玫来说是再好也不过了。

"该死的，你在什么地方？"在踏上去五楼的台阶上，林玫几乎要哭出来了。

楼里很黑。唯一的一点点光是从四楼半许久未擦的窗户里透进来的，那是一星点的月光。那样的亮光，一点都照不透楼道，反倒更衬托了里面的黑。而林玫就在这样的黑暗中前进，缓缓地，小心翼翼地，生怕一脚踩下去，高跟鞋尖细的鞋跟踩碎了最后的希望。

她极尽了目力，边走边看着四周任何可以藏着人的地方。

才只走了几级台阶，鼓起的勇气就不知泄到什么地方去了。

"你已经吓到我了，"林玫颤抖着，用近乎哀求的语气说，"你可以出来了吧。"

"嘭"一声闷响，林玫踢在四楼半一团黑乎乎的东西上，那是一只麻袋，脚缩回来时好像绊到了什么东西，林玫原本就脚软，一下子跌坐在地上，一堆冰冷的硬物压到身上，硌得她胸肋生疼。手里拿着的报纸也掉在了地上。

林玫几乎要叫起来，虽然她立刻就知道那只不过是原来停在那只麻袋边的自行车。她努力把自行车扶正，爬起来之际竟然还鬼使神差地伸手在麻袋上摸了一把。

她也不知道自己在想什么，难道男友还会在这个麻袋里不成？

麻袋软软的，好像不过装着些布之类的，反正没人。而那些散在地上的报纸，根本已经无心去管了。

又上了八级台阶，现在，林玫站在五楼，这里空荡荡的，除了两扇紧闭的铁门外什么也没有。

林玫望着六楼，抬起脚，用力蹬下去。

六楼随声亮起的灯光使林玫彻彻底底地呆住，不用往上走，在这里她就可以清楚地看到，那里什么也没有。

几分钟前男友那一句"我先上去了"现在仍在林玫脑子里回响，可是，人竟然不见了。

说到这里，眼镜男顿了顿，说，你们想一想，一个人走进一幢楼，然后就消失了，彻底没了，几分钟而已。这样的事情，你们现在听听，可能只是觉得匪夷所思，难以相信，或者还有一点吓人，但如果真的碰到，像我的朋友林玫一样，孤零零一个人站在黑楼里，那种叫人无法呼吸的恐怖感，根本不是我用任何夸张的语言就能表达出来的。

会吃人吗？这样一幢用水泥筑就的六层楼房子，会把一个活生生的人吞掉？如果不是，那么，人呢，人在哪里？

难道说，融入了这四周不见底的黑暗中去了？

林玫回到四楼，却不进门，她觉得自己连站立的力气都快被恐惧抽空了，靠在墙上，摸出手机，拨男友的号码。

她没拨通，因为竟已不在服务区了。要知道这片小区老归老，却邻着一个手机信号机站，信号向来非常好。

更何况男友应该就在这幢楼里，怎么会出服务区？

林玫使劲地摇了摇头，真是噩梦，却又是噩梦般的真实。

六楼的灯光灭了，只要林玫再发出点声音，灯光就会再现。林玫跺了跺脚，发出有气无力的声响，灯没亮。林玫从包里摸索出钥匙，颤抖着要开门，但对着锁孔塞了半天也塞不进去，却不小心把钥匙落在地上。

她已经被从心底泛起的恐惧完全打倒，缓缓顺着门坐倒。

就在林玫坐在地上的时候，她的视线落到了身前一个因为月光而微亮的金属物体上。林玫脑子里"嗡"的一声，这……不正是男友的白金戒指吗？

林玫伸手把戒指拿起，然后，如同触电一般把它扔掉。因为在那一瞬间，她猛地发觉，那并不仅仅是一枚戒指。

连着戒指的，还有其他东西，那东西不如戒指会反光，暗暗地，被血污着。

那是一截连着戒指的尾指。

林玫终于失控地大声尖叫起来，那呼号锐利而绝望地嘶鸣着，扯裂了空

气，在大楼里一圈一圈回响。

终于有人被她惊醒，对面邻居的门打开了，一个女人站在门口。

女人看着坐在地上的林玫，随即，目光落在那连着尾指的戒指上。

"又发生了啊。"她的声音居然低沉而平静。

林玫还在发抖着，她完全不明白对门的邻居为什么能这样镇定。她强作精神，把目光从那截断指上收回来，站起来问："什么又发生了，难道，你知道……"她的声音已经嘶哑变声，说到一半就进行不下去了。

"十年了，"女人淡淡地说，"十年前，这样的事，也曾有过一次。"

"什么样的事？人不见了？也在这幢楼里？"

"对，就在这里。"

"这里，消失？这楼会杀人吗，他……他究竟去了哪里啊。"林玫快要疯了，她甚至觉得自己已经疯了，整个世界都疯了。可那女人却一副满不在乎的样子，仿佛在这楼里凭空抹去一个人的存在是十分正常的事。

"大概，是去了另一个世界。"

"另一个世界？"

"月圆之夜，黑楼之中，通向异世界之门静静打开，一入此门，嘻。"女人的声音变得飘忽不定，如同念儿歌般轻快地念道，却又忽然停住。

"一入此门，会怎么样？"

"不是说过了吗，到了另一个世界啊，或者，也可以叫它异次元的空间。"

林玫怔怔地看着这个长发女子，一句话都说不出来。

"两个世界，本是不通的，却借着月亮，在这里开出了一条通道，你看，这月亮，是多美，多神秘啊。"女人的脸望向窗外的月亮，话语中带着略略的忧伤。

林玫却急死了，脑中一片混乱，说："那么，到了那里，要怎么回来。"

"回来，那，恐怕是回不来了。"女人轻轻摇了摇头，手在窗台上来回摩挲着，喃喃道："在这里，我还记得，就在这里……"

林玫忽然觉得有哪儿不对劲，刚要开口，异变已然产生。

就在女人手指触及之处，一点仿佛来自幽冥的绿光亮起，一眨眼间把女人的整个身体都包了进去。

此时林玫与女人只相隔几尺，吓得浑身瘫软，一步也挪不开，只见那女子面容扭曲变形，似乎正忍受着难以想象的痛苦，张大了嘴，露出森森的白牙，却一点声音都无法发出。

绿光越来越强，那女人浑身颤动着，以令人难以置信的角度弯折着，如一个玩偶一样被无形的大手撕扯，然后整个人爆裂开来，一团血雾被绿光裹着，向四周膨胀开去，在林玫鼻尖前停住。

林玫全身骨头"咯咯"直响，就是挪不开一步。

那绿光停了片刻，向后回缩，缩成一个小绿点，然后消失不见。

林玫浑身被冷汗湿透，心脏跳得似要如那女子般爆裂开来，那如同修罗地狱一般的惨象在脑中久久挥之不去。

不知过了多久，林玫才想起要告诉邻居家里的其他人这一惨事，她向对面望去，门不知什么时候关上了。而且，她们家厨房的窗也暗着。

林玫敲了很久的门，里面的灯亮了，开门的是一个老头儿，以前曾打过几个照面。

"你们家……那个女的……刚才……"林玫仍未从恐惧中挣脱出来，说话都难以为继。更何况，她压根儿就没有想好，该怎么说刚才的事情。这个时候，她才感觉到，牛仔裤湿漉漉地贴着大腿，一股尿骚味。她早就失禁了，却现在才发现。

"你说什么，哦，你住对门吧。这里就我和我儿子住，没有什么女的。"

"有的有的，那个，眼角有一颗痣的……"

那颗痣林玫记得非常清楚，因为那是最先爆裂开来的地方，眼前一片血红。

老头儿的瞳孔猛地收缩了一下，露出恐惧的神色，仿佛一下子在记忆的最深处挖出了一个恶魔，颤抖着说："那是我的女儿，那是我的女儿。"老头儿喃喃地念了几遍，双眼忽然直愣愣地盯着林玫，说："那天，我跟她说，你先上去吧，她说好的，她上去了，就在这里……然后，就不见了啊，十年了，就在十年前的今天。"

眼镜男停了许久，然后长长吁了口气，说，我的故事讲完了。

不得不说，他讲故事的本事真的很不错，大家一时之间都没有说话，屏息体会着这故事的离奇诡异之处。

邻桌传来的低吟浅笑声，慢慢把大家的情绪拉了回来。

"好故事，好故事。"一个穿着西装的胖子抹了把额头的冷汗说。

旁边却传出冷冷的不屑笑声，是先前那个瘦女人。

"也就是个鬼故事而已，有哪里好的。"

于是就有人哈哈着打圆场，她却不依不饶，这架势，很不讨人喜欢。

"今天大家不是来抖真货的吗，总得有点真材实料吧，这样的故事，网上一搜一大堆，费得着劲儿到这里来听吗？"

眼镜男本来挺绅士地没接茬儿，这时终于忍不住说："我说的可是真的，哪里没真材实料了？"

"还用我说，这故事是真是假，你自己不清楚啊。"

"你说，你倒说说看。"

"这是哪一年的事情，几月几日，发生在哪里，什么小区，你的朋友又是在什么情况下告诉你的。"

眼镜男皱着眉头，刚想要回答，却不料她话风一转，说："这些我都不来问你，你也不用费力气编了。我就说几点，这个故事里有许多细节，许多对话，甚至还有林玫的心理活动，请问这些你是怎么知道的？比如说什么关信箱的时候林玫打了个寒战啊，上楼的时候林玫的自言自语啦，和对门的女鬼说话时声音嘶哑变声啦，老头儿说话的时候瞳孔收缩了一下啊。"

眼镜男无声地笑笑。

"哪个人把自己的经历告诉别人的时候，会说这些的，还不是你自己编出来的？这样的故事，说可信度太低还是抬举了，根本就没有什么可信度。"

其实我也是这样想的，这个故事水分太多。尤其最后林玫尿裤子一节，虽然如果真发生了这种事情，一个弱女子被吓失禁是很可能的，但有谁事后会把这样的细节告诉旁人呢。

"说故事嘛，干巴巴的怎么听，总要添油加醋。的确有些细节呢，并不是林玫告诉我的，我自己有一点演绎。但这是在真实基础上的演绎，我不过就是把它文学化了一点。但这件事情，绝绝对对是真的。"眼镜男言之凿凿，就差赌咒发誓了。

瘦女人躲在阴影里，继续冷冷发难："主要情节就不合情理，你说对门的老头儿，十年前女儿也发生了类似情况。大家想一想，这么妖魔鬼怪的事情，如果发生在你们的头上，还能在这幢楼里住得下去？"

"这倒不一定，现在上海房价这么高，一般人哪买得起新房子啊。"我笑着说了一句。

瘦女人却没有理会，只是盯着眼镜男不放，说要是这故事是真的，那后续怎么样了，这一截尾指留下来了，得找警察吧，得做鉴定吧，你倒都给我们具体说说。

眼镜男有些难堪，一时却说不出来。

舒星好这时却开了口："好啦，我们今天当然是希望能听到些真实的故事，说假的就没意思了。但是呢，这样的故事，常常有些苦衷的，或者有一些不方便说出来的秘密。我们就约定，不要追问，愿意信就信，不愿意信呢，也就当听个故事吧。"

看起来，舒星好竟有些像是组织者，颇有点威信，这番话说下来，大家都附和，瘦女人也不再言语。

但这么一搅和，谁也不太愿意当第二个说故事的人，生怕讲完了，又受到别人刁难。

静默了一会儿，舒星好表示，她有一个故事。

一个"真实"的故事。

"但免不了，也有点修修补补的润色啊，事情是真的就行。"她算是有言在先了。

事情是发生在南京，南京城里。具体哪儿，我不能说。这种事情传得最快，我可不想有什么人来找麻烦。

我知道这个故事，也有年头了。这应该是 2003 年、2004 年发生的事情。

故事的主人公我用的是化名，大家不用在意。

这几句话一说，刚才被瘦女人破坏掉的真实气氛，立刻就回来了。

当年这两个人，都刚开始工作不久，房子租在一起，是同租的室友。哦，都是男的。一个叫方山，一个叫刘向。

有一天傍晚，两个人坐在客厅里闲聊，刘向说起他听到的一个传闻。

他说："一个人走到卫生间里，把门关上，锁好，灯关了，对着镜子说三声'出来吧'。"说到这里，他脸上露出奇奇怪怪的笑容。

"然后呢？"方山问。

刘向说不知道。

"不知道？"

"对，肯定会发生些事，但到底会发生什么，不知道。没有人试过，或者说，试过的人已经死了。"刘向说得煞有介事，声音低沉。

方山鼻子里哼了一声，道："这种无稽之谈，你还是留着泡妞的时候用吧。"

他嘴里这么说着，但是刘向看他的表情，知道他心里还是有点怕的。这方山对类似的事情最上心不过，刘向总是说些传闻逗他。

刘向抬头看了看客厅墙上的挂钟，说："不信的话，你尽可以试一试，好了，晚上我有饭局，十一点前应该会回来。"

刘向快走出门的时候，方山在后面问了一句："你呢，你试过没有？"

"没有，我不敢。"刘向回答得很干脆，"砰"的一声，门在他身后关上。

说到这里，舒星好停了停，眼睛在几个听众脸上溜了一圈，尤其是在瘦女人脸孔上多逗留了一会儿。

这个故事，是后来刘向告诉我的，关于方山在刘向离开后的行为，是根据最终的结果，以及刘向对于他室友的了解，再加上合理的想象补充出来的。

大家都点头表示认同，并急切地希望舒星好赶紧说下去。

刘向离开的时候，大概是下午五点三十分。方山先泡了一盒方便面，三两下吃完，把面碗扔在茶几上也不先收拾，靠在沙发上打开电视。对于刘向说的那件事，他原本是不打算去试验的。

当然方山不会认为是自己不敢，没胆子。他大概觉得这事情太无聊，可是做了，是在贬低自己的智商。要知道，人总是会为自己的退缩找这样或那样的理由的。

可供选择的频道很多，虽然都是些没意思的节目，但对打发时间却很有效。时针缓慢地移动着，窗外早已一片漆黑。那一天云层很厚，看不见月亮和星星，他们住的小区，路灯并不多，而且是有些暗淡的昏黄色的光，走夜路有些怕人，被投诉许多遍了，却迟迟没能解决。方山住的是 A 座 503 单元，两室一厅。两个住客都很省电，晚上并不会把所有的灯光都打开，所以那个夜晚，除了客厅里闪着发自电视机的五颜六色的光外，其他房间都被黑暗完全统治着。

这样的环境，通常一个正常的男人，根本不会在意，更不用说被吓到。但是一来呢，这个方山是个叶公式的人，并不算很大胆的；二来之前被刘向那么一说，心里总有这事的影子在。所以他电视看着看着，就会忍不住往电视机的右边瞟一眼。那就是卫生间的位置，卫生间的门通常是不关的，就那么虚掩着。当然，里面没开灯，黑咕隆咚的什么都看不清楚。

方山也不知道瞟了几眼，或许他盯着那扇门看了很久。然后他忽然站起来，打开厅里的大灯，然后走到每一间房里，把灯打开，让光充满房间的每一个角落。

"但总有照不到的角落，总有阴影的，不是吗？"舒星好嘲讽地夹了句评论。

方山当然也开了卫生间的灯。卫生间的灯是在卫生间里面的，得走进去才能开。这时候方山肯定已经开始怕了，他也许根本就没有走进去，当时房子里就他一个人，做什么没胆掉价的事情，都不会有别人知道。所以他也许只是贴着卫生间门口，把手伸进去，摸到那头的开关，一按。呼，顶灯亮起来，照出卫生间里的每一件事物，清清楚楚，没有半点异常。

方山走回客厅，在沙发上坐下，继续看电视。他把电视的声音开得很响，而且每间房间的灯又全都打开了，还有什么可怕的呢？

但他就是不自在。

恐惧这个东西一冒出来，三两下是摁不回去的。

这幢大楼以及这个小区是新建的，方山和刘向搬进来不久。这个小区里住的人似乎都很冷漠，邻居遇见了也很少会打招呼。虽然这年头儿人和人之间的关系的确越来越疏远，但这小区里的情况格外严重，时间住得长了，连方山和刘向也受到感染，变得有些冷漠和压抑。呵，这些现在听起来都是题外话，但是我把故事讲完以后，你们就会明白，这些和这个故事，是有些关系的。

方山的屁股在沙发上越来越坐不住，总是想起该死的卫生间、该死的镜

子。他有一种想试一试的冲动，但又怕真的会出什么事情。而他心里，又为自己的这种可笑担忧感到不耻。

他把电视机的音量调得越来越响，直到电视机发出"嘶嘶"的杂音，音波射向空旷的房间，似乎还有些回声。

这个时候，已经快到十一点了，刘向也差不多该回来了。

这个时候，方山站起来，走进卫生间。并不是他想要试验什么，很单纯地，他要撒尿。他已经忍了很长时间，当然他或许可以继续忍下去，一直忍到刘向回来，可是这算什么呢，一个男人哪能容忍自己胆小到这种程度？

方山尿完，转过身，拧开水龙头冲手。他冲完手，俯下身，扑了把水在脸上，然后直起腰，望着镜中的自己。

每个人都照过镜子，但大多数人照镜子时，并不是呆呆盯着镜子里的自己看。怎么说呢，那有点怪。说不出来的怪。也许这就是那么多关于镜子传说的由来吧。

在那个时刻，方山照了镜子。他照镜子的时候，心情和正常状态，可截然不同。

或许正有一个声音在他的心底里不停地低低诱惑着：试一试吧，试一试吧，试一试吧……

如果真的试一试，会发生什么呢，还是……什么都不会发生？

不管怎么说，一切总要试过才知道。方山自认为很大胆，很敢于尝试，最最受不了的，就是别人觉得他胆小。

刘向坦然说他不敢试，那么方山就偏要试一试，这样刘向一会儿回来，他可以不屑地对他说，他已经试过了，什么都没发生，这故事纯粹是胡编乱造，就是用来吓唬刘向这种胆小鬼的。

于是方山伸手把顶灯熄了，小小的卫生间顿时被昏暗侵蚀，四处都是阴影。

但是外面还有灯光，还能照进来。既然开始做了，就要做到底，方山又把门关上，插上插销。厅里的灯光一瞬间被隔绝，狭小的卫生间终于陷入黑暗。

房子的隔音效果被设计得很好，所以当门关闭的时候，原本听得清清楚楚的发自电视机中的声音立刻消失，整个卫生间陷入几乎绝对的死寂中，那种死寂很容易让人产生一种奇怪的错觉，即虽然与明亮嘈杂的客厅仅一扇木门之隔，却好像已在另一个空间中。

方山双手按在盥洗盆上，在一片黑暗中盯着面前的镜子。并不是绝对的黑暗，有极微弱的，几乎难以觉察的光线从窗外透进来，那是远处路灯和云层后月光星光的混合物。这点光在刚关上门的时候显不出来，而现在，慢慢地慢慢地，让方山可以看见卫生间里每样东西的模糊轮廓。

比如镜中他自己的轮廓，黑乎乎一团，没有五官。

白瓷盥洗盆是冰冷冰冷的，双手按着的时候，这种冰冷直渗到心里，然后就是巨大的恐惧。这种恐惧让方山更冷，冷得简直要让他开始发抖。

方山一紧张就喜欢咳嗽，熟悉他的人一听见他咳嗽，就知道他多半又在故作镇定了。

这个时候，他当然也免不了咳嗽了一声，或者是两三声。他试图使自己镇定下来，然而从四面八方的虚无空气中却涌来莫大的压力，令他更急躁不安。从关灯到现在只不过过了十几秒钟，但方山却感觉经过了一个小时般。

赶快把那该死的三句话说完，这一切就结束了。

三句话，九个字，很快的。

"出来吧。"

方山低低地喊了一句。心跳声陡然加重加快，如巨鼓般振动着耳膜。

说这三个字的时候，方山的眼睛紧盯着镜子，镜子里的形象依然很模糊，好像没有什么变化。

方山的呼吸急促起来，已经开始用嘴大口地呼吸着这狭小空间里的浑浊空气。

"出来吧，出来吧。"

他喉部的肌肉和他全身其他地方的肌肉一样，开始有不受他控制的趋势，导致声线颤抖。

好在他终于喊完了。

就在喊完的一瞬间，方山的呼吸和心跳加速至顶点，镜子像有磁力般将方山的眼神牢牢吸住，里面还是黑色的一团，看不清楚，然而，方山心里却觉得，里面已经起了变化，那黑色的一团镜像，是自己？怎么有些扭曲，似乎在轻微地动着。

幻觉，一定是幻觉。方山一边哆嗦，一边伸手在墙上摸索，终于摸到开关，把灯打开。

镜子里的图像清晰了，什么都没有变，也没有妖魔鬼怪，那张脸是自己的，浓浓的眉，细狭的眼睛，高而直的鼻子，下面是正露着满意微笑的嘴……微笑的嘴？！

方山全身一瞬间僵硬，眼睛死死地盯着镜子里的自己，没错，那里面，自己正在笑着，那是一种很满意的笑，嘴越咧越大，渐渐露出白森森的牙齿，然后，整张脸开始扭曲，就像正在调试中的电视图像。

方山发出一声尖厉的嘶叫，猛地转过身，一把抓住门柄要出去，却怎么也拉不开门。

方山拼命地拉着，忽然意识到是插销的问题，颤抖着拉开插销，把门打开，踉跄着冲到客厅，瘫软倒在地上。

"喀、喀……"异响声从身后传来。

方山循声转头，大门打开了，刘向从门外走进来。

这时候方山的模样极为可怖，整张脸都是青紫色的。

刘向惊骇地问他出了什么事情。

方山就像是溺水人抱到一根木头一样，大口地喘着气，用手指着卫生间道："我刚才说了……那里……镜子里真的有东西……鬼，是鬼！"

刘向起初还没反应来，后来才意识到，失声说不可能。

"我……我看见了。就在里面，就在里面，就在里面……"方山已经被吓得魂不附体，话都说不清楚了。

"那故事是骗人的，我大学时就试过了，什么都不会发生，很多人都试过的，什么也没有，纯粹是考验胆量的。"

方山声嘶力竭地说："但我真的看见了。"

"那一定是幻觉。"

方山大喊大叫起来："我真的看见了，就在刚才，一分钟前。镜子里有东西，镜子里有另一个我，是是是……"方山"是"了半天没说出来，身体又开始颤抖。

刘向当然还是不会相信，但方山这副模样，总也不会没原因，于是就拉方山一起进卫生间，再去试一次，再说三遍"出来吧"，看看那面镜子里到底有什么东西。

方山瘫软倒在沙发上，说："要去你去，我绝对不再进那个地方。"

刘向一把拖起方山，硬把他拽进卫生间，"砰"地一声把门关上，锁上插销。

"如果有鬼，就出来吧。"说完这句话，刘向伸手按熄了顶灯。

方山浑身颤抖着，心中的恐慌无以复加，惧怕到了极点。

"出来吧，出来吧，出来吧。"

方山向后退了一步，缩在墙角，再不敢去看镜子，黑暗中，刘向的身影也变得模糊不清，所有的东西都变得模糊不清。

刘向打开灯，扫了一眼镜子，对墙角的方山说："看，什么都没有啊。"

方山看到刘向缓缓转过来的头，就像吸入一口腐尸毒气般猛然窒息，嘴里呻吟了一声。

那是一张青色的脸。眉和眼拧在一起跳动着，鼻子、嘴和耳朵也已不在它们原先的位置上，散落在脸的各个部位。整个头就像没有了骨头，蠕虫般地蠕动着。

刘向见到方山惊骇欲绝的表情，浑然不知缘由，问："你怎么了？"

方山耳中听见无数惨叫声，先是若有若无地从无比遥远的地方传来，很快变得震耳欲聋，眼前的一切事物都扭曲变形，数不清的魅影在面前闪回，狭小的卫生间，成了修罗地狱。

方山发出一声凄厉的叫声，身体顺着墙角缓缓滑落。

说到这里，舒星好停了下来，似乎故事已经结束。

"他死了？"有人问。

"哦，当然没有，如果方山死了，我这个故事没办法说得那么完整。"舒星好说。

方山并没有死，但是他疯了。他住进精神病院后刘向去看过他很多次，想知道他到底看见了什么。但是方山说的话颠三倒四，离奇不堪，时常说着说着，就口吐白沫倒下去，发展到后来，看见刘向就惊叫甚至呕吐。他的医生说，绝对不能让方山看见镜子，他会发狂然后把所有的镜子都打碎。有一次他看见玻璃窗上自己的倒影，用头猛砸玻璃，搞得自己一脸的血。

　　根据方山那晚的表现和他后来陆陆续续真伪难辨的回忆，刘向相信他一定看到了一些令他十分恐惧的幻象。

　　"这个故事，当然就是刘向告诉我的，出事之后，他很快就搬离了那个小区。"舒星好说。

　　"但是刘向一直没有放弃调查，他想知道是什么让他的朋友变成了疯子。在那晚之前，方山是个很正常的人，没有一点会发疯病的征兆。后来，还真的让他给查出了点东西。"

　　说到这儿，她扫视了一眼，发现每个人都紧紧盯着她，包括那个瘦女人。

　　"他打听出来，那个小区建造时，打地基挖出很多白骨。"

　　几声低呼同时响起。

　　"白骨？"胖子脸色发白地问。

　　"是的，因为那个地方，是一个死人坑，南京大屠杀时的一个刑场，在那里死的人，都是用各种极残忍的方法处死的。"

　　"所以有鬼？"胖子说。

　　"鬼吗？也许是鬼吧。刘向的想法更接近科学一点，他猜测，可能是因为死得过于痛苦和恐惧，而使意志长久凝聚不散，所以住在那里的人都变得很阴郁。"

　　"但这还是没有解释，为什么方山会变成那样。"

　　"下面我说的，是刘向最后的结论。他认为，一切的根源不能简单地归到鬼身上，而可能是恐惧。"

　　说到这里，舒星好忽然问我："那多，你知道共振吗？"

　　"啊，好像是外力的振动频率如果和固体相同的话，会引起两者的共鸣，通常会对固体产生有害的影响。可是，这和恐惧有什么关系？"

　　"方山把自己关进卫生间，对着镜子说了三句'出来吧'。那时他内心的恐惧感极其强烈，这种强烈的恐惧可能使他的脑电波与几十年前痛苦死去的人们的残存脑电波产生共振，而人的视觉、听觉又都是由大脑控制的，所以，就产生了幻觉。也许他看见的幻觉，真是小区下那森森白骨的惨状。"

　　"所以是他的恐惧害死了自己？"我问。

　　"刘向认为是的。"

"那你认为呢？"

"可能对，也可能不对。毕竟，这个世界，我们了解得还太少。不是吗？"她的笑容复杂，有说不出的意味。

她这句反问，让大家咀嚼了好一会儿。坐在我斜对面的，是个大学生模样的男孩，留着稀疏的胡须，每听到紧张时刻，他就会下意识地捻下巴上的胡须，已经拽下好几根来。此时他开口说："其实舒姐刚开始说的时候，我还觉得这故事普普通通，太老套了。这种把戏，我们大学里玩过许多，都是吓女孩子的玩意儿。但结局可真是没想到。舒姐，这小区在南京哪里，要不我们下次去那儿聚会得了。"

舒星好笑而不答。

这个故事，虚构的成分依然不少。既然是刘向把这个故事告诉了舒星好，那么他不在的那段时间，方山到底做了些什么，就只能通过方山的习惯，以及事后方山的疯话来推断。不论怎么推，都不足以形成舒星好所说的那么完整的故事。尤其是方山看见了什么，听见了什么，都是没什么依据的推测吧。

眼镜男瞥了瘦女人一眼，说："你倒说说，这个故事怎么样？"

"编的地方不少，但比你那个有意思。"

眼镜男笑着摇摇头。

"那么，下一个是谁？"舒星好问。

"我。"大学生说。

"能抽烟吗？"他问，然后向服务生讨来一个烟灰缸。

烟雾喷出来，一点火星在其中明灭不定。

很多人相信，人的一生，冥冥之中是有着一种叫作"命运"的东西在主宰的，可是往往很多时候，命运是由一些极偶然的举动触发并串联起来。我故事的主角，是一个叫连滨的人。他出差到了岳阳，洞庭湖边。

连滨是个生活很有规律的人，以往在夜里十一点多，他早就躺到床上，进入香甜的梦乡，但那一夜，他却破了例。故事发生的两个多小时前，他散步到洞庭湖边，看见了一艘画舫，一时间心血来潮，想试试夜游洞庭的滋味，便不顾出差几天的辛苦，打算在明天回公司前尽情地享受一下。

就在这一念之间，一个人的一生忽然偏离了他预设的轨迹，向着另一个方向滑去。这个人，并不是连滨。

大学生用低沉的嗓音说着，从语调到语气到遣词造句，都比他的实际年龄老成许多。

那个瘦女人会不会觉得他太装腔作势？我心里想。

连滨在的这艘画舫，虽然是仿古制成，但为了经济利益，实际大小比古时的画舫大了十倍不止，足可容纳一百多人。每晚九点到十点之间，一载满客人，就起锚往洞庭湖深处驶去。船上有唐服女子唱歌起舞，还弹奏着古筝琵琶等古乐器，在仿古上做足了功夫，只是人数实在过多，变得喧闹不堪，根本没有古时画舫的意韵。连滨起初还饶有兴致地看表演，两小时下来便觉得不过如此，好奇心一去，就厌倦了起来，于是就走到船边，把着栏杆向湖面上眺望。

这是一个无月的深夜，由于远离陆地，岸上的灯火已经看不见，湖面上黑乎乎一片，与画舫的灯火通明有着强烈的反差，不过，连滨极目远眺时，却看见了一点亮光。

茫茫湖面一片黑，黑里却有一点亮光，很自然地，人的视线会被这点亮光吸引过去，因为并没有其他可以着眼的地方。连滨就盯着那点亮光看，亮光正朝这里移动着，越来越近，终于，连滨看出，那似乎也是一艘画舫。

连滨不禁摇了摇头，他清楚地记得，在自己还在犹豫要不要买票上船的时候，穿着红旗袍站在画舫旁招揽客人的小姐，煞有介事地声称，整个洞庭湖就这么一艘画舫。没想到这么快就穿帮了，广告真是不能相信啊。

不过那么大一片洞庭湖里，到底有一艘画舫还是两艘画舫，对连滨来说并没什么分别。他也就是发发牢骚而已，他开始心疼付出去的那两百块钱了。

对面的那一艘画舫，好像是直直地向着这里驶来，越来越近。船的模样，连滨也看得也越来越清楚。几分钟之后，那船的轮廓已经很清晰，和他所乘坐的这艘造型完全一样，大小也相仿，没准儿是同一家公司的呢。再过一会儿，连对面船上晃动的人影，都可以在耀眼的灯光下看见。

连滨看着看着，心里隐隐约约，浮起一丝异样。

有哪儿不对劲。

可是哪里不对劲呢，为什么心里会开始不安？

好像一切都很正常，没有什么特异之处，只是一艘画舫慢慢靠过来而已。夜湖孤寂，两艘画舫相遇，靠得近一些也算是打个招呼，自己的不安感来自哪儿呢？

是直觉，连滨的直觉告诉他：一定有什么地方出了问题。

那画舫又近了些，以连滨的好眼力，可以看到那里正翩翩起舞的女子和旁边抱着琵琶的弹奏者，周围有很多人，站着或坐着，喝着茶或酒，谈笑着。

简直和自己的这艘一样热闹呢。

啊，热闹！就是热闹！

连滨望着那艘同样热闹的画舫，浑身猛地一抖，瞬间他已明白毛病出在哪里，一时如同被当头倒了一盆冷水，浑身冰凉。

在他身后，画舫上的歌舞声喧哗声不绝于耳，然而在此之外，他却没有听见一丝多余的声音。

许是自己听错了，许是湖面太大太空旷，让声音散了。连滨在心里对自己这样说，然而不管他怎么运足耳力去听，对面那画舫，却还是静悄悄地没有一丝声响。

一样的歌舞升平，一样的人头攒涌，两船已离得如此之近，以至于连滨几乎可以看到对面船上人的面容，可是，却没有声音。

那些起舞的，弹琵琶的，走来走去的人，好像在演一出哑剧一般，只有动作，没有声音，甚至连船破水的声音也没有，原本该是十分热闹的气氛，变得诡异无比。

连滨侧着耳朵，耳中只有风声。轻而冷的风，在湖面上打着漩儿刮过。

对面的船缓慢而稳定地靠过来，越来越近。连滨眼看着对面画舫上人来人往，歌舞升平，却弥漫着一股死气。

没错，在连滨的感觉里，这艘寂然无声的船，就是一艘死船。

这样的情形，只适合在老婆婆用阴冷的声音讲的鬼故事中出现，此刻竟活生生显现在连滨的面前了。

连滨转回头去，想看看其他人的反应。他的肌肉因为紧张而抽紧，使他在转头时能听到自己颈骨发出的"咯咯"声。

　　刚才已经说了，这是一艘超大型的画舫，载满了客人，甚至还有超载的嫌疑，所以在连滨的身边，聊天的看戏的或者和连滨一样倚着栏杆看湖面的，有很多人。但连滨一眼扫过去，这些人全都神色如常，好像对对面的来船浑然不觉。

　　有一个打扮得很娇艳的女人，感受到了连滨的视线，还转过头来对他暧昧地笑了笑，可对于就在连滨身后不远处的那艘画舫，却没有一点关注。

　　这女人一笑，却让连滨更加发慌了。要知道，以一般人的好奇心，在现在的情况下，就算靠过来一艘完全没有任何异常的画舫，都足以吸引众人的视线，而现在这些人的漠然反应，分明是说，在他们看来，外面这夜晚的洞庭湖，是黑压压一片，根本没什么值得关心的。

　　一滴滴的汗从连滨额头鼻尖渗出，落在地上。连滨伸手去擦，却发现自己的手，已经完全不受控制地颤抖起来。

　　这时候，连滨看到面前有一个四五岁的小男孩，睁着大眼睛看着他，连滨知道这个小男孩一定在想，这个看起来很高大魁梧的叔叔，怎么会在发抖。然而，虽然意识到了自己的失态，连滨却还是无法抑制住从心底泛出的恐惧，全身颤动，停不下来。他所能做的，只有勉强给那个孩子挤出一个笑脸。这笑脸，简直比哭还难看。

　　男孩却没有被他吓到，还了他一个笑容，然后，他的视线从连滨身上移开，移向连滨的身后。

　　他在看什么？那无声无息的画舫，不是只有自己能看到，其他人都看不见吗？

　　还是，这个小男孩也看得见？

　　连滨就像抓住一根救命稻草一样，连忙问："你看见了？你看见了？那艘画舫？"

　　那男孩点了点头。

　　连滨心中一震，觉得自己不再像刚才那样孤立无援，又急忙问："你听见了吗，那船上的声音，你听见了吗？"

　　这句话问得急促且大声，使周围很多人的目光向这里瞟了过来，连滨也顾不得这许多，直直看着那男孩，等着他的答复。

　　男孩脸上露出疑惑的神情，又点了点头。

一时间连滨不由得迷惑起来，难道是自己的听力出了问题？

他不禁转回头，又瞧了眼那艘画舫。

正当此时，他正看见了发生在那艘画舫上惊心动魄的一幕。

那艘画舫不知何时又近了些，变得离连滨仅十数米远，就在对面船头，站着一个抱着小孩的年轻女子。

这年轻女子面容姣好，但此刻却一脸的狰狞。然后，她的身体忽然前倾，手一松，那孩子就无声无息地落入水中。

连滨本就惊恐交集，见了这一幕更是骇然，心跳得要从嗓子眼儿里蹦出来。他转过头去，想问身后的男孩看见了没有，那男孩却不知钻到哪里去了，其他人却依然如故，没人有任何反应。而等连滨再回头看画舫的时候，眼前一片黑茫茫，除了无边的洞庭湖水，什么都没有。

连滨出了一身冷汗，身上的衬衫都浸湿了。这画舫如噩梦突然而来，又突然而去。他颤抖着的双腿一下子失了力，不由得蹲下身子，以手捂面，试图从刚才的噩梦中逃脱。

半响，连滨抬起头，勉强支持着站起身来，环顾四周，虽然有几个人向他投来疑问的目光，但大多数人却还是沉醉在歌舞之中，仿佛什么都未发生过一样。

自始至终，他都身在热热闹闹的人群中，被喧嚣的歌舞笼罩着。但是他的无助感却格外强烈，身在众人之中，心却像在冰窖中一般寒冷。周围那么多人，却没一个人能帮他。甚至没有一个人知道刚才发生了什么。

哦不，有一个人，那个小男孩。

眼前这么多谈笑风生的人，没有哪一个可以稍减他心中的惧意，只有那个男孩。连滨决心一定要找到那个男孩，好好地问问他，有没有看到那梦魇般的一幕。

否则，就是自己的神经出了问题。

他一定得找到这个男孩！他不能独自承受这一切，哪怕是和另一个小男孩分担恐惧，也要好过得多。

船未靠过岸，那个男孩，就在这画舫上的哪个角落吧。

在寻找之前，连滨再一次望了眼江面。

江面寒气森森，依然空无一物。

连滨以手捂胸，努力平息剧烈跳动的心脏，离开了船舷。

连滨在拥挤的人群中移动着，搜寻着，心里又想，也许那一切都只是自己的幻觉而已，说不定睡一觉，就什么都忘了。

其实他心里知道，那不是幻觉，但是他怕，怕自己一定要追寻到底，所面对的那个答案。

他有种不祥的预感，这湖面上正升起阴冷的湿雾，把他吞没。

连滨打了个冷战。

就在这时，他看到不远处，一个幼小的身影一闪而没。

连滨急忙赶过去，那里有一道往下的楼梯，通向船舱。

像这种画舫，一般都有上下两层，上层是经营各种娱乐项目的场所，而下层的船舱则是供客人休息的。包一间船舱很贵，而且在连滨上船之前，房间就全被订完了。

连滨毫不犹豫，顺着楼梯急步而下。

当他赶到下面的走道时，正好看见那男孩跑进靠里面的一间房间去。

连滨走到那间船舱门前，发现门已经关上了。

"咚、咚、咚。"

门打开了，一个中年女子站在连滨面前。

"请问，有什么事吗？"

连滨向她身后瞄了一眼，船舱不大，似乎没见到那个男孩。

"啊……我……找您的儿子。"

那女子呆了一呆，目光闪烁，居然反问连滨："什么儿子？"

连滨被她看得心里一动，升起异样的感觉。

原来，那男孩不是她的儿子。

连滨说："哦，是我搞错了，我找刚刚进来的那个男孩。"

那女子把脸板起来，神情警惕，她大概是把连滨看成了不正经的男人，肃容说："这间房里就我一个人，没有什么男孩。"

连滨错愕道："怎么会，我刚刚看见他进这扇门。"

那女子摇了摇头，说："这里就我一个人，没有别人！"说完，她就打算把门关上。

连滨移动身子，换了个角度又扫了眼屋子，摆设很简单，确实如女子所说，没有人，除非那男孩藏在床底。

可是，自己明明看见的。

情急之下，他一把撑出了门，不让女子把门关上。

女人紧张起来，说："你干什么，我要喊人了！"

连滨看着那女子，心中生出疑惑，难道自己真是有幻觉了？无声画舫是幻觉，小男孩也是幻觉？

现在的情形，当然不容他闯入屋内细细搜查，以证明自己的神经并无问题，所以连滨只能尽最后的努力问道："那个男孩穿着白汗衫，上面印着一匹小马，你真的没看见吗？"

这句话话音未落，那女子的脸一下子变得极难看，失声问道："你……你说什么？"

连滨道："那男孩穿着白汗衫，下面是一条黑色的灯芯绒裤子，他，在这里吧。"

那女子仿佛听到了极不可思议的事情，眼珠子瞪得老大，嘴唇颤抖着，一步步倒退，最后坐倒在地上，嘴里反复念着："小强、小强、小强。"

连滨望着眼前的这个女人，呼吸竟不由得急促起来。从刚看见这女人，他就觉得有哪里不对劲，这一刻，他终于明白了。

这女人，眉目间，酷似鬼画舫上那杀了自己孩子的女人。

只是苍老了许多。

这样的反应，难道……

那女人双目圆睁，两只眼珠似要裂眶而出，布满了血丝，右手指向连滨身旁，喉中"咯咯咯"地发不出声来。

连滨忙顺着她的眼看去，却空无一物。

那女人一下子跳了起来，疯了般从连滨身边穿过，跑入黑黑的走道，连鞋都掉了一只。

连滨一愣之下，也跟着她跑了出去，临上楼梯时似有所觉，回头望去。

那男孩赫然正站在那里，朝他露出天真的笑容。

连滨胆子再大，这时也不由吓得叫出声来，扭过头拼命跑了上去。

当连滨跑上甲板的时候，正看到那女人高高跃起，掠过船舷，在众人的惊呼声中落入洞庭湖中。

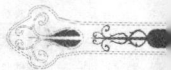

女人跳湖之后，许多人跳下去救，却没人发现她的踪迹，这女人就像是身上绑了石头立刻沉到湖底一般。画舫迅速靠岸，警察很快来了，连滨把他所见所闻告诉了调查的一名刑警，并追问他自己是不是撞了鬼。这名老刑警什么都没说，只是拿来了一本从女人的房间里找出的日记，让连滨看。

日记的最后一页写着：

"四年以前，我在这里杀了小强，那笔原该是他的遗产，终于由我继承了下来，可是，为什么，为什么我会让自己再一次回到这里来，这里，原本只出现在我的噩梦里，可现在，我却着了魔般地又回到这个地方，为什么，我也不知道……"

说故事的学生在讲述日记最后一页的时候，故意压着嗓子，让声音变得尖尖细细，尤其最后那句"为什么"，声线颤颤巍巍，绕着人的后脖子打转。

"故弄玄虚。"

会这么说话的，当然就只有那个瘦女人。

"嘿，怎么就叫故弄玄虚了？"这学生不买账了。

"你这是学女人说话呢，还是学鬼说话呢。学得再像也没用，你这个故事，一点意思都没有，还不如前两个呢。"

这一回，我也讨厌起这女人来。本来就是大家玩儿的事情，何必这样败了兴致呢？这种故事，听听就行，那么当真，一板一眼的批驳，无趣得很。

当然，有一点她没说错，这个故事，的确逊色于前两个，以至于一听，就有极大水分，几乎可以断言是假的。

故事真不真，讲故事的人当然最清楚。但年轻人气盛，被这么指着鼻子说，忍不下这口气。

"有你这么听故事的吗，你会不会听故事。你今天是来参加活动来的，还是找茬儿来的？"

"我就是想听听，你们究竟知道些什么鬼故事。但我可不想听你的这种'鬼故事'。什么洞庭湖上只有一艘画舫，还有供人休息的地方。就几个小时的游湖，要那种能过夜的船舱做什么。还有什么没有声音的鬼船，一个小男孩的鬼魂来复仇，你看你啊，这辈子就没见过鬼，压根儿不知道鬼是什么样子的。"

"行，你见过鬼，你说说鬼是什么样子的？"

瘦女人缩在角落里阴恻恻笑了一声。

就在这个当口，桌上燃着的白蜡烛灭了。

这蜡烛灭得极突然。我并没有感觉到有风，烛火此前也烧得很旺，火苗长得老高，这一下灭得无声无息，就像是有个人在旁边大力吹灭。

不对，如果人吹灭蜡烛，就像过生日许愿时那样，烛火会先向一边倾，然后再灭。而刚才，是像蜡烛燃尽，或者是一下子没了氧气那样。

所有人都被吓了一跳，连那气呼呼的学生也没声音了。

难不成真有鬼物窥伺？

"鬼，就是这个样子的。"瘦女人说。

"喂，可别开这种玩笑。"胖子颤着喉咙说，连气都是虚的。

"今天你们坐在这儿，不就是想听点真的吗？"

"先点起来，先点起来。"胖子招呼服务生过来把白蜡烛重新点上。

毕竟这儿人多，又不是封闭环境，火重新燃起来的时候，刚才那一点的森森鬼气就被驱散了。

"那你来说一个，我倒要听听，你能说出个什么样的故事来？"学生对瘦女人说。

"好。"瘦女人一口答应。

她答应得如此干脆，让我都不禁生出期待，想听听她的故事。

秦桑是一名雕塑师。他觉得自己有成为一名雕塑家的天分，所以一直以来都很用功。事情发生前一段日子，佛罗伦萨市送给市里的大卫像运抵，安放在大剧院广场上，秦桑天天跑去看。这是真品的原样复制，每一条曲线，都和原作一模一样。这一条条曲线看在眼里，慢慢汇聚成了米开朗基罗的精气神。

那些日子里，每天回家以后，他都会做泥塑。这些奇怪塑像的原型，就是他白天在广场上的那些小灵感。这些小灵感在他的工作间里变成一个个半成品：一个下巴、半个肩膀、手背上的一条青筋、腿肚子上鼓起的肌肉。

从家里到大剧院广场要开近四十分钟的车，秦桑风雨无阻地坚持了半个多月，从精神到肉体都很疲倦了。可是他却越来越兴奋，在此之前，他觉得自己到了一个瓶颈，然而现在，他有所预感，自己或许很快就会有所突破。

他仿佛已经看到了大师起步的台阶就在那里。

秦桑决定放松一下，他去新华书店转了一圈，买了些书回来。其中有一本是著名的《精神分析引论》，在封面上有这么一行字"影响世界历史进程的书"，并不算太夸张的广告词。

走过心理学类书架的时候，不知怎么他就看到了这本书。要知道他本来打算直奔另一头的畅销小说区。"精神分析"这四个字仿佛有着妖异的魔力，让秦桑不由自主地把书抽出来。

或者说，他受到了一种指引。

瘦女人说话的语调很平淡，没有故作起伏之态。但她说的故事，仿佛是个上帝视角，又像是在念一篇小说。如果按照她先前对别人故事的标准，她自己无疑也是不合格的。

大学生把嘴撇在一边，显见得对这个故事非常不待见。

我则另有一种新奇感，听得津津有味。

这本书的封面上印着弗洛伊德的肖像，弯曲的眉毛收拢着，瞳仁深邃，很有精神病人的那种沉默的疯狂。弗洛伊德的眼睛幽深无比，看着看着，就像是要被吸引进藏在封皮里面的无尽旋涡里一样。秦桑把眼睛移开，他认为通晓人类的精神世界，是一位雕塑大师必备的素质。他的好朋友就曾经向他推荐过，读一些弗洛伊德的作品有好处。

所以他就把这本书买了回来。

回到家里，他用钥匙开了门，甩了皮鞋，穿着从酒店拿回来的拖鞋，从冰箱里取了瓶酸奶，然后窝进客厅的皮沙发里。他本来想先看看买回的一本悬疑小说——东野圭吾的《白夜行》，据说看完能让人冰寒彻骨。但不知怎的，他还是翻开了《精神分析引论》，尽管这和他放松的初衷有些违背。

他已经做好了硬啃学术专著的准备，出乎意料的，这本书并不算难读。或许因为这是弗洛伊德讲稿的合集，当然优良的翻译也功不可没。

纸张的质量不是很好，反面的字会在这面透出来，化成一团团的暗影。一行接着一行读下去，暗影们交织起来，慢慢构筑成一个奇异的世界。

文字的确还比较好读，可是三四十页读下来，脑壳里像有一根根抽住的筋，箍着他的脑子，一伸一缩。这本阐述心理世界的书，每翻过一页，都要把秦桑的精神抽走一些。

那些抽走的精神去了哪里，应该是去了潜意识里了吧，那儿有另一个藏在阴影中的世界。

秦桑闭起眼睛，打算歇一歇。

下午的日光从窗外照进来，透进秦桑合起的眼皮，让眼球有暗红色的光感。在这赤色的世界里，刚才读到的东西，慢慢地浮现起来。

那是些关于失误动作的精神分析，一种利用表面微不足道的痕迹，挖出深埋在地下的根须的方法。

昏昏沉沉间，秦桑的大脑却没有休息，而是在水面下继续运行着。于是，秦桑想起了自己刚干过的一件蠢事。那是一个口误，发生在前天。

那天他去赴个饭局，走进包房的时候一桌人只到了两个。

"看样子我到早了。"他说。

可是话到嘴边，竟说成了"看样子我得走了。"

并不是什么了不得的口误，所以四十多个小时后，秦桑已经几乎忘记了这次小洋相，弗洛伊德让他又一次想起这件事。

重新记起来的时候，秦桑很自然地明白了当时自己为什么会那样说。因为这本书上有一个近乎一模一样的案例。

曾经在英国下议院发生过这样一件事。当时的议长在主持一次会议时说道："先生们，我看今天法定人数已足，因此，我宣布散会。"弗洛伊德说，这位议长之所以会有这样的口误，是因为他心里并不情愿主持召开这次会议，一直想着早些结束。

弗洛伊德说得没错，其实秦桑并不想去那个饭局。

局上有两个所谓的艺术家，秦桑在心底里不是很瞧得上他们。嘿，肚子里没有几两干货，却巴不得所有人都知道他们是艺术家。偏偏这种人，如今特别吃得开。此外，桌上更有几个很会劝酒的家伙，一端起酒杯就发疯，仿佛不灌倒几个，就浑身不自在。

那一天，坐上出租车的时候秦桑心里还在犹豫，他和司机打了个招呼，摇下窗点上根烟。于是下车走进酒店大门的时候，他就发现自己心爱的ZIPPO打火机丢在车上了。没有要车发票，忘了看车牌，就连是哪家出租公

司的车都想不起来了。

走进包房的时候，秦桑正翻江倒海地懊恼着，他觉得自己本就不该来。

满怀着这样的情绪，说出那样的口误，就不奇怪了。

瘦女人把故事说到这儿，有人忍不住了。

"嘿，你是要给我们上心理分析课吗，说到现在，也没见什么料呀。麻烦快点行不行。"大学生说。

瘦女人扫了他一眼，也没见她如何作色，这大学生就气短起来，偏了偏头，似是不愿意和她视线正面接触。

这可是个厉害角色，我想。

瘦女人继续往下讲，依然不急不徐，还是原先的节奏，仿佛这段小插曲没发生过一样。

醒过来的时候，时间将近傍晚，窗外云变得很厚，阳光也已经没了，室内有些阴。秦桑觉得精神好了些，但脚冰冷冰冷的，于是收起来往沙发上一盘，换了个舒服一点的姿势。书页上一层层的叠影依旧晃动，弗洛伊德又开始说话了。

这次他说的，是遗失。

那枚遗失的 ZIPPO 打火机！

秦桑隐约意识到，自己从黑暗里拽出了一根索链，环环相扣。自己一把一把拉出来的，最终会是个什么东西呢？

忽然之间，他有些担心。

每个人在面对真正的自己时，都会有些担心。因为他们都不曾真正地认识自己。

瘦女人说到这儿，眼睛在我们每个人身上都溜了一圈，我不禁打了个冷战。

遗失是有原因的，弗洛伊德说。

秦桑合上书，看着封面上的弗洛伊德，轻轻地点头。他燃起一支烟，塞进嘴里。

　　有些人潜意识里想要换一个新的，所以旧的东西就悄悄遗失了。自己有过这样的事吗，也许吧，但这次肯定不是。那枚 ZIPPO 在生前被精心地保养着，太阳会在上面照出流动的银光，这是无数次摩挲后的结果，比新买来的时候更合心意。

　　不要光想着这些，记得吗，我还说过些别的。弗洛伊德在角落里慢慢说。

　　别的……

　　会遗失东西，更通常的情形，是这件物品会带来不太愉快的联想。有一些鬼魂藏在心底里，它们不停地叫喊：丢掉它，不要再看见它。于是在一个你不注意的时刻，身体的某个部分诡秘地做了个小动作，让这件该死的东西永远离开你的视线。

　　可是，这枚 ZIPPO 是极称心的啊，哪里能有什么不愉快的联想？

　　秦桑嘴里默默念叨着，低下头去看了一眼弗洛伊德。

　　或许不是 ZIPPO 本身的问题。有些事情潜得很深，拉上来需要费些力气。是谁送给自己的这枚打火机？

　　秦桑觉得自己在往深渊滑，但他已经无法阻止自己了。

　　打火机是他自己去百货大楼买的。

　　秦桑把腿放下，站起来。腿麻了，他在厅里一瘸一拐地走了两圈，却觉得足底格外地冷。他忽然想起来，他还从没给嘴里的烟掸过烟灰。

　　见鬼，快要烧着嘴了。他连忙把烟拿下来。

　　烟还是好好的一根，自始至终，他就没有点着过这支烟。

　　因为没有打火机。

　　百货大楼，百货大楼。秦桑这时候才发现，自己的确有些不情愿回忆起那幢百货大楼。

　　腿部的麻木已经解除了，秦桑披起件外套，出门把汽车发动起来。

　　秦桑常常自己和自己较劲，什么鬼理论，不愿想起那儿就能把 ZIPPO 掉了？好，我偏偏就要再去一次百货大楼，把打火机买回来。

　　车在路上跑得飞快，秦桑强打起精神，重金属音乐在小小的车厢里震天吼着。即便这样，他还是有一点点的恍惚。

　　因为他想到了乔沁。

瘦女人向学生点了点头，阴影里她似乎还笑了笑。

要到戏肉了吗，我想。

秦桑第一次碰见乔沁，就是在百货大楼的大门口。那时她是一个怯生生请他填一张市场调查表格的女大学生。秦桑老老实实地填完递还给她，扭头走了十几步，大着胆子再跑回去搭讪。一年半后乔沁毕业，成了他的老婆。

停好车子，秦桑走进百货大楼。当年他遇见乔沁的时候，这里还是很光鲜很时尚的一个地方，现在已经有些破落了。

只有人是旧的好，不知道乔沁现在好不好。

他不情愿回忆起这里，就是因为乔沁。

秦桑挑了一枚和原来一模一样的打火机。在手里温热了很久，才放进裤子口袋里。

既然已经来了这里，就准备四处逛一逛。他不是每天进市里，索性打算多买点东西带回去。

他一层一层地转着，其实却什么都没有买。

他知道自己的这种状态不对劲，他没有离开，就是想知道，到底是哪里不对劲。

"哎，秦先生吧。"一个声音让他警醒过来，发现自己站在一个卫浴用品专卖的前面。

秦桑疑惑地看着热情和他打着招呼的店员，这个人……自己认识吗？

明明有其他的顾客正在光顾这家卫浴品牌，他为什么又来和自己说话。而且他居然知道自己姓秦。

秦桑再看了这名店员几眼。没印象。

"那个按摩浴缸还好用吧？"这个店员笑着问。旁边有两个顾客正围着这家的浴缸打转，秦桑起初认为，这店员错认了自己是刚买了他家浴缸的客户，想借着问候再做成一单生意呢。

说到按摩浴缸，家里倒的确有一个，不过样子嘛……

秦桑的目光扫过旁边的浴缸，突的一阵心悸。

样子就和这里的一模一样。

"哟，您忘啦，才两个多月前的事情呀。"

回想起来，家里的浴缸的确是新的。可那是什么时候买的，为什么要把老浴缸换掉，自己为什么一点都想不起来了？

秦桑觉得自己的心脏凝结起来，停止了跳动。

"不会吧，您真的想不起来了？哎，对不起，要不我认错人了，等我想想，您是住在……"好记性的店员报了个大概的地址出来。

秦桑仿佛听见心里什么地方碎裂开，心脏"轰"地跳了一下，又一下，然后拼了命地擂起鼓来。

他勉强向面前的男人笑了笑，但实际上，他脸上僵硬的肌肉一道弧线都没露出来，径自飞快走开。

差不多一个半小时之后，一位客人来到了秦桑的屋外。

这位客人是秦桑初中和高中的同学，名叫阳瑾。

在斯坦福大学拿了心理学博士，阳瑾回国开了家心理诊所。时常有电视台请他作为心理学专家上节目，混得相当不错。就在一个小时前，他在诊所的办公桌前接到了秦桑的电话。

电话里秦桑没有详说，只是希望他尽快来一次，有些事想和他说。

急促的语速，有时莫名的停顿，嘶哑的声调……并不需要动用心理学的专业知识，阳瑾就能听出这位老同学情绪的不稳定。

是极端的不稳定，按照他的经验，电话那头的秦桑很可能正处在崩溃的边缘。阳瑾不知道是什么事情把这位很有前途的雕塑师逼到这样的境地，他只能尽快地赶过来。

天光已暗，阳瑾站在门前，又按了一次门铃，里面依然没有动静。

他心里越发不安起来。

路灯亮着，屋外的花坛里有很多主人自种的花草，阳瑾挪开左边的一盆仙人掌，用脚尖翻了翻下面的泥土，然后弯腰拾起一把钥匙。

秦桑的忘性很大，阳瑾亲眼见过这位老同学在忘带钥匙的时候这样开门。

拧动钥匙，门开了。

这是幢三层楼的别墅，阳瑾把鞋脱在门口，轻轻地走了进去。

"秦桑！"他大声喊。

屋里没有开灯，一楼是客厅厨房，几乎一目了然的格局，并没有人。

楼梯旋转向上。阳瑾抬头望了望。

"秦桑。"他又叫了一声，缩着脖子，小心翼翼地向上走。

二楼没有人，三楼也是。

这是幢空房子吗？阳瑾皱着眉回到一楼，开了大灯。秦桑去了哪里？

客厅的地上掉了一本书，封皮脱开了散在另一边，看上去好像是被人用力扔在地上的。阳瑾捡起了书和封皮，看见了印在上面的弗洛伊德肖像。

他在看这样的书啊，阳瑾自言自语。

忽然，阳瑾听见背后有些极细微的声响，连忙转过身。

这个时候，他记起来，一楼还有个地方没有看过。声音正是从那里传来的。

推开厕所的门，阳瑾果然看见了秦桑。

好像是刚刚在按摩浴缸里 SPA 完，秦桑赤着脚站在浴缸外。不仅光着脚，他身上什么都没有穿，水珠慢慢地从发梢往下滴，和从身上流下的汇在一起，在地上合成一大滩。

更突兀的是，一把工地锤头朝下立在地上，秦桑用手扶着柄。

"秦桑。"按捺住想大喝一声的冲动，阳瑾放轻了语气说。

"阿瑾啊，你来啦。"秦桑转过脸向阳瑾笑了笑。

这个笑容让熟极了他的阳瑾觉得有些陌生。

秦桑却没有一点自觉，他仿佛正在一个很舒服的环境里，随意地和朋友聊着天。

"是这样的，今天上午我去了一次新华书店……"

秦桑把这一天的经历絮絮叨叨地说给阳瑾听。时节已近深秋，他好像不觉得一点凉意，可是阳瑾分明看见他的皮肤上起了一个个战栗的疙瘩。

秦桑的身材还没有走样，但是小肚子已经微微的凸起，手臂因为工作的关系锻炼得精瘦。而此刻，随着他叙述的深入，语气依然平静，拄着工地锤的右手却越来越紧张，手背上的青筋暴起来，小臂上纠结的肌肉也开始蠕动。

"我一直在想，我为什么会买这个浴缸，原来的浴缸在哪里，怎么这一切我全都不记得了。你是学心理的，你肯定知道有一种情形，人是会强迫性遗忘的，是不是？"

秦桑这样问道，却并没准备听见任何回答，接着说下去："要是有自己很不愿意想起来的事情，有时候就会选择主动遗忘它吧，就好像从来没有发生过这件事。连带着和这件事有关的一切，都通通忘记，或者……丢弃。如果我不是正好买了那本书，前天的口误、丢掉的 ZIPPO 打火机、那幢百货大楼，以及这个浴缸，这一切我都不会在意。但是现在不同了。"

秦桑停顿了一会儿，望向那个浴缸。

"这个按摩浴缸很不错，水流打在身上的感觉，就像乔沁在帮我按摩。我每天都要在这里面泡很久，那种感觉，仿佛乔沁还在身边。可是你知道，她两个多月前失踪了。"

秦桑向阳瑾露出一个奇怪的笑容："今天那个店员告诉我，这个浴缸，就是我两个多月前买的。"

阳瑾开始发抖，止不住地发抖。他是搞心理的，往往和人只说半句话，就能猜到他接下来要说什么。但现在，他只希望自己什么都不知道。

阳瑾全身上下所有的毛孔都在冒着寒气。

秦桑看着脚边的一滩水，那神情，就像在看着一摊血一样。

"我到警察局去报案，他们查了很久，都没有线索，我一直在想，我亲爱的沁到底去了哪里。现在我终于知道了。"

秦桑盯着浴缸，仿佛他的眼神可以穿透固体，直看到深处的某个地方。

"等等，等等秦桑，也许不是这样子的。"阳瑾的声音已经变得又干又涩。

"哦。"秦桑淡淡应了一声，左手搭上锤柄，两只手一齐用力，把工地锤扛到肩头。

"听我说，我很了解你，也许比你自己更多，不管你和乔沁有多大的矛盾，都不会干出这样的事情。"

"你不知道的，有些事，你不知道的。"秦桑微微摇头。

"这一切都是你的臆想，是有破绽的，你以为乔沁失踪了，警察会完全不怀疑到你，你能做出一宗完美谋杀案？见鬼，那样你真是个天才，应该去干杀手而不是搞雕塑。你有没有想过，这个新买的浴缸是谁帮你安上去的，你自己有这个本事吗？是不是商家派人装的，这下面要是埋着东西，装浴缸的工人会没发现吗？这一切都是你的妄想！"

"妄想？"秦桑认真了一点，好像思考起来。

"是的，妄想。"阳瑾很肯定地点头。

"也许我知道原因，我该早点提醒你的。这段时间你是不是一直在研究大卫像？"

"当然，你知道的。"秦桑回答。

"那你知不知道有一种病就叫作大卫综合征？"

"大卫综合征？"

"有一小部分人在观看大卫像的时候会受到强烈的情感冲击，从19世纪以来就有病例的记载了。恶心、抽搐、精神恍惚、晕厥，或者……出现幻觉！"

"所以你的意思是，大卫像使我患上了精神分裂症？"秦桑立刻明白了阳瑾的意思。

"……是的。"阳瑾犹豫了一下，说。

秦桑沉默了一会儿，他的嘴角边有血迹，在此之前的某个时刻，他不经意地咬掉了嘴里的一块肉。

阳瑾凝望着秦桑的眼睛。他常常这样看他的病人，好让他们相信他。

秦桑笑了。

"其实一切要证明起来，再简单不过了，不是吗？到底这下面有没有埋着乔沁的骨头，一锤下去，就见分晓。"秦桑紧了紧握着工地锤的手。

"你别冲动。"阳瑾喊。

"你紧张什么，你还怕如果真挖出什么，我会杀你灭口？我们是多少年的交情啦。"秦桑忽然侧脸冲着阳瑾一笑，说，"到底我是一个杀人犯，还是一个精神病人，其实还有第三种答案啊。"

"什么？"阳瑾脱口问出。

"我是一个精神分裂症患者，并且，杀了自己的老婆！"

铁锤高高抡起，带着轻轻的风声，落了下去。

说到这里，瘦女人停了下来。但所有人都静静地候着，等待她说下去。我们都知道，这故事到了这里，还没有完呢。

这故事有着奇异的魅力，就连那准备要挑刺的大学生，这时候都伸着脖子等下文。

瘦女人像是打算喝口水润润喉，然后她发现自己面前没有杯子，皱了皱眉。

"噢，你居然没点喝的。"舒星好说，然后她挥手叫服务生。

"算了，我不渴。"瘦女人说，然后她把故事继续了下去。

阳瑾把秦桑的事全都安顿好之后，走出医院的大门。天色已黑。

他是空手道黑带二段，有几年没练了，但功夫没全丢掉。这让他得以在秦桑用铁锤把豪华的浴缸砸得稀烂之前把他打晕，并亲手把他的老同学送进了精神病院。

心理学的圈子很小，医院的几个负责人阳瑾都认识，阳瑾请他们用效果最好的药，把秦桑的病情控制住。那种药是阳瑾建议的，见效明显，但副作用也不小。可是一个有些木讷的正常人，总比一个癫狂的雕塑师更能让人接受，不是吗？

阳瑾跨进出租车，靠在座椅背上，被汗湿透的内衣贴在身体上，十分难受。

在秦桑家的时候，他的心情起伏如同坐过山车，好在心理学家的素养使他最终维持住了情绪，并且让这件事回到合适的轨道。

对阳瑾来说，什么事都该待在它自己的轨道上，出轨是危险的，必须得到纠正。

只是接下来，只怕还有许多的善后工作要做。

比如那个破碎的浴缸。

浴缸的下面，真的会有乔沁的尸体吗？阳瑾止不住地去想这一点。

秦桑的那本《精神分析引论》，其实阳瑾的书房里也有，没有哪一个学心理的人能绕开弗洛伊德，那是一块里程碑。事实上，如果不是他好几次提起弗洛伊德的精神分析，并且建议秦桑有空读一读，可能秦桑今天就不会买这本书，之后的一切，就都不会发生了吧。

想到这里，阳瑾不由得暗自懊悔，自己怎么就多嘴提这样的建议，差点惹得事情不可收拾。

自己一向没有艺术细胞，对秦桑的作品，都只是随口夸赞，从来不会真正提什么建议。那两次劝秦桑读弗洛伊德，回想起来，显得有些不同寻常啊。

按照弗洛伊德的理论，随口而出的话，都可以找出内在的原因。尽管阳瑾清楚，弗洛伊德理论已经有太多被修正或推翻，但此时此刻，他还是不禁顺着这位先哲的思路，探寻起自己内心的初衷。

究竟是为什么呢，呵呵，每个人的内心，都有那么块笼在黑暗里的角落呀。

一定是有些私自的期望，才会提出那样的建议。

这位心理学家，扒开了内心层层的包裹，试着数清楚其中的脉络。

自己对秦桑那样说的时候，大概距现在有三四个月。那时的自己，碰上过什么事情吗？

两个多月前，秦桑告诉他乔沁失踪的事时，除了震惊之外，阳瑾还有少许松了口气的感觉。

阳瑾是个风流种子，有着仿佛永远都挥霍不完的热情。但这样的热情，不会永远倾注在同一个女人身上。所以当他的热情开始转移，而女人却还待他一如从前甚至索求更多的时候，就开始头痛。

特别是，他和乔沁保持了这样一种关系，还有着太多的额外风险。

而阳瑾开始有些厌倦时，也就是三四个月前。

想到这里，阳瑾觉得自己有必要重新审视弗洛伊德，这种原本让他觉得已经过时的理论，竟然可以在心灵的背面开出一扇观察的窗口。

让秦桑学一点心理分析，以便这个粗枝大叶的人可以从细微的地方，发现自己老婆的异常，好好看住她，别让她再来烦自己。阳瑾的潜意识里这么想，于是他不自觉地建议秦桑看弗洛伊德的书。

这可真是一个危险的提议呀。内心的欲望绕开了理智，用这样的方式冒出头来。幸好，秦桑没有那么早就开始研究弗洛伊德，他先发现了自己妻子的不贞，却没有足够的观察力找出第三者。

暂时安全了吧，阳瑾长长出了口气。他碰上了一宗足以支撑一篇重量级心理学论文的案例，可惜，他只能把这些紧紧封锁在内心深处。如果那个浴缸下真的有森森白骨，警察介入调查，那么秦桑被关进去的同时，他和乔沁的那段地下情也免不了要曝光。这多不合适。他可不想卷入这种事情里去。

所以，这件事情就这么了结，对秦桑，对自己，都好。

至于对乔沁嘛，反正她已经死了，死了嘛，就不用在意这么多啦。

也许会有些口误遗失之类在不经意间暴露出最深的秘密，不过，谁知道呢。

这个故事里没有鬼。

虽然没有鬼，却有比前几个故事更阴森的气息。这股气息不会一下子吓住你，不会让人心里"突"地一跳，一颗心蹦到嗓子眼儿。它无声无息地侵袭，蕴藏的那种疯狂扭曲，让听者不禁要审视自己的内心，会不会在自己的潜意识世界里，也有这样的一块角落呢？

会不会曾经杀过什么人，但又被自己遗忘了呢？

这个世界已经让我们学会把人心想得尽可能丑恶，但我们审视周围的时候，总是不自觉地把自己略过，原来自己的心，竟也会可怖至此吗？

这是种让人难堪的自我审问，然而这个故事讲完之后，每个人都禁不住这么问自己。

一时间寂然无声。

但是不久之后，就有人开始反应过来，这个故事，似乎与今夜的主题不合呀。

先提出质疑的，当然就是那个大学生。

"鬼呢，我们今天讲的是鬼故事，你这故事的鬼在哪里？"

瘦女人默然不语。

"嘿，你刚才对我们的故事挑三拣四，还力求要真实。轮到你说，这倒好，压根儿就连鬼的影子都没有。"

"呵，鬼本来就没有影子啊。"舒星好笑着说了一句。

"你怎么知道没有鬼？"瘦女人冷冷道。

"哈，鬼在哪里，你倒说说，鬼在哪里？"大学生说，"你这故事里就两个人，秦桑一个，阳瑾一个，哪个是鬼？难道乔沁是鬼，从来没出现过的乔沁是鬼？这就能算是鬼故事？这就是个普普通通的罪案故事嘛，这案子还没有破呢，最后也没个结论。"

瘦女人不说话。

最早被攻击过的眼镜男此时也加入进来，说："不但没有鬼，你这个故事呀，也太像故事啦。或者应该说像篇小说，根本没有一个亲历者的视角，一会儿是秦桑的视角，一会儿是阳瑾的视角。还有最后，都是阳瑾心里的想法，如果这个故事是真的，我倒要问问你，你是怎么知道他心里怎么想的，嗯？先前你对我不就是提出这样的疑问吗？还是说，你完全就是编了个故事来糊弄我们？"

"这是真的，爱信不信。"瘦女人冷冷地说。

舒星好此时也有些失望，她本来大约指望着，今天能听见些货真价实的奇异故事。可显然，到目前为止，除了她自己说的那个，其他人说的都不可信。

但她也不欲搞得太僵，这时就望向我，笑了笑，说："这样吧，时间也不早了，我们来听下一个故事吧。要不，那多，你说一个？"

我愣了一下。

"那多是个特别好的记者，他有许多非常特殊的经历，如果他愿意把其中的一个讲出来，肯定是非常精彩的故事。而且，那一定是真实的故事，对吧。"

我从没有对舒星好说过我之前的那些经历，不知道她是从什么地方听到的。也可能她并不知道，只是为了烘托气氛，让大家多点期待，才这么说的。

我冲她点点头，说："行啊，但我自己可没有碰到过鬼，都是朋友的经历。"

"那有什么关系，我们刚才讲的，都不是自己的经历啊，也都是别人告诉我们的呀。"舒星好投来鼓励的目光。

"好吧，我就说一个。其实，我先前停车的时候，就在想，你们选择这里来聚会，是不是有什么特殊的用意。"

"没有呀，怎么说？"舒星好奇怪地问。

"我朋友曾经和我说过一件事情，那事情的发生地就在胶州路上。先前我在外面看了看，也许就是这幢房子。"

"呵。"好几人发生惊讶的抽气声。

"真的吗，我进来这里的时候，就觉得怪怪的，有点阴森呢。"胖子说。

"也许，我只能说也许。我那位朋友倒是把门牌号告诉了我，还让我有兴趣的话，自己来瞧瞧。但我本就没准备来，所以也没记下门牌号。所以你们今天听了，最好别到处去说，万一不是这儿，又坏了这酒店的生意，就不好了。"

"你这话说的，我还真毛骨悚然起来了。"舒星好说。

"可是你为什么不准备来验证一下呢？"大学生问。

"你会愿意和一头狮子亲吻吗？特别是它刚刚吃掉一个人，牙齿上还挂着血肉的时候？"我反问他。

又是一片抽气声。

"这里……这么……凶？"胖子问。

"反正，无意义的冒险，我是不愿意的。"我回答。

"好啦，你胃口也吊足我们了，快点说，到底在你朋友身上发生了什么事情吧。"舒星好催促我。

"我那位朋友，是上海颇有名气的青年女作家。真正有姿色的那种。要知道作家圈，有姿色的女人不太多，她们有太多别的选择嘛。"我笑着说。

除了写作之外，她有另一份工作，她和她先生，一起开了家普洱茶的连锁店。

"不会是那家吧。"大学生说了个三个字的品牌名称。

我点头："对，就是那家。"

他们又是一阵叹息。立刻就能和现实对应起来，我想他们已经开始相信，这是真实的事情了。

因为的确是真的。

我继续说。

她的普洱茶连锁店，现在已经颇有些名气，但我的故事，发生在她这份事业的起步阶段。

当时，她需要在市中心租一个茶叶仓库。于是，她用很低的价格，租到了可以用作仓库的屋子，就在胶州路上，这个价格，几乎是不可思议的。她很高兴，只是把茶叶搬进去之后，才愕然发现，一整幢楼，就只有她一家租客，其余的房间，全都空着。

她很奇怪地去打听，这才知道，这幢楼是出了名的邪。即使是阳气重的农民工，也不敢一个人待在楼里，至少得两人同行才敢进来。

她自己很少去这个仓库，搬运茶叶、分装这些事情，基本上是下面的员工在做。整幢楼没有别人，但是听到脚步声啦、房门开关声啦这些事情，常常发生。就好像这房子里，住着许多看不见的人一样。

还有比如这样的情况，两个人在一张长桌子两头坐着，埋头给茶叶做包装，一会儿，一个人问，你咳嗽做什么，另一个人说，我哪里咳嗽过了。

但是因为租金实在便宜，所以暂且一直还租着。

一直到有一天，上海刮台风。台风麦莎，你们记得吗？

他们点头。

就是台风麦莎来的时候，那位女作家想起来，仓库阳台上的窗户没有关，而茶叶是不能受潮的。夜已经很深了，但她还是只好赶过去关窗。

　　租的房间在二楼。她当然知道这房子不干净，深夜一个人去，心惊胆颤的。就在她走到二楼的阳台上，准备关窗的时候，忽然听见身后有男人"嘿嘿"笑了一声。

　　她尖叫一声，也不管窗和茶叶了，一路奔逃了出去。

　　那一次，她被吓得厉害，自己经历和听别人说，心情自然不同。于是她就开始打听这幢房子的究竟。

　　一打听，她才知道，这幢房子的前身，是老上海租界的万国殡仪馆。这房子闹鬼，许多年前就出了名，几十年前，有道士专门镇了两块碑。其中的一块，在"文革"时期被砸掉了，另一个还留存着。

　　她特意去看了剩下的那块碑，在院子的一个角落里，碑上刻满了蝌蚪一般的道家符箓。旁边有一座新起的房子，就是紧贴着碑造起来的。这说明造房子的人知道这块碑不能动，否则的话，肯定就把碑砸了。

　　这么一考证，我那朋友彻底绝了把这里继续当仓库的心思。再这么租下去，不知会出什么样的事情。两块碑去了一块，这房子就这么不太平了，什么时候这最后一块碑要是也没了，会发生什么事情，真是想也不敢去想。

　　所以，她退租了。退租之后，当然就是把所有的茶叶都搬出来，运到新的仓库里去。

　　那一天，她自己没去，是下面两个年轻的女员工在搬。

　　因为普洱茶砖体积不大，所以当天用的是大众搬场那种小货车。等到所有的茶砖都搬上车子，两个女孩也进了车厢。然后，把车厢门关上。

　　就在小货车从院子里拐出来的时候，车厢门突然之间开了。那两个女孩，也许是正靠在车厢门上，门这一开，她们倒栽下来，脑袋着地。

　　整个叙述过程，我没有故弄玄虚，没有添油加醋，就这么平平一路说下来，甚至过于简略，几乎没有细节。但旁边那几位听者，听到这里的时候，脸色都变了。

　　"死了？"大学生问。

　　"我那朋友把这件事告诉我的时候，她们还没有死，但是，也没有醒。她们被送到医院之后，就一直昏迷着，成了植物人。也许现在她们已经醒了，也许现在她们已经死了。"我说。

　　"这是不想让她们走啊。这么多年好不容易住进了一户，又要走，不甘心啊。"瘦女人幽幽道。

"真是厉鬼，真凶啊。还剩下一块碑，就已经这样了，那要是两块碑都没了，这鬼该凶成什么样呀。"胖子说。

"好啦，我的故事，到这里就完了。我想你们也应该理解，为什么我会不愿意去这样一座房子里探险吧。"我说。

大家纷纷点头认同。

"那如果，现在我们在的这家酒店，就是当年的这幢房子的话，岂不是……"胖子忽然反应过来，紧张地说。

他这么一说，所有人都不自在起来。

而我，其实从进这家酒店的第一刻起，就非常不舒服了。

"现在时间也不早了。"有人说。

"要不……我们就散了吧。"立刻有人附和。

时间的确已经不早，再过五分钟，就到十二点了。

虽然还有人没有讲故事，但此时，在这酒店别具风格的酒吧里，仿佛有阴风吹拂。再没有一个人，能安然待下去。

于是便结了账，起身离开。

走进院子的时候，那瘦女人却没有向着门口去，反而贴着院墙，往黑暗深处走去。

"你去哪儿？"我问她。

"我想去看看那块碑。"她回答。

"还有谁要去看的？"我问其他人。

有的耸了耸肩，有的沉默不语。

他们恨不得立刻出门回家去，哪有这样的胆气，去寻那块碑。

所以竟只有那瘦女人一个人去了，所有人，包括我，都站在门口等着。

究竟这是不是故事里的房子，她会不会找到那块碑，连我也不知道。

我们站在一起，有人摸出烟来点着，然后一个接一个，所有人都抽起了烟，包括舒星好。

"如果让我说今天听到的故事，哪一个最真实，那肯定是你说的这个了。"胖子对我说。

"我说的可也是真的啊。"舒星好说。

"我相信。"我说。

"其实我知道这个殡仪馆。"眼镜男吐了口烟气说,"万国殡仪馆嘛,解放前有名气得很,美国人造的。徐志摩、鲁迅、阮玲玉,都是在这里烧掉的。"

"我想那厉鬼,肯定不能是这几个人。"大学生说。

"所以这神啊鬼啊的,不可信其无啊。我这人阳气向来弱,别带什么不干净的东西回去啊。"胖子说。

"哎呀,你放心吧,通常呢,厉鬼都是地缚灵,没办法离开的。"大学生好像很懂的样子。

"被一块碑镇着都能把人害得生死不知,这鬼的道行可不一般呢。"

我们几个人随口聊着和鬼神有关的事情,烟慢慢一根根熄了。这过去了一支烟的工夫,瘦女人却一直没有走出来。

"怎么……她还没出来。"胖子先说出口。

我们面面相觑,都觉得事情有些不对劲。

就这么大个院子,每个角落都转一圈,能花多少时间。

按道理,早该出来了。我们聊着天,没注意这点,现在一想,都心里发冷。

"我去看看。"原先和瘦女人最不对盘的大学生此时第一个站出来。

他说着往瘦女人先前进入的方向走了几步,又回头看我们:"要不……我们一起去找找?"

此时没人笑话他胆小,因为就连我,心里也有几分忐忑。

先前一直坐在这个大学生旁,但从未说话的木讷青年立刻跟了上去,看起来,他们是同学。我们当然也一起走进了瘦女人隐没的那个黑暗角落。

那是酒店主楼后的一条小巷子,沿着墙种了竹子。后面还有射灯照着,如果是夏日里,会颇有风情,但此时,这黄白光的射灯在竹子间打出的光,当真鬼气森森。

尽管灯光很吓人,但好歹能把小径照亮。放眼望去,似乎没有人在前方。

说是似乎,因为在这样的黑夜里,虽然有光,却更显得一些地方黑影幢幢。

大学生走在最前面,我们紧随其后。脚步声此起彼伏,我心里忽然想,这些脚步里,会不会有不属于我们这些人的。

前方的那些阴影处，走得近了，也就看清楚了。果然没有人。一直走到尽头，拐出去，又是对着酒吧的那个大院子。

瘦女人去了哪里？她竟就这样消失了。

胖子似有话要说，但嘴唇嗫嚅，什么都说不出来。

眼镜男说："会不会我们刚走进竹径的时候，瘦女人恰好从另一头转回了院子，所以错过了。而现在，她可能已经出门了。"

我摇头："哪有这么巧的事情，她那么长时间不出来，偏偏我们去找她的时候，从另一头转出来了？"

木讷青年发足奔出院外，旋即又回来，摊摊手，脸色骇得发青。门外并未见到瘦女人。

"会不会，那小径上有暗门？"舒星好问，随即看向我。

"如果她有正常理智，就算发现什么暗门，也不该不和我们打一声招呼就这么走进去。"我说。

"那到底是怎么回事，她就这么没了，真的撞见鬼了？"舒星好问。

胖子突然大叫一声，说："不行了，我待不下去了，我才不管那女人去了哪里。对不起，对不起，我必须离开这里了。"

说完，他跌跌撞撞地跑出门去。

我再次端详这个院子，就算闹鬼，鬼真能做到这一点？把一个大活人给吞没了？

莫非那块仅剩的碑也被推倒了，这儿的某些东西少了束缚，可以肆意妄为了？

大学生咳嗽了一声，说："我们就算待在这里，也不能做什么呀。"

"但怎么能就这样不管走掉呢？"舒星好说。

"没准儿她已经回家了，也许她一出去就打了辆车，不管我们走掉啦。"眼镜男说。

谁都知道他在瞎扯。

汽车轰鸣声传来，一辆奥迪 A6 停在门口，胖子探出脑袋，说："都走吧，还待在这个鬼地方做什么，你们……"

他突然卡壳，嘴张得老大，"嗬嗬"着说不出一句完整的话了。几乎是一瞬间，他的脸就白了，恐惧爬满了他脸上每一个角落。

我们紧张得左右互看，却完全没发现令胖子恐惧的源头。

"你怎么了？"大学生问。

我冲上前，拉开驾驶室的门，也不见车子有什么异常。

胖子两手紧紧地抓着方向盘，瑟瑟发抖。

舒星好也走上来，手轻轻放在胖子的手背上，缓声说："没事，我们那么多人都在这里呢，你看见什么了？"

"人数……人数……人数。"胖子已经惊骇到说不出连贯的话，只是看着我们，反复地说着"人数"。

我们面面相觑。站在这里的，是我、舒星好、大学生和他的木讷同学、眼镜男，一共五个人，加上胖子自己，一共六个人。这"人数"到底是什么意思？

"啊！"木讷青年突然大叫一声。

"怎么了，怎么了？"我们问他。

他的脸色也变了，说："我知道了，人数，人数不对。"

这是我今天晚上第一次听他说话，声音都走调儿了。显见他此时也怕极了，就和胖子一样。

"我们来的时候，就是坐这辆车来的，五个人，一辆车挤得满满的。"他说，"现在，少了一个，但还是……还是五个人。"

他这话一说，除了我之外，所有人都惊呼出声，原本镇定的舒星好，也怕得缩起了身子。

我却不明白，忙问怎么回事。

原来，今天——哦，应该说是昨天了，昨天的聚会是从晚饭开始的，胖子开了车来，吃完晚饭，就一辆车把所有人载到了这里来聊天。

所有人——五人个——胖子、舒星好、大学生、木讷青年、眼镜男。

没有瘦女人。

可怕的地方在于，现在想起来，没有人认识这个瘦女人，也没有人知道她是什么时候出现在聚会上的。

她忽然间出现，然而所有人都觉得理所当然。直到她消失后，胖子去开车，才发觉不对劲。

"怪不得，她一直没有喝东西。"大学生说。

"难道，她就是这万国殡仪馆里的厉鬼？"眼镜男说。

"不，她不是这里的。"我说，"还记得她的那个故事吗？那个没有鬼的故事，你们都问为什么故事里没有鬼的时候，她却说有鬼。"

"乔沁？"舒星好脱口而出，"那个……那个被埋在按摩浴缸底下的女人？"

我叹息一声，说："看来是了，所以她说的这个故事，也是真的。那是个上帝视角的故事，讲述者全知全能，好像在读一篇小说。除了鬼神，还有谁能知道这么多。但是，她看起来并没有恶意。"

这个鬼故事的聚会，便这样结束了，我想那天晚上，他们一路回家，大概都不敢回头。

临走的时候，我向舒星好告别。

"如果我说，这是我第一次遇见鬼，你相不相信？"我问她。

"有什么不相信的，我现在，什么都相信。"

另一个夜晚，我问梁应物，鬼到底是什么。

他摇头。

"我不知道，那几乎是另一个世界的事情，目前来看，还游离于任何科学法则之外。"

"但是我想，如果这世界真是场梦，那么我们为什么还会遇见鬼，难道变成了鬼，还无法超脱梦境吗？"

梁应物再次摇头，但是他说："不论如何，如果真有鬼，那么鬼看到的世界，和我们看到的，一定全然不同。或许，那时它就去了另一个梦境。我们永远都在梦里，不论是生是死，都无法醒来。"

我忽然大笑，说："这么说来，那还自杀干什么，反正都在梦里，就好好过吧。"

后　记

　　写完这本书的时候，我照例分发给好友去看。他们说好我会开心，说不好我会郁闷。我是个俗人，无法八风不动，却还算能守本心。

　　有朋友说，看得很激动，这是她看过的最好的《那多手记》之一。我对"之一"略有遗憾。其他人的评价，也尽是高分，令我松了口气。这本手记，和《亡者低语》前后脚写完，那一本，我对其中爱情故事的尝试比较满意，而这一本，则是对故事本身比较满意。对我来说，这本更像是《那多手记》，代表了我对这个世界无穷可能的想象。

　　过了一阵子，看过这本书的金小锐同学突然在 MSN 上对我说："快去看《盗梦空间》。你会郁闷的。"

　　那时《盗梦空间》刚刚上映，我还未来得及看。但他这么一说，加上电影的片名，顿时让我有了不好的预感。

　　等到从电影院里出来，我的心情，被金小锐完全说中，极度郁闷。

　　因为电影和我新书的创意，相似度极高。原本我可以说，这部小说不看到最后，没人能猜得出真相。但如果看过了《盗梦空间》，那么很可能在三分之一的地方，就能窥知究竟了。

　　而电影已经放了，我小说的出版，还要等待好一阵子呢。

　　所以我只好加了一个番外篇。

　　至少让这个番外篇的结尾，能出乎预料吧。

　　聊能安慰的是，在我的小说中，至少有一些证据，来试着证明这个世界真的是场梦。比如历史的矛盾，再比如测不准。我们似乎永远看不清这个世界，它是模糊且不断变化着的。

　　生活中的某些时刻，我真的会有似梦非梦的不确定感，那一刻，我仿佛

陷入迷障，又仿佛窥破了这世界的一角真相。很多年后，我把这一丝一缕的迷障收罗起来，织成了这个故事。而几乎同时，有另一个人编织了另一个类似的故事，他也这么想么？那么这个世界上，到底还有多少人，有和我相似的想法？

　　所以，也许这个世界，真的是场梦？